古典文獻研究輯刊

五　編

潘美月・杜潔祥　主編

第23冊

尤侗《西堂樂府》研究

沈惠如　著

國家圖書館出版品預行編目資料

尤侗《西堂樂府》研究／沈惠如著 — 初版 — 台北縣永和市：
花木蘭文化出版社，2007〔民96〕

目 2+176 面；19×26 公分（古典文獻研究輯刊 五編；第 23 冊）

ISBN：978-986-6831-45-4（全套精裝）
ISBN：978-986-6831-68-3（精裝）
1.（清）尤侗　2. 傳記　3. 清代雜劇　4. 研究考訂
853.57　　　　　　　　　　　　　　　　96017734

ISBN - 978-986-6831-68-3

9 789866 831683

古典文獻研究輯刊
五　編　第二三冊　　　　　　　ISBN：978-986-6831-68-3

尤侗《西堂樂府》研究

作　　者　沈惠如
主　　編　潘美月　杜潔祥
企劃出版　北京大學文化資源研究中心
出　　版　花木蘭文化出版社
發 行 所　花木蘭文化出版社
發 行 人　高小娟
聯絡地址　台北縣永和市中正路五九五號七樓之三
　　　　　電話：02-2923-1455／傳眞：02-2923-1452
電子信箱　sut81518@ms59.hinet.net
初　　版　2007 年 9 月
定　　價　五編 30 冊（精裝）新台幣 46,500 元

尤侗《西堂樂府》研究

沈惠如　著

作者簡介

沈惠如，東吳大學中文研究所博士，經國管理暨健康學院通識教育中心副教授兼主任。2004 年曾獲第二屆中國王國維戲曲論文獎，業餘從事戲曲創作。著有《尤侗西堂樂府研究》、《劇本研讀》、《永恆的戀曲》、《戲弄美麗的人生》、《幸福的黃金距離》、《從原創到改編──戲曲編劇的多重對話》，劇作則有京劇劇本《廖添丁》（與邱少頤合編）、《水滸英義》、《閻羅夢》（與陳亞先、王安祈合編）、清唱歌劇《烏江恨》、實驗崑劇《小船幻想詩──為蒙娜麗莎而做》、《戀戀南柯》等，後兩齣同時入圍第五屆台新藝術獎。

提　　要

　　本論文針對清代戲曲名家尤侗的劇作《西堂樂府》作一全面性的探討，並由多重角度加以徵驗，使其獲得客觀公正的評價。資料的搜尋，遍及史料、方志、詩文集、劇曲作品、專門論著、戲曲音樂理論等，並兼涉西洋戲劇理論、劇作及文藝創作心理學。

　　全文約十七萬言，共分五章、二十二節。首章敘述尤侗的生平，從家世、生平、交遊、著作、文學觀五方面來探討，以明瞭其家風、經歷、對他作劇有影響的人、作品風格及戲曲觀念。第二章與第三章，將《西堂樂府》分雜劇、傳奇兩部分來討論，論述的項目包括主題、結構（第三章因傳奇的篇幅較大，聯套較為複雜，故將結構部分分為布局、排場兩節）、文詞、腳色、音律和景觀，務求完整而詳盡。第四章超越劇本本身，將《西堂樂府》在思想、題材、劇曲藝術、實際演出上之特色置於時代環境與戲曲史中，並搜羅旁證，以確立其在清代戲曲中的地位。此章分為「翻案補恨思想的巧妙運用」、「寫作動機與題材的時代性」、「情節的出奇制勝」、「實際演出的情形」四節。第五章為結論，希望藉由本書，能使得戲曲作品的研究更加落實。

目錄

前 言 ……………………………………………………… 1
第一章　尤侗的生平 …………………………………… 3
　　第一節　家　世 …………………………………… 3
　　第二節　生　平 …………………………………… 6
　　第三節　交　遊 …………………………………… 11
　　第四節　著　作 …………………………………… 15
　　第五節　文學觀 …………………………………… 21
第二章　雜劇五種研究 ………………………………… 25
　　第一節　主　題 …………………………………… 25
　　第二節　結　構 …………………………………… 34
　　第三節　文　詞 …………………………………… 45
　　第四節　腳　色 …………………………………… 55
　　第五節　音　律 …………………………………… 60
　　第六節　景　觀 …………………………………… 69
第三章　傳奇鈞天樂研究 ……………………………… 77
　　第一節　主　題 …………………………………… 77
　　第二節　布　局 …………………………………… 85
　　第三節　排　場 …………………………………… 93
　　第四節　文　詞 …………………………………… 106
　　第五節　腳　色 …………………………………… 114
　　第六節　音　律 …………………………………… 122
　　第七節　景　觀 …………………………………… 130
第四章　《西堂樂府》的特色 ………………………… 141
　　第一節　翻案補恨思想的巧妙運用 ……………… 141
　　第二節　寫作動機及題材的時代性 ……………… 148
　　第三節　情節的出奇制勝 ………………………… 154
　　第四節　實際演出的情形 ………………………… 160
第五章　結　論 ………………………………………… 169
參考書目 ………………………………………………… 171

前　言

　　《西堂樂府》是清代文人尤侗的戲曲作品，包括雜劇《讀離騷》、《弔琵琶》、《桃花源》、《黑白衛》、《清平調》及傳奇《鈞天樂》。後人對《西堂樂府》讚美的不少，如周貽白《中國戲劇發展史》：「其詞獨成風格，清新儁雅，並世無儔。」、吳梅《中國戲曲概論》：「大抵清代曲家，以梅村、展成爲巨擘。」、《今樂考證》引周亮工云：「西堂所著雜劇，悲歌激楚，不異玉茗主人、青藤居士。」但是，也有貶抑之詞，如李慈銘《越縵堂讀書記》：「閱尤西堂院本四種，甚惡之，尤不耐其所謂《鈞天樂》者。人生升黜有命，亦何足恨，即伏獵入省，曳白登科，皆非意外事，乃必刻畫無鹽，窮極形相，夫亦誰不知之而煩豐干饒舌耶？其間淺陋可笑處，尤不勝指駁。」這些批評之詞，雖說是從各種不同角度來看，但一褒一貶之間，差別甚大。究竟《西堂樂府》在中國古典戲曲史中該得到什麼樣的評價？此即本論文所要探討的。

　　作者的生平對作品有很大的影響，舉凡家風、經歷、交遊、性格、思想等都足以改變作品的風格，因此，本文第一章在敘述尤侗的生平時，將特別提出對其劇作有影響的人物及觀念。至於第二、第三章，是劇本本身的研究，包括主題、結構、文詞、腳色、音律、景觀各種戲劇要素的討論，其中「景觀」部分，是大家常常忽略的，本文特闢專節詳細探討，因爲這是舞臺藝術的直接呈現，也是精華所在。而「音律」部分，一般人只注意平仄、句法及韻腳，未能詳審音樂的旋律與節奏，事實上耐聽與否全看音樂的成就，所以就現存西堂樂府的曲譜作一分析，是這部分的重點。另外在文詞方面，也特別提出語言表達技巧，以肯定作者在演出效果上所作的努力。總之，每一項目均以適合實際表演爲探討的原則。

　　除了劇本的討論之外，時代問題亦不容忽視，這是會影響戲曲的取材和意旨的。在第四章「西堂樂府的特色」中有時代與題材關係的剖析。此外，還對西堂樂府的演出紀錄加以敘述，從觀眾的反應、伶人的更改，可以看出其具體成效。

　　但是，研究一部作品，若僅就其時代背景、作者生平、作品本身三方面著手，不免稍嫌薄弱。因此，筆者擬廣為接觸各代劇作，把與西堂樂府在思想、情節、表現方法相關的予以歸納、列舉，以突顯西堂樂府在傳承與啟後上的地位。然而，戲曲作品何等豐富，短期內實無法遍覽盡觀，疏漏之處，在所難免，尚祈博雅君子不吝指正。

第一章　尤侗的生平

第一節　家　世

尤侗，長洲人，長洲即今江蘇省吳縣，尤氏的祖先，並非世居於吳縣。當年，武王伐紂，奠都鎬京後，將文王的第十子聃季封在沈地（相當於今河南省汝南縣），便以地爲氏，到了唐代宗廣德年間，因爲戰亂的緣故，部份沈氏遷到福建泉州，五代後梁年間，王審知平亂有功，受封爲閩王，泉州沈氏爲了避「沈」「審」同音之諱，便去掉水字偏旁而成爲尤氏，這就是尤姓的由來。經過了五世的緜延，在宋眞宗天禧二年，尤叔保避難入吳，而叔保，即是尤侗家族世系的始祖。

叔保的長子大成，居住在無錫白石里，次子大公，居住在長洲西禧里，而尤侗的五世祖尤袤，就是無錫尤氏這一支。尤袤是尤侗的祖先中最負盛名的一位，他五歲能作詩，十歲以神童舉薦，是南宋紹興十八年進士，後來因上疏未被接受而乞歸，自號遂初居士，宋光宗還賜以手書的遂初二字。尤袤以詩名，承襲江西詩派的餘風，以平淡爲特色，和當時的陸游、楊萬里、范成大合稱「南渡四大家」，在文學史上，有著重要的地位。

尤袤的孫子尤焴，也是位頂頂有名的人物，十九歲便登進士，曾以書生的身分守邊，恩威兼濟，是一名儒將。後來因功累官至禮部尙書、端明殿大學士，封毗陵郡侯，使得尤氏的聲望，達到了最高峯，這一點對尤氏家族深具意義。因宋度宗曾經臨幸尤焴的府第，並在柱間題上「五世三登宰輔，奕朝累掌絲綸」，所謂「五世三登宰輔」，是指尤侗的三世祖尤輝，以少保、觀文殿大學士致仕，贈少師；五世祖尤袤，煥章閣待制、禮部尙書、少師贈太師；以及七世祖尤焴，他們的成就，奠定了尤氏仕宦世家的基礎，也使得尤氏歷代簪纓不絕，這種家世背景，對後代子孫尤侗的致仕思想，必有很大的影響。

　　尤氏在宋朝雖然享有極大的榮耀，但他們並不汲汲於功名富貴，在尤侗的十一世祖及十二世祖中，就出現了兩位志節高尚的人——尤山和尤良。尤山是元朝的太學生，只要是有人勸他出仕，他便用醇酒將之灌醉。他曾私下對家人說：「吾家三百年科第，十世冠裳，宋恩渥矣，吾何忍失身二姓乎？」至於尤良，不僅忠貞，而且至孝，他並不十分受到嫡母的寵愛，可是卻孝順有加，曾有割股療疾的事實。他二十歲時省試第一後便不再應試，原因是「吾世宋臣，豈可失節乎？」至正年間，徵召他修遼金二史，他就佯狂入山，力學著述〔註1〕，此二人立下了尤氏忠孝傳家的榜樣。其中尤山因其父尤玘退居萬柳溪上時，常常聚集親族談論先世事，因此著有《萬柳溪邊舊話》三卷，不僅為尤氏族譜，更是尤氏世族的精神指標。

　　當尤焴四傳至尤玢時，尤玢的少子尤臣遷徙到蘇州府治的斜塘一地，這就是尤侗世居斜塘之始，從此以後，「以耕讀世其家」〔註2〕。尤臣五傳至尤侗的高祖尤鼎時，因缺乏功成名就的後進，門祚有衰落的現象，尤鼎及其子尤聰——尤侗的曾祖都只是處士而已，直到尤聰之子尤挺秀，死後詔給七品冠帶，才又振興了尤家的聲望。尤挺秀以孝友著稱鄉里，而且賑濟貧士，排難解紛，置田給水，遠近蒙惠，終於受到太守的敬重和提拔，吳縣志將之列入孝義傳中，由此可見。

　　尤侗的父親尤瀹，字九之，別號遠公，雖是尤挺秀的獨子，而家教督促甚嚴。尤侗在〈先考遠公府君暨先妣鄭氏行述〉中有這麼一段記載：

> 竊聞之先祖妣與先妣云：「府君性至孝，先祖素剛嚴，雖獨子不姑息，一經口授，徹兩夜不休，稍倦則夏楚隨之。平時一言拂意，輒推案呵叱，索大杖。府君涕泣長跽，久之方解，退而咿唔如故，無怨色。故府君四十五十，恂恂猶孺子也。」

在如此嚴厲的教誨下，尤瀹的「篤行高材」〔註3〕，當是其來有自的了。尤瀹繼承了其父的熱心公益，「雖為儒生，究心世務，而于鄉邦利弊，籌畫尤悉」〔註4〕，博得鄉里讚譽。尤瀹平生喜好遊山玩水，常常扁舟兩屐，探索虎丘、西山等處的巉岩絕壑，而且振衣蹻足，不假節杖，七十多歲時登九級浮屠還能面不改色，反倒是追隨在側的尤侗半途喘息不已。尤瀹晚年嘗與方外人士交往，但不參禪、不事修鍊，對於道書釋典，僅曉大意而已，然而他曠達觀空，實得禪家三昧！尤侗晚年好佛，

〔註1〕尤侗有述祖詩四言古風二十五章，並附有傳，對於他的二十一世祖先生平事蹟記敘甚詳。
〔註2〕見尤侗自著之《悔庵年譜》。
〔註3〕見〈述祖詩〉及《吳縣志》列傳。
〔註4〕見尤侗〈先考遠公府君暨先妣鄭氏行述〉。

當是其父潛移默化的結果。

　　值得一提的是：尤侗的祖父尤挺秀宿學不遇，父親尤瀹禀承庭訓、揣摩益工，文藝冠一時，不幸的是四次赴省試也都不中，但尤氏承其先祖的功業，因此代復一代以科舉仕進為先題，更何況試途原本就是中國讀書人的正路，這就是為什麼尤侗在作品中對蹭蹬場屋如此在意的原因。

　　尤瀹有七子，依序為：侗、价、侗、佺、俊、何、倬，另有一女，適庠生許王增。尤侗七兄弟非常友愛，「入而肄業，連牀共被；出而應試，同舟並騎」〔註5〕。七人皆入學籍，非廩生即庠生，唯尤侗及六弟尤何做過官。尤何曾中舉人，任黟縣教諭，但生活十分簡易，不過橫經說劍、朝齏暮鹽而已。後來被巡撫保舉為陝西神木知縣，離家四千餘里，十分孤寂，然而他澹泊自甘，頗有政績，不幸感染風寒，又誤投藥餌，以致溘然早逝，最為尤侗所惋惜〔註6〕。

　　在婚姻方面，尤侗禀承父教，只娶一妻，沒有妾媵。其母秉性貞靜，其妻賢明淑慎，都是堪為母儀者。妻曹氏，名令，字淑真，其父官至咸陽知縣，家財頗富，卻很能適應尤家簡樸的生活。由於少時讀過書，所以深明大義，而且工於針黹，事奉翁姑謹慎，堂上稱其賢能。尤侗夫婦結褵四十年，情深義摯，每當尤侗深夜苦讀時：「婦來籌燈侍其側，常將筆研供掃除，自刺繡文助勤苦，聽我咿唔增軒渠。夜深時患唇吻渴，每呼小婢烹茶須，街鼓冬冬倦欲睡，婦曰不可姑呇且。」〔註7〕好一幅「寒宵伴讀圖」！由於曹氏精明練達，尤侗對她言聽計從，操持家政井井有條，子女也頗有成就。當曹氏病逝後，尤侗鰥居二十年，對於亡妻的感念，未嘗稍減。在他的作品中，有「哭亡婦曹孺人詩六十首」、「亡婦二周志感」、「八月十一日亡婦生忌正六十矣感成二絕」、「除夕再哭亡婦六首」、「九月十九日亡婦周忌述哀三首」、「生日得授官信口占寄亡婦絕句四首」，另外還有哭亡婦的絕句、律詩各十首，不僅如此，在詠龍涎香、詠白蓮、詠蕈、詠蟬、詠蟹等詩中，也有閨情的寄託，繾綣親愛之情，溢於言表。「索索西風秋夜長，靡蕪宿草又新霜，無端驚起空床夢，雁唳三聲也斷腸。」（亡妻忌日夢見有感）人間至情，何甚於此！

　　尤侗有二子三女，次子尤瑞，生而姣好，眉目如畫，穎敏剛決，侍親至孝，深得父母鍾愛，不幸在二十八歲那年，得「箭風」而死，尤侗深感哀痛。長子尤珍，字慧珠，又字謹庸，號滄湄，康熙二十一年進士，是尤侗上下三代血親中唯一的進士。入翰林，遷右贊善，自幼濡染庭訓，深於詩學，初宗唐，後宗宋，晚又歸於唐，

〔註5〕見尤侗〈祭二兄五弟文〉。
〔註6〕見尤侗〈亡弟定中行狀〉。
〔註7〕見尤侗〈年譜圖詩〉第二首。

性平和，每作一詩，字字求安，有人提出異議便隨時修改，和沈德潛是最要好的朋友，著有《滄湄類稿》和《晬示錄》。尤珍因念及父親年老鰥居，所以在康熙三十三年請告歸養，和他父親的告歸林下同被世人傳爲美談，由此可知尤氏積極仕進並非爲了謀取榮華富貴，而是盡一個讀書人的責任，相反的，他們的清修恬淡之風，正是一個讀書人所應有的操守啊！

在尤侗的子孫中，另有一位成就較高的，是他的曾孫尤秉元。秉元字昭嗣，康熙甲午舉人，官四川樂至縣知縣，任內民安政肅。生平節儉寡慾，三十喪偶，獨居三十餘年，旁無媵侍，頗有乃曾祖之風。沈德潛《清詩別裁》云：「昭嗣年五十餘，呴呴嚅嚅，依然童稚。」與其高祖無異。尤秉元詩承尤侗、尤珍，不入輕浮之習，是爲唐音，可見尤侗的文學還影響到了曾孫。

綜上可知，尤侗是生長在書香門第、忠孝世家，而且家風嚴飭，因此子弟們個個都有儒者的風範，而無世俗的惡習，明白此點，那麼我們對於尤侗的人格及作品的含意就比較能夠有正確的理解了。

第二節　生　平

尤侗生長在明清之際，然而朝代的更迭，對他並無影響，他只是一直在爲自己的理想、目標奮鬥！不幸的是他的運氣不好，正當年輕才旺時無法施展抱負，深感委屈與無奈，誰知年過耳順卻又能一償宿願，使得他的一生充滿了傳奇色彩。不過，良才終遇知音，想必他亦死而無憾了。

尤侗，字同人，一字展成，號悔菴，晚號艮齋，世稱西堂老人。生於明萬曆四十六年（1618）閏四月二十四日申時，卒於清康熙四十三年（1704）六月，享年八十七歲。尤侗五歲啓蒙，入小學讀四書、習易經，十二歲在家塾讀書時，厭棄時文，思慕古學，除了館課經史之外，又自修老莊、離騷、左傳、國語、史記、文選等書，由於生而穎異，童年時期就已博覽群籍。當時有個同年的鄰居欽蘭，常和他互相切磋、砥礪、辨難、對句，偶爾還會有些詩詞歌賦的小作品出現，他們的老師吳人千看到後甚感驚訝，頻頻向人稱他們是神童，可知在少年時代，尤侗的才情就已顯露出來了。

十五歲起，開始了尤侗的坎坷試途。起先，他參加童子試沒有成功，於是更加發憤讀書，而於十八歲補長洲弟子員，二十歲赴試崑山，卻因祖母之喪而作罷，二十二歲應南京鄉試不第，二十五歲科試不錄，遭試又不錄，二十八歲赴江寧省試不第，二十九歲參加鄉試，又因「文太奇」只中副榜，三十一歲時科試雖第一，省試

仍不第，三十二歲雖得到廷試第七名，可授為推官，但他決定「重考」，再接再厲，於三十四歲參加省試，不幸又失敗，只得在第二年入京會試，並膺任永平府推官之職。可知在這二十年當中，尤侗飽嘗考場失意的滋味，其間雖經結婚、生子，並收了徐元文為學生，卻不能衣錦還鄉，光宗耀祖。空有才能而無處發揮，最是令尤侗感到不平！

不過，在這段時期中，尤侗還有另外一項收穫，那就是參加文社。結社是明末士子之間的一種熱門活動，藉著詩文來往互通聲氣，其中以復社人才輩出，最為有名，尤侗受到感染，也好此道。在他十九歲那年，和同里的陸壽國、陸壽名兄弟及湯傳楹結為四子社，他們「以文字而得性情之樂，友朋而有兄弟之愛」、「招訪往還，執手勉以他年志業」、「謀文析義，談笑間作，時出其清思雄辨，以相贈達」〔註8〕，而這些也正是一般結社的用意所在。前面提過明末崇禎年間以復社最有名，尤侗因為年紀尚小，沒有入社，但它的支流滄浪亭會，尤侗已有參與。滄浪亭會是楊廷樞為其子擇友會文而設立的〔註9〕，楊廷樞是復社的社目，勢力很大，可以「操執吳門選政」，吳中新銳士子都被他網羅了。尤侗因為很喜歡結社交友，所以在滄浪亭訂盟後第二年，即二十四歲時，又赴常熟臨社，與黃淳耀等五人訂盟。爾後，滄浪亭會由於人數眾多，漸有歧見產生，本來結社是以清修為主，但卻有人呼朋引伴、廣求聲援，以標榜門戶，彭瓏不以為然的說：「論交以辨人品、正心術為急，何嫌怨是惜。」因大嘆要「慎交」，所以以舉慎交社，而另外那批人就倡為同聲社，以章在茲為宗主，滄浪亭會遂一分為二。尤侗因贊成彭瓏的主張，便加入了慎交社，而漸與總角同好章在茲疏遠了。尤侗的學生徐元文在彭瓏墓誌銘中提到慎交社的宗旨是「講道、考業、敦本、篤行」，尤侗參加了這個社，可想見對他學問的精進及德性的修持有莫大助益，在他流連科場的二十年中，入社無疑是他最大的精神支柱。

尤侗自除直隸永平府推官後，頗有一番作為。永平離京城五百里，是關內關外的交通孔道，滿漢雜處，軍民交籍，於是常有鬩訟發生，尤侗依法仲裁、扶弱鋤強，卻也遭致不少怨謗。每當閒暇時，登臨懷古，賦詩譜曲，或與三五好友把酒論文、射獵南山，仍過著文士般的生活。其間，曾遇一次大水及一次饑荒，於是散米煮粥，奔波勞苦；又曾被人中傷，幾乎獲罪，所以在任上第四年大病兩個月時，感嘆地說：「予既偃蹇邊關，一官拓落，意不自得，兼遭病慝，日與藥烟敗絮為伍，遊子悲故鄉，輒唱不如歸去。」〔註10〕只好上書總憲龔芝麓，敘述憔悴之狀，正當要改為京

〔註8〕見湯傳楹〈同社送葬奠別陸子文〉，在《西堂全集》「湘中草」中。
〔註9〕見杜登春《社事始末》。
〔註10〕見《悔菴年譜》。

兆推官時,卻發生了一件大案子——被指擅自責打旗丁邢可仕。其實尤侗乃依法執法,根本不知受罰者是什麼人,州守卻惡意中傷!尤侗按例應革職,幸而有人為之力爭,才改降二級調用。尤侗遭此打擊後,決定歸家奉親,不再赴官,就這樣結束了這五年的仕宦生涯。豈料回家途中,幼子身亡,尤侗心灰意冷之餘,便在舊宅東邊營造看雲草堂隱居,取杜甫「年過半百不如意,明日看雲還杖藜」之意,只不過杜甫築草堂時已四十九歲,尤侗「年雖未逮,境與之齊矣。」〔註11〕他並於此時自號悔菴,以志三十九年之非,而雜劇《讀離騷》也正是這個時候所作的,由此可想見他當時的心境!一個吏治精敏,不畏強禦,專治怙勢梗法者的正直官員,遭受這樣的打擊,也只有尋求文字上的發洩了。

尤侗南歸後,「身在江湖,心懷魏闕」。他花了一個月的時間寫出一本《鈞天樂傳奇》,在嘻笑怒罵之中,寓有懷才不遇之感。順治十五年,尤侗四十一歲,上有恩詔,因公詿誤者可以自陳開復,尤侗受到其他官員及父親的勸告、鼓舞,便北上入京謀求白冤復職。當時,正巧世祖與學士王熙談到「老僧四壁皆畫西廂,卻在臨去秋波悟禪」公案,王熙便舉尤侗所戲作的「怎當他臨去秋波那一轉」制義答對,世祖索求閱覽,王熙以抄本進呈,後又索求刻本,親自加以批點,歎為「真才子」,並且詢問尤侗的出身履歷,深為他的遭遇惋惜不已。又命人取《西堂雜組》全帙,放置案頭批閱,還遣內務府文書官到坊間搜購。後來,有人以尤侗的《讀離騷》雜劇進獻,世祖讀後更加讚賞,令教坊內人播之管絃,為宮中雅樂,頗得世人豔羨。

尤侗在北上入京時,常不放棄遊覽、訪舊的機會,曾至濟南登臨、會友,流連月餘,結果竟然因此誤了復官之期,幸而尤侗並不太在意,他笑著說:「吾乘興而來,興盡而返,何公事為?」〔註12〕其實,尤侗的文章已得世祖稱許,受到拔擢的機會大增,因禍得福也不是沒有可能的。

就在這一年(順治十六年)秋,尤侗的學生徐元文狀元及第,世祖得知尤侗為新狀元的老師,殷殷垂詢再三。爾後嘗向弘覺國師慨嘆:「場屋中士子有學寡而成名、才高而淹抑者,如新狀元徐元文業師尤侗,極善作文,僅以鄉貢選推官,復緣事降調,豈非時命大繆之故耶?」國師回答:「忞(按:國師法號道忞)聞之,君相能造命,士之有才,患上不知耳,上既知矣,何難擢之高位?」世祖言:「朕亦有此念。」〔註13〕然而不幸的是,不久世祖就駕崩了,提拔之事,自然無疾而終。「平生知己

〔註11〕同註10。
〔註12〕同註10。
〔註13〕以上對話,見《西堂雜組》「弘覺國師語錄」。

猶惆悵，況感恩私在至尊」〔註14〕，尤侗在悲傷之餘，也只能說出這樣的感慨了。

　　在康熙初年至康熙十七年間，尤侗無官一身輕，於是自適於山水詩文，足跡遍及長安、閩越、恒山之陽、榆關之右、三衢之麓、青海之濱等，江山奇景，自然是入詩入文的好題材，而友朋唱和，更足以激發雅興！另外，不可忽略的是當時盛行的家樂唱曲、演劇風氣。由於自明代萬曆年間起，戲劇已成爲士大夫間官場應酬或文士宴集不可缺少的娛興節目，而且蓄養家樂，不僅能招待客人，還可使自己的劇作得以實地驗證，所以明清兩代的文人非常流行家伶演劇。尤侗與友人之間，也常互相觀賞家伶演劇，甚至互相提供劇本排演，還有興致一到、即寫即演的情形，因此在這段優游山林的日子中，尤侗共完成了四本雜劇，分別是順治十八年的《弔琵琶》、康熙二年的《桃花源》、康熙三年的《黑白衛》及康熙七年的《清平調》。但是儘管日子過得逍遙，而人間總有許多不可彌補的缺憾！父母妻子的相繼過世，使得尤侗驚痛欲絕，六十歲不到，就已經鬚髮俱白了，而且在憂愁哀傷中，寫了不少悼亡的文字，因此，在這段期間，尤侗的詩、詞、曲作品，無論在質和量方面，都很可觀。

　　康熙十七年至康熙二十二年，是尤侗生命中的另一個高潮。康熙十七年，聖祖詔開博學鴻辭特科，命內外大臣推舉，結果兵部尚書王熙和工部尚書陳鼓永一併推薦尤侗，於是應詔入都。第二年應太和殿御試，欽取五十人，尤侗列二等，授翰林院檢討，纂修《明史》，當時尤侗已六十二歲了，是同榜入史局者中年齡最大的。對於在棲息二十年後突來的這份殊榮，尤侗有著深切的感恩之意。康熙十九年，蜀亂平，眾臣同上平蜀頌，聖祖獨指尤侗的名字，告訴左右說：「此老名士也。」在場的人都認爲這是最大的榮耀。尤侗曾將世祖稱他的「眞才子」及聖祖稱的「老名士」分刻在左右二堂柱上，並說明左邊是「章皇天語」，右邊是「今上玉音」。我想，一個文士能得到兩朝天子如此的讚譽，在各朝各代來說都是十分難得的。有感於這份知遇之恩，爲求答報，尤侗摒絕一切應酬，專心於史傳的編寫，在史局三年中，撰有〈列朝諸臣傳〉、〈外國傳〉共三百餘篇及〈藝文志〉五卷。另外閒暇時撰擬〈明史樂府〉一百首及〈外國竹枝詞〉一百十首，當然還有其他的文學作品，都編在《于京集》中，著作也不少。康熙二十年，由於雲南平定，聖祖大喜，頒詔大赦天下、封贈諸臣，尤侗之父得贈徵仕郎翰林院檢討，母親贈太孺人，妻子贈孺人，可謂光耀門楣，尤侗前半生的遺憾，終於獲得補償。

　　不過，由於年歲已高，加上親屬的相繼過世，自然興起了歸家的念頭。康熙二

〔註14〕尤侗輓順治皇帝詩末二句。

十二年，尤侗乞病還家，時年六十六歲。此次南返，尤侗不再有抱志未伸之感，而是真的優游林下，安享晚年。他曾去福州、洞庭遊玩，品嚐鮮美名產。家居時，在亦園水哉軒聚宴，模仿蘭亭、洛社，每月一會。另外，還有耆年會、豆腐會等，則是少年時結社的餘緒。總之，生活仍是多采多姿！他晚年也學佛，嘗言：「不講學而味道，不梵誦而安禪，不導引而攝生。」這是他的領悟。在他的作品中，有許多和方外之士的唱和，而他的《桃花源》雜劇的內容也涉及佛道，且刻劃深入而不浮泛，要不是博學多聞，怎能有如此精采的作品產生？

在尤侗晚年時，聖祖曾三次南巡，第一次是在康熙二十八年，侗七十二歲，偕諸臣至惠山謁駕。第二次是十年後，即康熙三十八年，侗上〈平朔頌〉，聖祖賜以手書的「鶴棲堂」三大字。第三次是康熙四十二年，尤侗已經八十六歲了，聖祖還在他家中晉升他爲侍講，這份榮耀，不知羨煞多少人。第二年六月，尤侗便與世長辭了。在尤侗逝世的那一年，朱彝尊與徐倬謁見皇太子於行殿，太子說：「老成易謝，茲來又失一尤展成矣。」稱其字而不稱其名，可見對他是多麼尊重了。

尤侗一向以文士自況，要效法古代知名的文人，希望能有如他們般的名望。他在二十三歲生日時，寫了一篇自祝文，文中恨自己「有退之之窮，而無其學；有子雲之貧，而無其玄；有嗣宗之狂，而無廣武歎，有叔夜之懶，而無廣陵彈；有平子之愁，而無兩都之賦；有長卿之病，而無大人之篇。」其實尤侗常常模仿一些文士的行徑，例如在七十九歲那年他便入山自築墓穴，當時的許香谷也這麼做，所以尤侗在〈題許香谷生壙誌序〉中認爲他有高士的流風，我們便可知道他對此種行爲的認同了。而築生壙，完全是師法司空圖：「……君不見屈原獨醒竟自沈，陶潛獨飲還自祭，劉伶荷鍤死便埋，李白捉月江心逝，最可師，司空圖引客生壙同歌呼，卻可惜，劉玄石三年重醒復何益？……」(生挽醉、死歌戲、贈洪丹霞詩)另外，這些詩句中提到的屈原、陶潛、李白，他們的故事，在他五本雜劇中就占了三本，而他的自祝文，顯然就是模仿陶潛的自祭文。根據尤侗的行爲，我們固然可以稱他爲一傳統文士，但是缺乏一己獨特的風格，則是令人引以爲憾的。

儘管尤侗一生起伏很大，而且落漠失意的時間居多，但他並沒有逃避、自命清高，也沒有諷刺、冷眼旁觀，這完全是因爲他性情寬和的緣故。他本身雖無傲人的功名，可是他對後進的提拔不遺餘力，常常爲一些晚生小輩的前途到處奔波。他的同鄉汪琬便不是如此，此人以古文自矜，看見世俗之人在議論文章，常常面斥責別人，缺少虛懷若谷的風範，所以大家比較親向謙和平易的尤侗。且看下面一段贊語：

> 古來文人，類多浮薄：或貪榮躁進，或揚己傲物；先生獨篤厚謙沖，
>
> 恬於榮進，有古君子長者風。王元美傷才士多貧窮卑賤，甚至天年無子，

　　故有文章九命之說，先生一一與之相反。以是知文人多窮，容有自致之道，

　　非盡天之阨之，如先生，天未始不厚之也。〔註15〕

尤侗的德高福厚，創造了文學界的奇蹟，而他本人也正因爲如此，不忍見到人世間
有任何遺憾發生，我想，這就是他「翻案補恨」思想的由來！人的思維主宰一切，
在我們明瞭尤侗的生平事跡後，應當充分掌握這一點，那麼往後討論尤侗的劇作時，
便能有著客觀而正確的認識！

第三節　交　遊

　　「同聲相應，同氣相求」原是大自然中不變的眞理，人心亦然！與志同道合者
交遊唱和，誠爲人生一大樂事！文人大多富於情感，對友情也特別珍惜，尤侗曾經
模仿少陵「飲中八仙歌」、梅村「畫中九友歌」而成「詩中故人歌」，將他二十四位
故友的特色、事跡融會入詩，可見這些情誼一定常在他心中翻騰。況且由一個人所
交的朋友及其交往的情形上，可以從旁了解到這個人的生活層面，因此對於尤侗的
交遊，我們必須加以探究。尤侗對「以文會友」之事，一向是興味盎然的，所以他
有很多社盟之友；尤侗做過官，所以他也有許多官場上來往的仕宦之友。不過，我
們也不能僅憑名字在他詩文中出現過就斷定二人有多深的交情，畢竟一些應酬文字
和泛泛的唱和是不具太大意義的。所以，本節的敘述，著重於與尤侗常有來往的人，
對他思想、作品有影響的人，以及對本論文的重點——尤侗作劇有幫助的人。

　　吳偉業字駿公，號梅村，江蘇太倉人，明神宗萬曆三十七（1609）生，清聖祖
康熙十年（1671）卒，年六十三歲。他是崇禎四年進士，官至南京國子監司業；他
還是復社中人，後倡舉十郡大社，博得很高的名聲。尤侗曾經去拜見他，被他引爲
忘年交，並稱讚尤侗有「雕龍之才、凌雲之氣。」〔註16〕他在入清後，被迫出仕，
以致清史將之列入「貳臣傳」，事實上他是有苦衷的。尤侗在〈艮齋雜說〉中言：

　　　　吳梅村文采風流，照映一時，及入本朝，迫于徵辟，復有北山之移，

　　予讀其詩詞樂府，故君之思，流連言外，及臨終一詞云：「故人慷慨多奇

　　節，爲當年，沈吟不斷，草間偷活，脫屣妻孥非易事，竟一錢不值何須說。」

　　　　其悔恨可知矣，論者略其跡、諒其心可也。

可見尤侗對他了解之深！他臨終前囑付要穿僧人之服下葬，墓碑上只刻「詞人吳梅
村之墓」；而他的戲曲作品《秣陵春》、《臨春閣》、《通天臺》又句句充滿了亡國之恨

〔註15〕見《國朝耆獻類徵初編》。

〔註16〕見吳偉業〈西堂雜俎序〉。

與故闕之思，可知其對於仕清，是多麼愧悔和無奈！吳梅村的詩文名重一時，與錢謙益、龔鼎孳並稱「江左三大家」，尤侗更稱許他爲難得一見的詩詞曲兼才〔註17〕，與這麼一位兼才爲友，尤侗必定獲益不淺。

李漁，字謫凡，號笠翁，浙江蘭谿人，萬曆三十九年（1611）生。他是中國最有名的戲曲理論家，尤侗和他交往，在戲曲意見上取得了一致的步調，這可以從尤侗爲《閒情偶寄》作的序及眉批上看出〔註18〕。另外，尤侗在李漁的《名詞選勝》序中也提到：「笠翁精于曲者也，故其論詞，獨得妙解，而與予之見合如此。」二人詞曲意見如此相近，那麼，當後人奉李漁的戲曲理論爲圭臬時，也不應否認尤侗是精於此道的。李漁喜愛遨遊，移居金陵後，開芥子園書坊，結交了王阮亭、周亮工、余淡心、尤西堂、吳梅村……等社會名流，不僅大家常去李漁那兒看他的家姬演新劇，他還常攜帶家姬，各處獻藝。而事實上李漁的名聲也正是由吳梅村、尤西堂觀劇後的贈詩所流傳出來的。尤侗的集子中有「笠翁席上顧曲和淡心韻七首」、「再集笠翁寓齋顧曲叠韻七首」及「二郎神慢——李笠翁招飲觀家姬新劇」一闋，所以徐釚的本事詩據此言「於是北里南曲中，無有不知李十郎者。」可見尤侗對他的成名還有很大的助益。不過，尤侗、李漁雖然詞曲論調相合，但劇作的風格卻不同。尤侗較偏向文人雅士的清玩，李漁則爲劇人之作，甚至眼高手低，忘了自己科諢戒俗惡、忌淫褻的律條，反而有「市井謔浪惡習」（吳瞿庵語），這應該是尤侗才氣縱橫、而李漁生性輕薄的緣故。

提到尤侗的觀家伶演劇，不得不提起冒襄。冒襄是明末江南四大公子（餘三人爲方以智、陳貞慧、侯方域）之一，字辟疆，號巢民，又號樸庵，江蘇如皋人，明萬曆三十九年（1611）生，清康熙三十二年（1693）卒，年八十三歲。冒襄在清人統治後便歸隱不出，晚年以圖書自適。不過他雖然隱居，卻沒有斷絕與名士間的來往。他好交遊、喜聲伎，常自製詞曲，教家樂演唱，康熙四年，王士禎便曾攜尤侗的《黑白衛》雜劇，至如皋授予冒襄教家伶排演。尤侗有詩云：「西園公子綺筵開，璧月瓊枝夜夜來，小部音聲誰第一，玉簫先奏紫雲迴。」〔註19〕尤侗、冒襄在戲曲藝術上的切磋琢磨，是可以想見的了，二人堪稱爲「曲友」。

在第二節生平的敘述中，曾提到尤侗贊成彭瓏的意見，因而加入愼交社，事實上，這位愼交社宗主與尤侗有很深的淵源，他們不僅毗鄰而居，還是四代通家之好，更有姻親的情誼，又是白首之交！關係十分密切！彭瓏字雲客，號一庵，明神宗萬

〔註17〕見西堂雜俎中的〈梅村詞序〉。
〔註18〕關於這一點，會在本章第五節討論尤侗戲曲觀時詳加說明。
〔註19〕《如皋冒氏詩略》引查爲仁《蓮坡詩話》。

曆四十一年生（1613），清聖祖康熙二十八年（1689）卒，年七十七歲。彭瓏少時喜讀先儒書，爲文沈深浩博，順治十六年進士，但宦途多舛，在任長寧縣知縣時，被誣辭官，與尤侗可謂同病相憐。尤侗在做永平推官時，彭瓏曾去探視他。彭瓏辭歸後，便潛心講學，晚年於程朱「居敬窮理」之學多所領悟。尤侗告歸林下後，二人便相偕退隱，終其一生的交情，可謂十分深厚！不過彭瓏老年深於宋學，尤侗則攻於文苑，二者學習的方向是不同的。

在康熙年間，有兩位少負異才、詩文成就足以相抗衡、並被當時人稱爲「南施北宋」的施閏章和宋琬，他們和尤侗都有一段交情。宋琬字玉叔，一字荔裳，山東萊陽人，明萬曆四十二年（1614）生，清康熙十二年（1673）卒，年六十歲。他是順治四年進士，官至浙江按察使，後來被族子誣陷下獄三年，平反後授四川按察使，終因妻孥歿於吳三桂變中，抑鬱罹疾以終，著有《安雅堂集》。而施閏章，字尙白，又字愚山，號矩齋，安徽宣城人，明萬曆四十六年（1618）生，清康熙二十二年（1683）卒，年六十六歲。他是順治六年進士，官江西參議，後裁缺歸里。康熙十八年應博學鴻辭，官翰林院侍講，著有《愚山詩集》。大體而言，宋詩以雄健磊落勝，施詩以溫柔敦厚勝，二人雖並稱，卻又各自擅場。尤侗和他們唱和酬答時，正當二人遭厄之際，頗有傾吐牢騷、互相安慰的作用。

在尤侗的詩文中，曾數次提及一對姊妹：葉小鸞、葉小蘩，她們是明代女劇作家葉小紈的妹妹，也就是沈璟的孫姪女。葉小鸞，字瓊章，又字瑤期，自幼聰穎，讀離騷數遍即成誦。然而她卻是一個比尤侗年長兩歲、但只活了十七年就香消玉殞的女孩，按理應不致與尤侗有太深的交情，不過因爲葉氏父女在崇禎年間頗負盛名，所以尤侗與他們有詩文來往。當小鸞死後，尤侗有「戲集返生香句弔葉小鸞」十首，可見尤侗與她交情並非泛泛，也因此有人以爲尤侗《鈞天樂》傳奇的女主角即是影射葉小鸞。〔註20〕

至於《鈞天樂》傳奇的第二男主角，也被認爲是影射尤侗的另一位好友湯傳楹。湯氏，字子輔，更字卿謀，江蘇吳縣人，明光宗泰昌元年（1620）生，思宗崇禎十七年（1644）卒，年二十五歲。湯傳楹是尤侗最要好的朋友，尤侗早年即認識他，並結四子社，可惜多才早夭，留下兒子阿雄爲尤侗撫養，不幸八歲時病亡，而女兒則與尤侗的學生徐元文結爲夫婦，可見其關係之深厚。尤侗的《西堂剩稿》、《西堂秋夢錄》中與湯傳楹唱和之詩很多，並有湯傳楹的小傳、墓誌銘及悲悼的文字若干篇，其中有「春夜過卿謀觀演牡丹亭」詩一首，可知二人也是「曲友」。

〔註20〕詳情見本論文第三章第一節。

在尤侗的劇作中，有一本是奉命而作的，即奉梁清標之命所作的清平調一折。梁清標，字玉立，一字蒼巖，號蕉林，又號棠村，河北正定人，明光宗泰昌元年（1620）生，清聖祖康熙三十年（1691）卒，年七十二歲。他是崇禎十六年進士，入清後累官至尚書大學士。他的詩作「雅麗渾成，不事雕飾，不摭拾隱僻，得北宋諸賢之遺意焉。」〔註21〕尤侗在初至京師時，即與清標往還。康熙七年，尤侗至清標處晉謁，當時清標家伶中有晉陽佳麗雅善南音，所以清標便命尤侗填新詞，因成清平調一折。可見清標在當時家伶演劇中頗有地位，己巳年間，洪昇《長生殿》的演出，即是他主持的。而尤侗《清平調》若得讚譽，也是拜清標之賜。

在尤侗的詩文中，常提到一位「陳髯」，他就是有著長髯的陳維崧。陳維崧，字其年，號迦陵，江蘇宜興人，明熹宗天啟五年（1625）生，清聖祖康熙二十一年（1682）卒，年五十八歲。康熙十八年以諸生應博學鴻辭之徵，官翰林院檢討。幼有神童之譽，才大氣盛，他的詩、詞及駢文之作，宇內稱許，除此之外，他也好倚聲度曲。他在〈蒼梧詞序〉中說到：「僕也老而失學，雅好填詞，壯不如人，僅專顧曲。」由此可證。尤侗的《黑白衛》雜劇也曾授予陳維崧的家伶演出過。

尤侗一生雖然在試場上屢屢受挫，但是他卻有一個青出於藍的學生徐元文。元文字公肅，號立齋，明崇禎七年（1634）生，清康熙三十年（1691）卒，年五十八歲。順治十六年，中一甲一名進士，授修撰，後受牽連降謫，又因父喪乞歸，至康熙八年復起，累遷為刑部尚書、戶部尚書、文華殿大學士。徐元文是徐乾學的弟弟，他幼年即有大志，十分用功，曾替尤侗校刻《西堂雜俎》，顯達之後，仍對尤侗謹守師生之份。尤侗的名聲，亦因他而顯揚。

另外，在尤侗作品中為之作序跋及題詞的人，有些對尤侗了解很深，時有一針見血的評論，可見他們的交情不淺。茲分別介紹如下：

杜濬，字于皇，號茶村，又號黃鶴山樵，湖北黃岡人。工於詩，也是一個在科場上不如意的人，未曾作過官。他常私下認為梨園中人，與其徒扮狀元，不如扮李白中狀元，這樣既可解嘲又可釋憾，及至看了尤侗的《清平調》，大嘆深獲我心，認為李白之不中狀元，是「造化原留此缺陷，以待悔庵之筆。」〔註22〕對尤侗頗為讚賞。他生於明萬曆三十九年（1611），卒於清康熙二十六年（1687），年七十七歲。

曹爾堪字子顧，號顧菴，浙江嘉善人，順治九年進士，因案連坐被黜，與尤侗遭遇類似。他二人是在社集中認識的，性情相近，生活相近，交遊達四十年。曹爾堪《百末詞》序云：「余與悔菴齒既肩隨，息機近亦相似。」「扁舟過從，商榷草堂

〔註21〕見汪蛟門〈棠村詞序〉。
〔註22〕見杜濬〈李白登科記題詞〉。

之勝事者，吳門獨吾悔菴耳。」而尤侗在《南溪詞》序則云：「握手相看，顚毛半白，獨詩歌興會，至老不衰，狂奴故態，吾兩人可相視而笑矣。」可見二人情深意摯！曹爾堪在《西堂樂府》題詞中言：「（尤侗）以沈博絕麗之才，爲嬉笑，爲怒罵，雅俗錯陳，畢寫情狀。」「沈博絕麗」四字，實是一語道出尤侗劇作的特色。他生於明萬曆四十五年，卒於清康熙十八年，（1617～1679），年六十三歲。

吳綺，字薗次，晚年因病失明，自號聽翁，江蘇江都人。曾任湖州知府，他和尤侗均兼擅詩文詞曲，俱是拔貢出身，又同在地方官任內遭譴，所以他在尤侗《讀離騷》雜劇前題一闋「采桑子」：

> 瀟湘千古傷心地，歌也誰聞，怨也誰聾，我亦江邊憔悴人。　青山剪
> 紙歸來晚，幾度招魂，幾度銷魂，不及高唐一片雲。

頗有「同是天涯淪落人」的感慨！他生於明萬曆四十七年（1619），卒於清康熙三十三年（1694），年七十六歲。

彭孫遹，字駿孫，號羨門，浙江海鹽人，順治十六年進士，康熙十八年博學鴻辭第一名，官至吏部侍郎。工於詩詞，曾和尤侗是鄰居。他很賞識尤侗的才華，爲他的遭遇抱不平，嘗以尤侗的《讀離騷》爲下酒物。生於明崇禎四年，卒於清康熙三十九年（1631～1700），年七十歲。

王士禎字貽上，又字子眞、阮亭，號漁洋山人。山東新城人。順治十五年進士，以詩聞名，爲一代宗主。兄弟三人（士祿、士祐、士禎）與尤侗皆有交情。尤侗劇作中，士禎最喜《黑白衛》，並曾以絕句代序題《西堂樂府》云：「南苑西風御水流，殿前無復按梁州，飄零法曲人間遍，誰付當年菊部頭。」深深說中尤侗的心懷，被尤侗引爲知己。不過由於名位的懸殊，晚年較少有來往。士禎生於明崇禎七年（1634），卒於康熙五十年（1711），年七十八歲。

綜合而言，與尤侗交情較深的人，多半和尤侗有相同的遭遇，不是蹭蹬場屋，就是受累貶謫；若是達官顯貴，那麼必是十分欣賞尤侗的才華，或是與尤侗有師生之誼。而尤侗的生活，則是以詩詞酬唱爲主，兼以製曲、顧曲，甚至自己唱曲，如尤侗題《虎囊彈》作者邱園的小像云：「君善顧曲，梨園樂府，吾和而歌，紅牙畫鼓。」尤侗的生活，應可算是多采多姿的了。

第四節　著　作

尤侗向以文士自居，所以終其一生未嘗停止創作。在清代，除了毛奇齡外，沒有一個人的作品比尤侗更豐富。不僅如此，他對於各種文體都有嚐試，使得他

的著作在內容及形式上均包羅萬象。茲先將尤侗的著作分文、詩、詞曲三類介紹如下〔註23〕，再根據其內容加以分析、評論。

（一）文

1. 西堂雜俎一集八卷：崇禎十一年至順治八年作。
2. 西堂雜俎二集八卷：順治九年至康熙十年作。
3. 西堂雜俎三集八卷：康熙十一年至康熙二十二年作。
4. 艮齋倦稿文集十五卷：康熙二十三年至康熙二十七年作。
5. 明史藝文志五卷：尤侗入翰林纂修明史之志稿。
6. 宮閨小名錄四卷：分類編載漢代至明代諸有名女子，後有余懷所撰後錄一卷。
7. 明史擬稿六卷：康熙十八年入史局後作。
8. 明史外國傳八卷：康熙十八年入史局後作。
9. 看鑑偶評、補評五卷。
10. 艮齋雜說、續說十卷。
11. 悔菴年譜二卷：康熙三十九年作。

（二）詩

1. 西堂剩稿二卷：崇禎八年至順治元年作。
2. 西堂秋夢錄一卷：崇禎十五年七、八、九月作。
3. 西堂小草一卷：順治二年五月至順治九年六月作。
4. 論語詩一卷：順治九年二月作。
5. 右北平集一卷：順治九年七月至順治十三年七月作。
6. 看雲草堂集八卷：順治十四年至康熙十七年作。
7. 述祖詩一卷：康熙九年作，康熙二十三年略作增補。
8. 于京集五卷：康熙十七年六月至康熙二十二年十月作。
9. 哀絃集二卷：卷一悼亡詩六十首，康熙十七年作，卷二為弔唁親友的輓詩、輓詞、輓騷。
10. 擬史樂府一卷：康熙二十年作。
11. 外國竹枝詞一卷：康熙二十一年作。
12. 艮齋倦稿詩集十一卷：康熙二十二年十月至康熙三十六年作。

〔註23〕尤侗的作品，根據《清史》及朱彝尊所作之墓誌銘中的敘述，應有《西堂全集》、《餘集》和《鶴栖堂集》，但後者今不見，所以本文的敘述是包括《西堂全集》、《餘集》及《四庫全書》所著錄、不收在上述二集中的《明史・藝文志》和《宮閨小名錄》。

13. 後性理吟一卷：同上。

14. 年譜圖詩一卷：同上。

15. 小影圖贊一卷：同上。

16. 續論語詩一卷：同上。

（三）詞　曲

1. 百末詞五卷：尤侗全部之詞作。

2. 百末詞餘一卷：尤侗散曲小令、散套作品。

3. 西堂樂府七卷：包括雜劇五種五卷、傳奇一種二卷。

　　以上共三十種、一百三十一卷。著述之多，的確世所罕見。大體而言，尤侗的散文，淵源自左、國、老、莊、風、騷〔註24〕，議論時能縱橫闔闢，寫名理之文也能清微幽妙，而經緯之文則沈博絕麗，在當世是頗受推崇的〔註25〕。尤侗的文章中有不少駢文，清初的駢文名家有吳兆騫、吳綺、陳維崧、章藻功以及尤侗等，而尤侗的駢體「步驅齊梁，頗能得其神髓」〔註26〕。我想，尤侗自幼喜讀離騷文選，文友們多是博聞強記，腹中自有許多新意、詞彙；而這些正是鋪張華麗的駢文所須要的，因此，尤侗駢文的成就甚高，也是其來有自的了。在詩的方面，由於尤侗少年以才情為主，所以風格近於溫李，完全是年輕氣盛、藻采飛揚的行徑。及至中年歸田以後，倣效白樂天，街談巷議，盡入韻語，反流於簡易；到了晚年，開闔動盪、灑脫淋漓，使得他的詩有韋蘇州的沖雅、元道州的疏老及杜工部的沈蓄頓挫〔註27〕，總括而言，尤侗之詩，初由晚唐入手，後由盛唐而出，隨心所至、暢所欲言，實為此中作手。至於詞，尤侗在他的《百末詞》自記言：「漢人以百花百草末造酒，號百末酒。予所作詞，亦花間草堂之末也，故以名之。」可見尤侗的詞作大抵以花間草堂為表率，天然綺豔、粉黛生妍。然而尤侗的詞作並非全然如此，他也有效法蘇辛的豪放詞，如沁園春（反止酒）、水調歌頭（解嘲）……等，成就不比花間草堂的婉約詞差，像陳廷焯在《白雨齋詞話》中便稱其「壯語工於綺語」，由此可知尤侗的詞作是多樣化的。說到曲的方面，無論是小令、散套或劇曲，其特色為「雄健豪放，有元人風味」〔註28〕。曲原本就是元代正統文學的主流，尤侗曲子既有元人風味，必已得其精髓。就散曲而言，綺豔疊陳、詼諧間出，但發乎情、止乎禮，完全是真

〔註24〕見尤侗〈今文存稿自序〉。

〔註25〕見王崇簡、周亮工的〈西堂雜俎序〉。

〔註26〕見張仁青《中國駢文發展史》。

〔註27〕白胤謙語，見尤侗〈右北平集序〉。

〔註28〕見《中國文學發展史》。

性情的流露。至於劇曲，結構巧妙、運筆奧勁，本論文將有詳盡的剖析；而吳梅譽為清代雜劇的冠冕，我想，尤侗曲作的成就，至此當時被肯定的了。

儘管尤侗各類的文學作品均有一定的水準，但並不是每種內容都可發揮得淋漓盡致。其作品的內容，大致可分為五類，以下分別敘述：

（一）抒情之作

這是尤侗比較擅長的部分。一個才華洋溢、性情寬和的人，最喜高朋滿座、或登臨遊賞時的盎然興味，「春秋油壁，夜月酒旗，白馬花袍，紅絃錦柱，忽忽不知其樂」〔註29〕，這的確提供了不少寫作素材。而當他年歲漸長，驚覺「金蘭一譜，半成點鬼簿」時，那份孤獨淒涼，化為文字，自然引人同情！如他寫〈哭湯卿謀〉詩，一共有九十首，後來自己刪為今日所見的六十首，可見他的感情有多豐富！試看他〈哭湯卿謀〉之一：

> 一聲落葉滿長洲，地下人間遙共愁，此日江南無宋玉，西風萬里為誰秋。

隨手拈來，毫不矯作，卻有一抹淡淡哀愁！除了悼亡友外，對親人的哀悼，讀之更令人酸鼻。如〈哭瑞兒詩〉（二十首之一）：

> 半世恩勤一旦休，歸來望思夢難求，瀟瀟秋雨長安夜，獨對孤燈泣白頭。

以及〈哭亡婦曹孺人詩六十首〉（之一）：

> 達生亦解讀南華，鼓缶而歌終是差，若使莊周化蝴蝶，飛來還戀合歡花。

能夠不落俗套地寫出這種悼念文字，而且一寫就是數十首，其功力可想而知！另外，尤侗一生在科場、官場載浮載沈，那份懷才不遇之感，亦足令有心人惋惜。所以，尤侗把這些心緒都表現在戲曲作品中，借他人酒杯，澆胸中塊壘，如《鈞天樂》傳奇第十五齣〈哭廟〉，沈白唱：

> 〔出隊子〕誰似我才高年少，抱經綸困草茅，祇堪痛飲讀離騷，直欲
> 悲歌舞佩刀，（大王呵）這羣負詩書冤不小。

又如《讀離騷》假借屈原之口作一些窮愁的吶喊，讀來字字血淚！由此可知，尤侗的抒情之作頗有其可讀之處。

（二）遊戲之作

中國的文字較為獨特，因此自古以來文人們作弄出許多遊戲體，以自娛娛人。尤侗既聰明又有才思，所以也很喜歡做些詼諧遊戲的文章，這是他作品的一大特色。例如他有一首賀生子的〈卜算子〉：

> 新報錦堂春，生下風流子，直似娘兒粉面紅，更勝如花美。薄媚賺君

〔註29〕見尤侗〈滄浪亭新書序〉。

歡，調笑令人喜，快活三朝看洗兒，顆顆珠掌裏。

每句都嵌有一個曲牌名，而且又能切合題意，實在並非易事。不過這不是尤侗首創的，在明代周憲王朱有燉《天香圃牡丹品》雜劇第二折每一支曲牌的曲文，都是以此種方式組合而成的，尤侗有感於它的趣味而加以模仿，效果甚佳。另外，尤侗還有迴文詩四首，正唸、倒唸均成詩，如「鶯啼曉夢小樓西，綠樹榆錢丟滿隄，輕帶香吹風細細，杏衫紅過浣花溪。」要做這種詩，非得多方參照、琢磨不可，可見尤侗在這方面花了不少功夫。又尤侗有〈效梅聖俞五側體〉詩，即全部用平聲字或全部用仄聲字來寫詩，可以說完全破壞了詩的格律，只是為遊戲而遊戲，如平聲：「湘簾迎春風，花光明于紗，幽人愁無言，焚香吟南華。」仄聲：「細雨洒曲徑，濕翠上野草，獨倚短竹下，落葉打睡鳥。」這兩首的第二句就顯得比較牽強，此即硬湊的結果。還有一種以平入平入四種同韻字分入四句者，如〈春日疊韻〉：「東風同紅叢，竹屋綠麴熟，鶯鳴傾清罄，獨宿復讀曲。」徒具趣味卻沒有什麼深意。除此之外，尤侗常有一些新奇的構想，像「怎當他臨去秋波那一轉」制義，用《西廂記》中的一句大作制義文章，化嚴肅為詼諧；又如〈討蚤檄〉，以昆蟲為筆伐的對象。再如〈反恨賦〉，就〈恨賦〉中所列古來失意之事，加以圓滿的結局，屈原被迎回、荊軻刺死秦王、李陵得勝還朝、岳飛恢復中原，這些歷史的改變，內含了尤侗的遊戲心態〔註30〕；諸如此類，不勝枚舉。其中〈臨去秋波〉和〈討蚤檄〉還頗受世祖讚賞。也許就是因為這個緣故，尤侗一生都樂此不疲，像順治九年，他仿唐人取士法，以四書文句為題，做了三十首論語詩，而四十年之後，他又依同樣手法做了續論語詩，目的是「存之以供詩人一笑」〔註31〕，其實，遊戲的文字若偶一為之，是可以調劑人的口味、一新人的耳目，但是如果搖筆即來，不免油腔滑調，不僅難登大雅之堂，而且墮入魔道了。因此陳廷焯在《白雨齋詞話》中說：「西堂詞曲……力量既薄，意境亦淺，專恃一二聰明語，以為新奇獨得之秘，不值有識者一笑。」又說：「西堂好作聰明語，害人最深，小有才者，一索而得，終身陷入苦海矣。」由此可知，遊戲之作固然是尤侗作品的一大特色，卻也是他文名的絆腳石。

（三）史傳之作

尤侗曾入史局纂修《明史》，因此有不少史傳方面的文字，然而這些文章瑕疵很多，以致《四庫全書總目提要》對它們頗有微詞。如《明史‧藝文志》，搜羅得不夠完備，而且不載卷數及撰人姓名，就史書而言，有欠詳盡。又在編列書目的過程中，

〔註30〕除此之外，還有「翻案補恨」的心理因素在，並不是單純的遊戲心態。在第四章第一節有詳細說明。

〔註31〕見尤侗〈續論語詩自序〉。

時有謬誤，如把宋元人的舊作也編進去，不免體例紊亂，這些都令尤侗的《明史·藝文志》失去史書的價值，也因此後來欽定《明史》時，將尤侗的藝文志稿刪去而重新編定，這是正確的做法。又如他的《宮閨小名錄》，共分爲六類，分別爲（1）后妃，附以公主外戚。（2）列女，附以妓妾之有節行者。（3）妾婢，附以雜類。（4）妓女。（5）外傳，附以寇盜。（6）仙鬼，附以劍俠。然而此書所載漢代至明代的名女人，不是遺漏，就是誤列，甚或重出，所以雖然尤侗搜採頗勤，仍不能盡善盡美。《四庫全書總目提要》云：

> 侗本摛華摐藻，以詞賦爲工，懷亦選伎徵歌，以風流自命。考證之學，
> 皆非所長。（按：懷是指《宮閨小名錄》後錄的作者余懷。）

的確，尤侗的專長在鋪張辭藻、抒情寫意的詩詞歌賦，對於這種傳記、考證的文字，並不在行，因此疏漏在所難免。所以，在史傳之作方面，尤侗的作品是不足取的。

（四）議論之作

在《西堂餘集》中，尤侗有《看鑑偶評、補評》，是根據歷史上發生的事件加以評論，而在《西堂雜俎》、《艮齋倦稿》文集中，尤侗有許多類的文字，都是與議論有關，如贊、論、說、判等。尤侗的議論文字，大致說來十分中肯，像〈曹丕殺甄后判〉，認爲搶得袁家新婦，已屬不宜，又讓魏武帝的舊人重陪九御，實在厚顏之至，因而判定曹丕應降爲庶人，甄氏應歸子建。又〈李益殺霍小玉判〉，認爲李益有才無行，寡信多疑，使得霍小玉大歎「我爲女子，薄命如斯，君是丈夫，負心若此。」若是黃衫客有七首，當「撲殺此獠」！類似此種言論，雖偶有「新警之思」，卻缺乏足以成一家之言的立論，我們只能從他的議論中領悟他的文章風格。王崇簡在《西堂雜俎》序中說：

> 讀其論贊銘判，所謂蹢躅於意表者，斯山間之風入松，霧遊壑，蟠虬
> 兒而翔鸑鶴者，庶幾似之。可知他的論點不是別人推崇之處，而是他行文
> 的流暢與敘事的波瀾壯濶，得以撼動人心。

（五）其　他

在尤侗的著作中，還有很多與文章無關，卻可以提供我們其他方面的資料，如〈述祖詩〉，將他二十一世的祖先臚列出來，有詩有傳，一些奇聞軼事也在敘述之中，不僅可以給尤侗的子孫留下先人的言行，也可以讓我們明瞭尤侗的家世。又如〈悔菴年譜〉、〈年譜圖詩〉，更是詳細地記載了他的生平事蹟，以及遭遇、心態種種，而且還有十六幅圖，可謂賞心悅目。這些都是單純的敘述，無關乎文學創作技巧。另外，因爲尤侗晚歲好佛，所以作品中有許多和方外之士的贈答，以及闡述禪機佛理

的詩文；還有關於琴、棋、書、畫的詩，保留了不少這方面的資料，可見尤侗對遊藝也有涉獵；其他尚有藥方、醫理的記載，習學中醫者當可參考……。凡此種種，在在說明了尤侗作品內容五花八門，不愧爲一博學多才之人。

誠然，尤侗的作品既多且雜，但他在詩、詞、曲、賦、散文、駢文各種文體的運用上，都能深切掌握它們的特色，再配合自己的文思才筆加以發揮，所以除了小部分的婉約詞過於纖巧外，其餘都有不錯的成績。至於內容，則抒發一己喜怒哀樂情感之作較爲感人，史傳議論則無甚可觀，而刻意矯飾的遊戲之作，由於數量過多，也就顯不出點綴、奇巧的效果了。

第五節　文學觀

一個作家的文學觀念，可以左右他作品的風格。雖然，有些作家眼高手低，自己的作品反而犯了自己的忌諱，但這也許是有著實際上的困難。至少，不會完全違背自己的理論，這是可以肯定的。尤侗不是一個文學理論家，所以我們無法直接確知他對文學的看法，但是我們可以從他的作品中所發表的言論加以分析歸納，便能一窺他的文學意見。另外，中國古典戲曲雖脫離不了中國文學的範圍，但由於戲曲是個綜合音樂、舞蹈、美術、文學的藝術，有著與其他文學不同的表現方式，因此在理論上比較特殊。一方面有鑒於此，一方面本論文以討論尤侗的戲曲爲主，所以本節中除了概要敘述尤侗的文學觀外，並特別提出尤侗的戲曲觀加以討論。

尤侗的文學觀，一言以蔽之，即「文學之本質在性情」。他認爲文學以抒發性情爲主：「詩之至者在乎道性情，性情所至，風格立焉，華采見焉，聲調出焉。」〔註32〕因爲唯有一個人的眞性情才是最誠摯懇切的，以此眞誠之心發爲文詞，必能感動人心，倘若是「垂紳正笏而述漁樵之話，抱甕負耡而奏臺閣之章」〔註33〕，那畢竟是隔靴搔癢、無病呻吟，不僅作者無法表達出深入的情感，讀者也會有被欺騙的感覺，因此尤侗鑑賞文學作品的標準即是觀其是否出於眞性情。由於主張一切詩文重在抒發性情，所以尤侗對於「模擬」很反對。他曾有過這樣一段話：

> 詩無古今，惟其眞爾。有眞性情，然後有眞格律，有眞格律，然後有眞風調。勿問其似何代之詩也，自成其本朝之詩而已，勿問其似何人之詩也，自成其本人之詩而已。〔註34〕

〔註32〕見尤侗〈曹德培詩序〉。
〔註33〕見尤侗〈蔣曙來詩序〉。
〔註34〕見尤侗〈吳虞升詩序〉。

擬古是有失眞性情的，肖似古人，頂多成爲古人的影子，永遠無法突破藩籬。尤侗此論，頗有見地，但未始不是針對當時風氣而發。明代文學批評的主流是前後七子及公安竟陵，前後七子主張文必秦漢、詩必盛唐，認爲模擬爲創作文學途徑，公安派就反對模擬，主張獨抒性靈、不拘格套，然而公安的風格有時過於輕佻，於是竟陵起而矯正，卻又變得幽深孤峭，不過後世有感於公安竟陵反擬古主義的深刻意義，紛紛仿效，結果又入了「模擬」的窠臼。所以尤侗說：

> 若夫今之詩人，矜才調者，守歷下瑯瑯爲金科，鑿性靈者，尊公安竟陵爲玉尺。究之浮華熠熠，如繡蜉蝣之衣，虛影莬苗，若刻羚羊之角，兩者交病而已。〔註35〕

他雖贊成公安竟陵的反擬古，卻也不標榜繼承公安竟陵，寧願取自我之眞面目，而不規擬前人，入主出奴：「與其爲似漢魏，寧爲眞六朝，與其爲似盛唐，寧爲眞中晚，且寧爲眞宋元。」〔註36〕、「意匠經營，自開戶牖，惟脫乎畦逕之外，斯游乎堂奧之中。」〔註37〕自己創造自己的風格，不步趨前人，此當爲尤侗文學觀的主流。不過，仔細查驗尤侗的作品，我們可以發現他很喜歡模擬前人的行徑、題材、體例，雖不是風格上的模擬，卻讓人覺得不夠新奇，所幸尤侗的作品風格尚不失爲眞性情的流露。

尤侗既主張文學以抒寫眞意爲主，那麼，一切雕章琢句、倚聲協韻等形式上的問題是不是都不需要了呢？尤侗並不認爲如此。他以爲就詩而言，「苟無眞意，則聲華傷於雕琢，格律涉於叫囂，其病擁腫。若舍其聲華格律，而一惟眞意是求，則枵然山澤之癯而已，兩者交失。」〔註38〕眞意固然重要，但若缺乏聲華格律，則太過單薄，顯現不出足以震撼人心的美感，所以尤侗主張聲華格律爲我用而不爲我累。尤侗對於各種文體的特性有很深刻的了解，他認爲詩詞曲與音樂的關係密不可分，詩詞曲因時遞變，音樂也隨世改變，他說：

> 蓋聲音之運，以時而遷，漢有鐃歌橫吹，而三百篇廢矣。六朝有吳聲楚調，而漢樂府廢矣；唐有梨園教坊，而齊梁雜曲廢矣。詩變爲詞，詞變爲曲，北曲之又變爲南也，辟服夏葛者，已忘其冬裘，操吳舟者，難強以越車也，時則然矣。〔註39〕

〔註35〕見尤侗〈蔣虎臣詩序〉。
〔註36〕同「註3」。
〔註37〕同「註4」。
〔註38〕見尤侗〈月將堂近草序〉。
〔註39〕見尤侗〈倚聲詞話序〉。

由於曲子明清時正盛行，大家對於它的音樂性較熟悉，可是詩詞的音樂已失傳，作詩填詞的人往往只注意文詞而忽略聲律，事實上聲律即音樂的遺留，所以「舊譜俱存，疾徐高下，可以吾意揣度，分寸而得之；若徒綴其文，而未諧其聲，非詞人之極則也。」〔註40〕我們填詞時，必須隨時注意諧聲和律，以免有所偏失。尤侗能看清此點，可見他對中國文學中各體的源流、發展瞭若指掌，而且能觸類旁通，像他從曲齣的引子多用詞名，來證明詞是古樂府之遺，雖然宮譜失傳，若使老教師分別節度，無不可按紅牙、對鐵板，所以填詞者必須注意陰陽開合、字字合拍。尤侗的此種論證方法，頗值得學習。

由以上的分析，我們可以知道尤侗對文學有一個很高的標準——聲色雙美，不僅要符合各文體所應有的格律，還要情文交暢，如此才算是成功的文學作品。

其次，我們要談談尤侗的戲曲觀。尤侗非常重視曲的創作價值，他認為「能為曲者，方能為詞，能為詞者，方能為詩」〔註41〕，為什麼呢？因為「音與韻莫嚴於曲」，能夠把曲寫得很好的人，對於詩詞的寫作，必能游刃有餘。此外，尤侗一直認為戲曲與生活沒有分別，從大的方面來看，他說：「二十一史，一部大傳奇也。」古往今來的歷史陳跡，在當時不正是一幕幕精采的戲？從小的方面說，「不知予做戲子，亦已久矣。小草一刻便是吾家院本，供大眾手拍，顧老婦妬枝，何處討纏頭錦？」〔註42〕人一生的經歷，也正是一本本很好的劇本。尤侗的此種觀念，具有非常大的意義，因為戲曲自明代落入士大夫手中後，與民眾的親和性漸漸遠離，而成為上層階級的雅玩清供，競相逞華彩的結果，內容多為無關痛癢的文人軼事，到了清代，這種趨勢變本加厲，因此清代的戲劇便成了所謂的「文人劇」。尤侗的戲劇作品，雖然不能免於「文人劇」的範圍，但畢竟還能代表某一階層人士的心聲，這就是他主張文學本於真性情以及戲曲即生活的緣故。

尤侗雖然沒有具體的戲曲理論，但是從他為李漁《閒情偶寄》作的序及眉批中，我們可以了解他對李漁的意見十分贊同，而且從一些批示的語句，更可尋得尤侗戲曲觀念的蛛絲馬跡。以下便選擇較為明顯的二點加以說明。李漁在《閒情偶寄》演習部教白第四「高低抑揚」部份，提出優師授徒，可於腳本中註明高低抑揚，不必等到登場摹擬。尤侗批曰：「方便法門，然太便宜此輩。」戲曲表演藝術的成形，必是經過舞臺經驗的千錘百煉，當一個伶人的技藝漸臻成熟時，便能自然而然的掌握住唸白的高低、抑揚、強弱、頓挫，這種領悟的過程，足以成為訓練的指南，而領

〔註40〕同註39。
〔註41〕見尤侗〈名詞選勝序〉。
〔註42〕見尤侗〈周星曙試言序〉。

悟的結果，即成了表演藝術的準則。倘若師父依此準則直接授予徒弟，徒弟當能事半功倍，但是因為缺乏揣摩的過程，演技不易突破而流於僵化，這恐怕是急功近利者所始料未及的。所以尤侗認為此雖是方便法門，但卻太便宜了他們，未必是好事。他仍是主張表演技巧要嚴格訓練。尤侗有此主張，表示他對表演藝術十分重視，畢竟劇本只是文字上的，演員的表現，才是戲曲的具體呈現，尤侗家中蓄有聲伎，由於他的父親也好此道，想必他們伶工都經過訓練，水準必然不凡。

《閒情偶寄》的詞曲部，一共有六個單元，分別為結構、詞采、音律、賓白、科諢、格局。其中「詞采」在戲曲中並不比「音律」重要，李漁為何在討論音律之前先討論詞采呢？因為他認為戲曲有才、技之分，文詞稍勝者號為「才人」，音律極精者稱為「藝士」，他並且舉例說師曠只能審樂，不能作樂，李龜年但能度詞，不能製詞，假使他們分別與善於作樂、製詞者同聚一堂，必定得居於末席。所以詞采不容忽視。尤侗對此深表贊同，他批示道：「此論極允，不然，張打油塞滿世界矣。」的確，曲文若是不夠精采，空有音樂也不能感動人心。尤侗在〈南畊詞序〉中也有類似的論調，他說：「律協而語不工，打油釘鉸，俚俗滿紙，此伶人之詞，非文人之詞也。文人之詞，未有不情景交集，聲色兼妙者。」伶人之詞，固然能在舞台上藉著討俏的表演技巧與噱頭鼓動人心，但那終究只能滿足觀眾浮面的感官之欲，渲洩之後徒留空虛之感，不若文人之詞，觀劇之餘仍有反覆咀嚼的雋永韻味，即便數千年後表演藝術失傳，它還是一本可讀性高的文學作品。由此可知，在對於自己理論的實踐方面，儘管李漁有稍許偏差，劇作較為接近「伶人之詞」，但就此一論點而言，尤侗與李漁是「英雄所見略同」的，而尤侗所舉出的「情景交集、聲色兼妙」，無疑的也是詞曲藝術的最高境界。

綜合以上的敘述，我們可以得到一個結論：尤侗注重真性情的流露，痛恨華而不實的文章，對於「文選爛，秀才半」、「蘇文熟，吃羊肉；蘇文生，吃菜根」的俗語及當時人動不動輒言「（作品）置某人集中，不可復辨」的寫作風尚斥為陳腐﹝註43﹞，強調還我本來面目。除此之外，還要注重表現技巧，掌握詩詞曲在音樂格律上的特性加以運用，避免文詞的過於俚俗，如此，在文學的創作與欣賞上均能佔著有利的趨勢。而尤侗的這種文學觀念，亦正是袁枚「性靈派」的前驅。

﹝註43﹞見尤侗〈艮齋雜說〉。

第二章　雜劇五種研究

　　雜劇的體製，嚴謹又缺乏變化，以致到了明代，漸漸吸取了傳奇的精華而有所改革。然而雜劇結構的形成，有其一定的因素存在，倘若不明所以而妄加改易，必然會扼殺其舞臺生命。明代劇作大家徐文長，就是一個例子。他的《四聲猿》雜劇，將北曲的聯套、句法、平仄、韻協破壞無遺，若非其文字酣暢淋漓，直逼元人，後世之人也無從讚美了。因此，將雜劇僵化的形式予以變通，雖是有必要的，但也不可亂了章法，這和後代人作近體詩仍須遵守格律是一樣的道理。基於這個理由，本章在討論尤侗的五種雜劇作品時，仍依元人雜劇的體製作爲規範，同時詳究明代以來的種種變革，以期在給予作品評價時，不致有所偏差。

第一節　主　題

　　尤侗雜劇的主題，大部份是耳熟能詳的史事，包括沉江的屈原、出塞的昭君、隱居的陶潛及浪漫的李白。唯有《黑白衛》中的聶隱娘，是唐人小說裏虛構的俠義人物。尤侗根據這些人的生平事跡、軼聞傳言及文學作品中的蛛絲馬跡加以貫串，所以情節均能不落俗套、自創新意。以下先分別就各本雜劇的本事及主旨詳加說明。

一、《讀離騷》

　　《讀離騷》的故事，是從屈原第二次被放逐江南開始的。屈原在被髮行吟、彷徨山澤之際，見到帝王廟宇、公卿祠堂中神鬼聖賢異事的圖畫，覺得驚愕而又半信半疑，再加上有感於自己竭智盡忠反被小人離間的悲慘命運，於是題壁問天，不料老天沒有反應。又猛然想起古人吉凶悔吝都決定於著龜，便去找精通易理的太卜鄭詹尹，然而屈原堅信自己的行爲是對的，鄭詹尹因此認爲他沒有必要占卜，屈原只好作罷。楚國的巫覡，以當地的祭祀文詞鄙俚淫藝，請屈原別撰新章，屈原便編了

「九歌」迎神送神。洞庭君眼見屈原鬱結不能自解，遣白龍扮作漁父勸諭一番，但屈原志堅不爲所動，終投水而亡，並被波臣迎入水府作爲上賓。屈原死後，楚王悔悟，召其弟子宋玉爲侍從。楚王遊雲夢之臺，命宋玉賦高唐之事，宋玉賦罷假寐，夢與巫山神女一夕溫存，醒後奏與襄王，襄王命其作神女賦。宋玉又說神女告知屈原現爲洞庭水仙，五月五日是忌辰，襄王便准許宋玉招魂歸葬。

這本《讀離騷》，很明顯的是將屈原、宋玉的作品加以拼湊，如第一折的「天問」，第二折的「九歌」，第三折的「漁父」及第四折的「高唐賦」、「神女賦」，在文詞上的經營，遠勝過情節。其中，宋玉賦高唐、神女的事件，與原作稍有差異。據宋玉高唐賦中的記載，楚襄王與宋玉遊於雲夢之臺，宋玉告以先王曾遊高唐，晝夢巫山神女，爲之立廟，號朝雲之事，襄王便命宋玉作〈高唐賦〉，而當天夜晚襄王入睡後，果然也夢見與神女相遇，第二天又命宋玉作〈神女賦〉。明代汪道昆的《高唐夢》雜劇即是演述此事。然而尤侗卻將襄王夢神女改爲宋玉夢神女，其目的是要由神女口中道出屈原已爲洞庭水仙，以便牽出宋玉招魂的情節。關於屈原爲洞庭水仙，這是尤侗虛構的，而洞庭君遣白龍化作漁父、楚襄王悔悟亦然。尤侗之所以添加這些內容，是有其深意的。

「讀離騷」作於順治十三年，正當尤侗被降職，心中委屈無處可訴，便藉同樣在政治上不得志的古人屈原加以發洩。尤侗以宋玉自比，這在第四折宋玉旳唸白中可以得知：「不意吾師懷忠見放，感憤沈湘，每讀離騷，使人流涕。」劇名「讀離騷」正從此而來。尤侗藉宋玉對屈原的招魂、感念，表達對屈原的同情與歌頌，更藉屈原之口代吐一己的牢愁，因此，他刻意擡高屈原的身價，使之死後成仙，而又能感悟君王，重用其弟子宋玉，這些都是彌補史實的缺憾，也是對順治皇帝寄予無限期望。與尤侗同時的蔣虎臣，未能深究尤侗作此劇的主旨，竟說其內容是「神女淫奔，君臣聚麀」、「污衊神人，褻瀆造化」，所以尤侗在〈答蔣虎臣太史書〉中解釋道：

> 僕之作讀離騷也，蓋悲屈原之放逐，而以玉附傳焉。離騷以夫婦喻君
> 臣，九歌云：滿堂兮美人，忽獨與余兮目成。似乎淫褻之至，而其旨要歸
> 於正。玉固學於師者，特借神女之事，以感諷襄王，而惜乎王之不悟也。
> 昔世祖皇帝覽而善之，深知鄙意，故命教坊演習，以爲忠臣之勸，而公不
> 加細察，據爲罪案，斯僕所大痛也。

屈原常以美人不遇比喻自己的不得志於君，而宋玉以神女得志於君加以對照，以期感悟襄王，因此寫屈原之事，再附以宋玉的神女高唐賦，正加強了呼應的力量，也更逼近尤侗的作劇本旨。曾師永義曾在《清代雜劇概論》中言及尤侗此劇的神女、

高唐二賦「不免蛇足之譏」〔註1〕，鄙意以爲可再商榷。「荊王枕上原無夢，莫枉陽臺一片雲」（李商隱詩），尤侗此劇獲得了順治皇帝的讚賞，也不枉費他的一片心意了。

二、《弔琵琶》

　　王昭君的故事，發生在將近兩千年前，其間關於昭君事跡記載的文學作品，多得不勝枚舉，而內容的演變，更是歧異多端，這一點自有專文討論，在此不必贅述。所要深究的，是尤侗《弔琵琶》雜劇在主題上有什麼異於其他作品的地方。

　　就戲曲作品而言，元明清三代關於昭君和番的劇本，據筆者所知即有元關漢卿的《漢元帝哭昭君》、吳昌齡《月夜走昭君》、馬致遠《漢宮秋》、張時起《昭君出塞》、明無名氏《青塚記》、無名氏《和戎記》、陳與郊《昭君出塞》、清薛旦《昭君夢》及尤侗《弔琵琶》。其中馬致遠的《漢宮秋》，結構嚴密、抅勒完整，以致後人對昭君的觀念大多由此劇而來。但是《漢宮秋》在表現上以漢元帝爲主，尤其著重在昭君去後，元帝回宮聞孤雁悲鳴的悽楚情懷場面，昭君反成了無關緊要的附庸，直到陳與郊的《昭君出塞》，才有昭君心理的描寫（就現存劇本而言），特別是出塞時離別祖國、投身異域的惶恐與淒切！然而由於只有一折，無法敘及元帝與昭君之間的情感，昭君本人的形象也就不夠深刻。而尤侗的《弔琵琶》，正好彌補了這些缺陷！尤侗在《西堂樂府》自序中言「東籬四折，全用駕唱，大覺無色，明妃千秋悲怨，未爲寫照，亦是闕事，故予力爲更之。」可知尤侗此劇是針對漢宮秋而作的。《弔琵琶》一共有四折，前三折從漢元帝聽琵琶遇昭君、毛延壽獻圖、昭君出塞、投江至元帝觀畫夢見昭君的情節，除了因主唱者不同而輕重有別外，其發展過程與漢宮秋均無二致。至於第四折，則是寫蔡文姬弔青塚，這是尤侗的創舉，也是異於其他各劇的地方。

　　《弔琵琶》與《漢宮秋》雖然在昭君部分的情節相同，但仍有些細節上的差異，依次探討如下：昭君向元帝請求庇蔭家人的事，馬致遠將之安排在二人初次見面時，而尤侗則擺在昭君出塞後、元帝思念昭君的夢中。前者昭君甚至尚未被封爲明妃，就開口提出「妾父母在成都，見隸民籍，望陛下恩典寬免，量與些恩榮咱。」顯得昭君只是汲汲於榮華富貴，未免庸俗。後者昭君懷著悲切的心情出塞以後，由於難捨鄉情、親情、愛情，以致翩然入元帝夢中，一來訴說別情，二來懇求恩蔭，正呼應著出塞時一步一回首的依戀！由此可知，尤侗的安排，顯然要比馬致遠高明得多。其次，關於毛延壽被斬，兩劇各有方式，《漢宮秋》第三折呼韓邪單于云：「我想來，人也死了，枉與漢朝結下這般讎隙，都是毛延壽那廝搬弄出來的。把都兒，將毛延

〔註1〕見《中國古典戲劇論集》，聯經出版社。

壽拿下，解送漢朝處治。我依舊與漢朝結和，永爲甥舅，卻不是好？」馬致遠傾向較圓滿的結局，昭君雖死，卻換得了兩國的和平，呼韓邪將毛延壽解送漢朝處治，又永結甥舅之誼，表現得很有誠意。《弔琵琶》則不同。第二折末呼韓邪云：「這都是毛延壽那廝可惡，斷送美人，又失兩家和好，把都兒每，將毛延壽綁去砍了。」昭君投水後，呼韓邪落得一場空，心中不是滋味，於是遷怒於毛延壽，立即將他斬首，筆者以爲這樣比較符合「番王」粗霸的形象。另外，由於《弔琵琶》作成年代較晚，所以能對《漢宮秋》的疏失加以修正。如《漢宮秋》中元帝上場時的白口，自稱「某，漢元帝是也。」「元帝」二字是死後的廟號，生前如何能得知？而尤侗則改爲「寡人漢天子是也。」這就很合理了。又昭君投河的地方，《漢宮秋》劇說是黑龍江，由於地理位置差距太大，早就引起爭議，認爲當是黑江之誤〔註2〕，《弔琵琶》則改爲交河，因爲是番漢交界之地。事實上無論是不是黑江，凡是番漢交界處，在當地都有可能俗稱爲交河，何況昭君投河本是虛構的，只要內容合理即可。由以上數點看來，尤侗作劇是非常用心謹慎的。

　　蔡琰祭青塚、弔琵琶，是其他寫昭君事蹟的劇本所未曾提及的。蔡琰因戰亂爲番騎所虜，在左賢王部中立爲閼氏，其去國懷鄉之苦，與昭君相同，前人就常有將她二人相提並論的，如宋宮人鄭惠眞詩：「琵琶撥盡昭君泣，蘆葉吹殘蔡琰啼。」〔註3〕明末遺民南山逸史的雜劇《中郎女》第二齣歸漢中，文姬有白口云：「井臼還希舉案風，心師德耀；畫圖誰識長門面，厄比王嬙。」文姬已開口自比王嬙；因此，尤侗在《弔琵琶》第四折安排蔡琰在悲憤無聊之際，親自攜酒至青塚祭奠，向昭君之魂訴苦，並且把胡笳十八拍寫成琴曲，鼓於塚上，申訴哀怨之情。焦循在《劇說》中認爲這一折的文姬祭塚「雖爲文人狡獪，而別致可觀」，以昭君的口吻道出自己的哀愁，和由文姬代爲傾吐，是兩種不同的表現方式，尤侗將之寫在一劇中，正足以發揮其才情。

　　值得一提的是，昭君和琵琶很早就發生關係，晉石崇的〈明君詞〉序云：「昔公主嫁烏孫，令琵琶馬上作樂，以慰其道路之思，其送昭君，亦必爾也。」從此以後，文人就把琵琶加在昭君身上，最後成了昭君的專長，和元帝見面是因琵琶的緣故，出塞時訴怨也用琵琶，琵琶儼然是昭君故事的關鍵物。然而在眾多描寫昭君事蹟的文學作品中，以琵琶爲題的，只有尤侗的《弔琵琶》劇，也因此在後人敘述以昭君爲主題的戲曲時，往往疏忽了這本雜劇。〔註4〕

〔註2〕見曾師永義《中國古典戲劇選注》漢宮秋題解。
〔註3〕見「知不足齋叢書」宋舊宮人詩詞。
〔註4〕如周貽白中國戲劇發展史附錄〈中國戲劇本事取材之沿襲〉表中即漏列此劇。

據《悔菴年譜》中的記載，尤侗寫這本雜劇是因爲夢到王昭君來感謝他，由於尤侗曾寫過〈青塚銘〉、〈反昭君怨〉等文章，昭君非常感動，所以便引爲知己。「日有所思，夜有所夢」，《弔琵琶》雜劇雖是因一個偶然的夢而引起寫作的動機，但其內容必已在作者心中蘊釀許久了。

三、《桃花源》

《桃花源》一劇，從陶潛去官起，至歸桃花源仙去止，將陶潛一生當中的精彩事跡完全融入。首先敘述陶潛在彭澤縣令任上，因不願束帶見督郵，於是憤而拂衣去職，並自述一篇〈歸去來辭〉明志，地方父老則因失去一位好縣令而痛哭大罵不止。陶潛歸隱後，喜飲酒賞菊，但常因家貧無酒。江州刺史王弘，欣賞其高風亮節，又怕直接拜訪會遭到拒絕，便先遣人送酒，博取好感，再請龐通之以好友身份邀他去廬山參加白蓮社盛會，而王弘則在半道上假裝巧遇，果然得以結識。慧遠禪師主持白蓮社，末了與陶潛、陸修靜相談甚歡，慧遠送客從未過虎溪，此次卻與他二人不知不覺行過虎溪，三人拍手大笑。陶潛自從聽了慧遠說去後，忽有所悟，決定自作挽歌祭文而歸，諸親友聞之均來弔唁，陶潛便入桃花源成仙而去。全劇共四折一楔子，而且無所謂高潮低潮，幾乎四折都是精華所在。第一折大量隱括〈歸去來辭〉，妥貼而流暢；第二折針對飲酒、賞菊，點染淵明的詩句，並加強刻劃其曠達的心性，如沒有酒喝便嚼菊以代醇醪，有酒時甚至強灌他的兩個兒子，要他們同樂，豪氣奇情，表露無遺。第三折以慧遠說禪爲主，灑脫淋漓、頭頭是道，尤其是後半淵明要求慧遠「現酒人身而爲說法」，結果慧遠把嗜酒的淵明灌輸得心服口服，其中的偈語、禪理，非稍懂佛法者無法明瞭，末曲「尾聲」實可與徐文長《翠鄉夢》的「收江南」相比，足見尤侗的功力深厚；末了以虎溪三笑之典作結，收束有力、韻味十足。第四折鋒迴路轉，對生命的詮釋由熱變冷，曹爾眉批：「火熱世界，說得冰冷，喚醒痴夢多少。」頗發人省思。最後的楔子，曲、白隱括〈桃花源記〉，並刻意加以神化，成爲一派遊仙情味，這雖然與事實不合，但不失爲尤侗的巧思。陶潛不是仙道者流，然而從和慧遠參禪，進而悟道成仙，是一個劇情上的自然發展，何況桃花源早已被人附會爲仙境，如此組合，並不至於太突兀。總括而言，此本雜劇每折都有每折的情趣，而且由於陶潛的思想原本就包括儒家的樂天知命、安貧守道，墨家的勤耕力作、自食其力，道家的避世隱遁、生寄死歸和佛家的無常空幻、無我忘物〔註 5〕，所以不但不會顯得雜亂，反而豐富絕妙。

〔註 5〕見方祖燊《陶潛詩箋註校證論評》。鄭騫在〈陶淵明與田園詩人〉一文附記中亦言淵明的思想除儒家外還有相當濃厚的道家色彩，有時也與釋理暗合。

在尤侗之前，以譜陶潛事為主題的劇本，都沒有如此充實而精采的內容。在孤本元明雜劇中，有一本作者闕名的《陶淵明東籬賞菊》，第一折敘述檀道濟很賞識淵明，上書皇帝，徵聘淵明為彭澤縣令。第二折淵明不願為五斗米折腰，因而辭官。第三折寫王弘、龐通、顏延之與陶淵明飲酒觀菊。第四折則為檀道濟奉命至淵明家，賜他府尹之職，並封陶妻為賢德夫人。除了第三折文詞尚有可觀外，第一、四折流於歌功頌，德又占了全劇的一半，使得內容過於空洞、鬆散，雖刻意為淵明彌補缺憾，說服力卻不夠。另外許時泉有《武陵春》，葉憲祖有《桃花源》，都是從陶淵明的「桃花源記」而來，但是沒有牽扯到陶淵明本人。《武陵春》把桃花源寫成仙境，甚至還加入二仙姑托武陵漁人傳遞書信給劉晨、阮肇，叫他們珍重人間，俟百年後再結良緣，這顯然將天台的桃源與之相混。事實上，陶淵明敘述的桃花源位居湖南，劉阮所入的桃源則在浙江，相距甚遠，大概是因為名稱相近，引起文人刻意串聯。至於葉憲祖的《桃花源》，南北四折，現已亡佚，不過據祁彪佳《遠山堂劇品》言：「傳之飄灑有致，桃源一逕，宛在目前，覺許時泉之一折，不免淺促。」可見葉憲祖此劇仍以桃花源的描寫為主，只是文字更加典雅可觀（《劇品》將之列入雅品）。所以，將陶潛事跡詳盡敘述，又能把膾炙人口的桃花源風貌呈現在觀眾面前的，唯有尤侗桃花源劇。

古來許多文人，到了晚年，紛紛對陶淵明產生了親切感，這可能是在經過人世的滄桑之後，對淵明的高行有所認同，尤其是仕宦中人，在遭遇挫折罷職歸隱後，更會為淵明有先見之明而感到慚愧，因此歷來總有文人藉淵明的作品來表達自己的心志。像蘇東坡、辛稼軒都有和陶、懷陶、檃括陶詩的作品，而尤侗這位宦場失意的人，當然對陶淵明的超脫感到羨慕！他《艮齋倦稿》中有〈和歸去來辭〉一首，在〈題桃源圖〉一文中有「今觀此圖重惆悵，眼中難覓武陵春」句，既已有了這份感慨，編寫以陶淵明為主題的雜劇，也就更得心應手了。

四、《黑白衛》

唐人小說被選作雜劇傳奇題材的有很多，如虬髯客、謝小娥、鶯鶯傳、柳毅傳書、崑崙奴、紅線……等，而尤侗的黑白衛雜劇，則是改編「聶隱娘」的故事。在唐人小說中，「聶隱娘」是非常奇特的一篇，它融合了當時藩鎮間互相賊殺的史實、神仙道術流行時的異聞以及刺客劍俠的特殊行徑，敘事生動，波瀾壯濶，將奇人異事，描模得精采而不空泛，溫馨而不冷峻，尤侗把它搬上舞臺，自然文武兼備，頗有可觀。

《黑白衛》的本事，大致因襲「聶隱娘」，故事內容沒有刪減更動，反而略有增

加。得道成仙的老尼姑，常教授弟子劍術，替天行道，見魏博大將聶鋒之女隱娘聰明婉麗，便強行帶走，傳授武藝，並執行剷奸除惡的任務。五年後學成，老尼將之送回聶府，在聶鋒的追問下隱娘道出了學習的經過，家人十分驚異。後隱娘嫁與一磨鏡少年，二人為魏博節度使工作，被派去行刺陳許節度使劉昌裔，因劉昌裔有未卜先知的能力，隱娘又覺其並非奸惡之徒，便投効他。魏帥知悉後，又先後派精精兒及妙手空空兒來行刺，均被隱娘化解。後隱娘欲赴老尼二十年之約，遂飄然而去。見到老尼，隱娘表明願皈依佛法，老尼便命在場弟子李十二娘、荊十三娘、車中女子、紅線及隱娘各述功績，以錄名太上、坐證菩提。

　　《黑白衛》在內容上與〈聶隱娘〉有兩點不同之處，以下分別敘述：

（一）極盡穿鑿附會之能事

　　從《史記》〈刺客列傳〉、〈游俠列傳〉以來，歷代有許多俠士、劍客出現在文人筆下，然而女俠卻是鳳毛麟角。第一位女劍客，是《吳越春秋》中的越女劍，此女曾與白猿的化身比劍，也曾幫助越王調教軍人。一直到唐代，由於俠義故事增多，女俠的比例也相對增高，如《太平廣記》豪俠傳中有紅線、荊十三娘、車中女子，以及賈人妻、崔慎思、香丸誌等都有身懷絕技的女俠，於是尤侗便發揮聯想力，將聶隱娘故事中不知名的老尼及其餘弟子分別附會為得道成仙的越女、紅線、荊十三娘、車中女子及李十二娘，一網打盡了知名度最高的女俠，使得《黑白衛》一劇熱鬧非凡。關於越女的事蹟，前面已略為提及，既是中國第一位女劍客，將之安排為眾女俠的師父，誠然當之無愧！而紅線，為薛嵩取田承嗣床頭金盒，夜漏三時，往返七百里，保全兩地城池及生命財產，功德無量；荊十三娘則取下拆散她丈夫的朋友李正郎及其愛妓的諸葛殷等三人的首級，以抱不平；至於車中女子，假借吳郡士子的坐騎，偷取禁中之物，以致陷士子入獄，後又從穴孔飛下，以絹繫士子臂，縱身飛出宮城，展現神通，這三人都有超人的神技與膽識，唯獨李十二娘，她是唐代的教坊妓，善舞劍器，為公孫大娘弟子，杜甫曾形容公孫大娘舞劍器之妙為：「觀者如山色沮喪，天地為之久低昂；㸌如羿射九日落，矯如群帝驂龍翔；來如雷霆收震怒，罷如江海凝清光。」〔註6〕然而劍器為何？據段安節《樂府雜錄》，「劍器」是「健舞曲」，《文獻通考》樂考樂舞引張爾公《正字通》云：「劍器、古武舞之曲名，其舞用女妓雄妝空手而舞。」可知「劍器」是舞曲名，舞時空手，舞姿雄健，後來的人望文生義，以為劍器是刀劍，這是錯誤的。而尤侗便犯了這個錯誤，把李十二娘當成善於舞劍之輩，甚至在第一折老尼上場時寫道：「老尼執拂二女持劍器藥盒

〔註6〕見杜甫七言古詩〈觀公孫大娘弟子舞劍器行〉。

上」，可見他一直把「劍器」當成「劍」，極盡穿鑿附會之能事。

（二）以老尼為主角操縱全局

小說〈聶隱娘〉一篇完全是以隱娘的遭遇、經歷為主體，並展現她的智能、技巧。而《黑白衛》一劇，表面上仍是寫聶隱娘的事跡，老尼只出現於一、四折，但事實上，第一折由老尼主唱，並且還添加了四句偈語：「遇鏡而圓，遇鵲而住，遇空而藏，遇猿而聚。」這是小說中所沒有的。而往後的二、三、四折，隱娘行事完全依此偈語，因此老尼雖未出現，卻儼然成為幕後的操縱者。這樣固然能夠加強老尼的神化，但無形中也削弱了對隱娘的刻劃深度。所以綜觀《黑白衛》全劇，老尼應是操縱全局的主角。

尤侗在改編〈聶隱娘〉時，把原小說一些較為隱晦之處以及言外之意均發揮出來，使得內容明朗流暢，下面舉出三點加以說明：

1、〈聶隱娘〉一篇中，透露了一點剷奸除惡的意識，如女尼於隱娘習藝的第四年，曾帶隱娘入都市，「指其人者，一一數其過日：『為我刺其首來……』第五年，又告訴隱娘說：「某大僚有罪，無故害人若干，夜可入其室，決其首來。」可見女尼嫉惡如仇。於是尤侗便在女尼上場的白口中寫道：「今已削髮為尼，皈依淨業，但習此劍術，尚傳于世，卻是為何？祇因天下亂臣賊子，狂夫蕩婦，累累不絕，無論王法難加，便佛出世也救不得，只須囊中匕首，頃刺了事，這是替天行道，為國安民的大作用。」替天行道、為國安民是老尼的抱負，因此她對徒弟們訓練嚴格，對付壞人手段殘酷，在剷奸除惡的前提下，便能獲得觀眾的諒解了。

2、小說中提到老尼的另兩位女弟子「皆婉麗，不食」，但並未說明為什麼能不食；又「尼與隱娘藥，兼令執寶劍一口」，寶劍是用來練習刺猿猱、虎豹及鷹隼的，然而藥有什麼作用，卻也未加說明，而尤侗均有注意到。他說二女是「服氣不食」，這就告訴了我們她們能不食的原因。而老尼有白口言：「隱娘，吾有丹藥一粒，與汝吞之，以定其膽，寶劍一口，長尺許，吹毛可斷，付汝執之。」此處便有說明丹藥的用途是「定其膽」。尤侗能夠注意到這麼微小的地方而予以添加，使文義完整，真可謂心細如髮了。

3、在小說中，聶隱娘與丈夫投劾劉昌裔，事先沒有任何跡象，因此讓人感到十分突兀，甚至有忘恩負義、見風轉舵之嫌。而在《黑白衛》劇中，隱娘言：「不意田公與許帥劉公有隙，使俺往賊其首，俺想先師傳此劍術，原以斬奸誅暴，豈可濫及無辜，既已受恩，不便違命，且到彼中觀其動靜，相機而行。」可知她對魏帥因私人恩怨而要她幫忙誅除異己，並不十分甘願，隱然已有投奔之意，及至見到劉昌裔

有未卜先知的能力，又對她禮賢下士，於是誠心投靠，這樣預先埋下伏筆，便能前後呼應，使得劇情的推展更加順暢。

　　尤侗以眾弟子各述功德，並演習一番做為《黑白衛》的結束，確實是很精采，但卻不若小說中隱娘的飄然而去來得超逸脫俗。不過，戲劇的功能是博取大眾的共鳴，尤其是群戲大場，更能將中國古典戲曲中音樂、舞蹈的特質充分發揮，因此，尤侗的《黑白衛》一劇，應是很容易抓住觀眾的，也難怪王阮亭在尤侗的眾雜劇中獨獨垂青於這一本了。〔註7〕

五、《清平調》

　　《清平調》一名《李白登科記》，是一折的短劇，內容大要為高力士將舉人試卷送請貴妃批閱，貴妃擇李白清平調詞為第一，而杜甫、孟浩分列二、三，李白至慈恩寺雁塔題名，繼而赴宴曲江，有楊國忠丞相陪席，席間李龜年將清平調檃括成曲，由賀懷智、永新、念奴歌舞之，後來杜甫、孟浩也攜酒與李白同飲。李白以新科狀元奉旨遊街，遇安祿山，互不相讓，安命手下打他，他亦以鞭打安，安負痛而去。高力士奉聖旨言欽授李白翰林院學士、內廷供奉，貴妃娘娘則另旨賜鮮荔枝一盒，李白興起，便命高力士脫靴扶下。

　　此劇是尤侗奉梁清標之命，專門填來付於女伶習唱而成的，然而卻很明顯的是在發牢騷。尤侗的才名很盛，又頗受世祖讚賞，因此時人將之與唐時的李白相比，倍極殊榮。但尤侗念念以未登科第為憾，因此以李白登科為題材來寫作，聊堪自慰。在高力士的上場白中言：「俺開元皇帝在位數十載，開科幾次，只為貢舉未得奇才，一第溷子，好生不樂。」得第者沒有一個是奇才，這是多大的諷刺！又以楊貴妃為主考官，批閱殿試的卷子，並點定狀元，豈不是意味著朝廷的考試官昏憒無知？李白中狀元後，得意非凡，鞭打安祿山、命高力士脫靴，多麼令人稱心快意！尤侗藉此大大的發洩一番，由於感同身受，寫來自然暢快淋漓，所以梁清標評曰：「此劇為青蓮吐氣，極其描畫，鬚眉畢見，使千載下凜凜如生，可謂筆端具有化工。」尤侗自己也頗滿意，他說：「太白聞之，當浮大白，絕倒吾言。」不過正因為寫得太精采，於是才一脫稿，就有人認為他侮辱狀元，而受到責難。其實，仔細研讀他的《清平調》雜劇及《鈞天樂》傳奇，的確有諷刺的意味在，不過並未明顯的影射某人，只是對科場的現象作大膽的揭發。尤侗曾在李漁《閒情偶寄》詞曲部結構部分「戒諷刺」條的眉批上，言及王九思諷刺宰相作《杜甫遊春》雜劇是屬文人輕薄的行為，然而尤侗自己卻也觸犯了這條戒令。

〔註 7〕見尤侗《西堂樂府》自序。

在尤侗之前，記敘有關李白事蹟的戲曲有元王伯成《李太白貶夜郎》、明朱有燉《孟浩然踏雪尋梅》及明屠隆《彩毫記》，所偏重敘述的部分並不完全相同，唯獨李白命高力士脫靴一節，除朱有燉一劇外均有述及。這是根據《舊唐書·李白傳》：「嘗沈醉殿上，引足令高力士脫靴，由是斥去。」而來的。由於這是對李白浪漫性格及酒後狂態的最佳寫照，所以諸作者都不忘記上一筆。尤侗《清平調》虛構的內容居多，但也在最後以李白脫靴事作為收煞，足見此事之引人入勝了。

結　語

綜觀尤侗五本雜劇的主題，我們可以得到兩點結論：一是尤侗作劇自有寓意，而不只是吟風弄月、鋪寫文人逸事而已。屈原是楚之才子，王嬙是漢之佳人，然而他們經歷了懷沙之痛，出塞之愁，情事悲愴，只有以招魂、弔墓一抒千古幽恨，而尤侗也趁機借他人酒杯，澆胸中塊壘。至於陶潛隱而參禪，隱娘俠而游仙，李白懷才登科，這都是不滿現實生活後的一種幽思遐想，足見尤侗感慨之深！二，尤侗劇本的包容力很大。所謂包容，指的是善於融化各種典故，使之作合理的組合。組織能力不夠的人，在安排劇情時，必然予人拼湊的感覺，因為重要環節連接不當。而尤侗作劇，渾然天成，收束有力，耳熟能詳的故事也能編排得有聲有色，這是非常難得的。

第二節　結　構

戲曲能否吸引人，結構佔了很重要的地位，頭緒紛亂、支架鬆散的情節，無法抓住觀者的注意力。尤其是中國古典戲曲，在題材上缺乏創意，若是長篇鉅製的傳奇，尚可添加枝節，以烘托、充實內容，而劇幅短小的雜劇或短劇，便不易作懸疑跌宕的布置。綜觀元代以來的雜劇，頗有限於篇幅，不能大開大合、大起大落，似多未盡伸展之感，尤其到了第四折，有的劇本就匆促收場了。至明清落入士大夫文人之手後，加重了抒情的成份，又使得劇情流於單調沈悶。因此，能注意到關目組織和場面調劑的劇作者，如朱有燉等，便倍受推崇。就中國古典戲曲而言，結構，除了指情節的布局外，更重要的是排場的處理。藉著套數的配搭，把情節具體的表現出來，這是一種非常特殊的方式。經過了多年的演變發展，這種方式已經有了一定的法度可供依循，但在資料缺乏及戲曲藝術逐漸失傳的情況下，只有靠研究者統計歸納出的法則加以檢索分析了。

從第一節主題的研究中，我們知道尤侗雜劇的情節偏重在敘述大眾所熟知的人物事蹟上，因此必須靠典故的重新組合及布局的刻意經營方能擺脫窠臼。根據統計，

元雜劇通常在前二折完成了劇情序幕的開展和人物介紹，第三折是高潮，而第四折已是強弩之末，草草結束。尤侗的雜劇，則往往在第三折便結束了劇情，而於第四折以特殊的安排對主角人物加以讚嘆。如《讀離騷》的第四折，是宋玉賦高唐神女感悟君王，並招魂以祭弔屈原，對屈原表達了無限的悲憫之情，令人為他的遭遇唏噓不已。《弔琵琶》的第四折，以蔡琰弔昭君，因二人同病相憐，等於是蔡琰藉著昭君之口吐露心聲，也替觀眾道出了對昭君的同情與惋惜。桃花源的第四折，亦是此種變換角度觀照主角人物的情節，所不同的是，觀照的人就是陶淵明自己，他以自祭文及挽歌對自己的一生作回顧和反省，並超脫於身外，和眾人一同哀悼自己。《黑白衛》的第四折，寫老尼、聶隱娘及其他弟子各陳述功績，無形中烘托出老尼武藝高強的形象。可見尤侗深知元劇作者結尾草率的毛病，特別精簡場次，而於第四折另闢蹊徑，使得全劇在結束前掀起另一次高潮。這種手法，似乎脫胎自周憲王朱有燉的《誠齋雜劇》。朱有燉常在劇情終了之際，補上一段其他人對主角人物的褒貶，如《悞真如》第四折李妙清坐化以後，茶三婆對守節成道的妓女備極讚嘆；《香囊怨》第四折劉盼春殉情後，白婆婆對守志死節妓女的頌揚；以及《復落娼》第四折白婆兒讚美守節四十餘年的妓女劉臘兒和譴責下賤淫蕩的妓女劉金兒。〔註8〕其實茶三婆、白婆兒都是周憲王的化身，而尤侗筆下的宋玉、蔡琰等又何嘗不是尤侗的代言人？運用這種手法，不但全劇不致草率結束，而且低迴婉轉、餘味無窮！可知尤侗對於關目的布置，也是頗具匠心的。

　　以上是尤侗雜劇在布局方面的特色。至於排場，在明清兩代的作品中，尤侗的雜劇算是很守規矩的，但於規矩中又付予變化，十分討喜。為了分析時清楚起見，也由於一些分折處有待商榷，故先將尤侗五本雜劇的套數分別列出，再就聯套、楔子、插曲及特殊套式四項加以討論。

（一）《讀離騷》
　　第一折：仙呂點絳唇　混江龍　油葫蘆　天下樂　那吒令　鵲踏枝　寄生草　么
　　　　　　賺煞
　　第二折：男巫打鼓舞　女覡打鼓舞　正宮端正好　滾繡球　叨叨令　耍孩兒　五
　　　　　　煞　四煞　三煞　二煞　一煞　收尾
　　楔子※：仙呂賞花時
　　第三折：雙調新水令　駐馬聽　沈醉東風　雁兒落　得勝令　喬牌兒　甜水令
　　　　　　折桂令　錦上花　么　清江引　離亭宴帶歇拍煞

〔註8〕曾師永義稱之為「讚嘆山關目」，見《明雜劇概要》。

第四折：中呂粉蝶兒　醉春風　脫布衫　小梁州　么　上小樓　么　滿庭芳　魔
合羅　一轉　一轉　三轉　四轉　尾

（二）《弔琵琶》

第一折：仙呂八聲甘州　混江龍　油葫蘆　天下樂　金盞兒　一半兒　後庭花
青哥兒　賺尾

楔　子：仙呂端正好　么

第二折：越調鬭鵪鶉　紫花兒序　天淨沙　金蕉葉　調笑令　小桃紅　禿厥兒
聖藥王　麻郎兒　么　絡絲娘　東原樂　么　綿搭絮　么　拙魯速
么　尾

第三折：仙呂賞花時　商調集賢賓　逍遙樂　金菊香　梧葉兒　掛金索　上馬嬌
勝葫蘆　柳葉兒　醋葫蘆　二　三　浪裏來煞　雙調清江引

第四折：雙調新水令　駐馬聽　沈醉東風　雁兒落　得勝令　沽美酒　太平令
七弟兒　梅花酒　收江南　鴛鴦煞

（三）《桃花源》

第一折：仙呂點絳唇　混江龍　油葫蘆　天下樂　那叱令　鵲踏枝　寄生草　賺
煞　雙調清江引

第二折：中呂粉蝶兒　叫聲　醉春風　迎仙客　紅繡鞋　普天樂　石榴花　剔銀
燈　蘇武持節　紅衫兒　煞尾

第三折：雙調夜行船　喬木查　么　落梅花　風入松　水仙子　折桂令　收尾

第四折：南呂一枝花　梁州第七　牧羊關　隔尾　罵玉郎　感皇恩　採茶歌　黃
鐘尾

楔　子：十棒鼓　出隊子　二　三　四　仙呂端正好

（四）《黑白衛》

第一折：仙呂點絳唇　混江龍　油葫蘆　天下樂　醉中天　那叱令　鵲踏枝　寄
生草　么　賺煞

第二折：正宮端正好　滾繡球　倘秀才　滾繡球　醉太平　呆骨朵　脫布衫　小
梁州　么　叨叨令　煞尾

第三折：雙調新水令　駐馬聽　沈醉東風　喬牌兒　折桂令　水仙子　雁兒落
得勝令　沽美酒　太平令　鴛鴦煞

第四折：中呂粉蝶兒　醉春風　迎仙客　紅繡鞋　石榴花　鬭鵪鶉　般涉調耍孩
兒　五煞　四煞　三煞　二煞　煞尾

（五）《清平調》

　　西江月　夜游湖　桂枝香　前腔　意不盡　北新水令　南步步嬌　北折桂令　南江兒水　北雁兒落帶得勝令　南僥僥犯　北收江南　南園林好　北沽美酒帶太平令　北清江引

　　※此楔子原文併入第三折，實應爲楔子，理由見二、楔子中。

一、聯　套〔註9〕

　　根據元人的慣例，第一折多用仙呂宮，尤侗的四本四折雜劇第一折即均用仙呂宮。又四劇之仙呂套均依聯套法則，唯有弔琵琶以〔八聲甘州〕爲首曲，實屬罕見，因仙呂通常以〔點絳唇〕爲引曲。但用〔八聲甘州〕並非史無前例，如王實甫《西廂記》第二本、楊景賢《西遊記》第三本、白樸《梧桐雨》、賈仲名《蕭淑蘭》、《金安壽》，此正見其變化之處。值得一提的是《讀離騷》及《黑白衛》第一折所用的「混江龍」曲，都是增句格，但並非普通的增四至十句，而是增三十六句及十七句。自從湯顯祖在《還魂記》二十三齣〈冥判〉的〔混江龍〕中增了四十句後，使後來的文人有了一個逞才學、弄筆墨的機會，尤侗、洪昇、蔣士銓、吳錫麒、黃韻珊等均有仿作。但這些仿作並沒有什麼新的變化，惟尤侗《黑白衛》的混江龍頗有獨創之處，如五六兩句各減爲五字、增句是單數、末三句鼎足對及增句協韻不規則等。不過此曲雖變成規，音節卻頗諧婉，可謂自出機軸，變而不悖。〔註10〕比起其他人的墨守成規，尤侗算是可自創新意的曲中能手了。

　　四劇中之正宮套，亦均合於聯套法則：以〔端正好〕爲首曲，後接〔滾繡球〕，〔脫布衫〕後常帶用〔小梁州〕，用〔小梁州〕者必用么篇。而《讀離騷》更用基本套式酌加變化，在尾聲前借用般涉〔耍孩兒〕及〔煞〕（五支），此皆合於元人通例。多數雜劇以二、三折爲劇情發展轉變之中心，正宮及中呂所屬牌調既多，套式變化亦較活潑，故二、三折用此兩宮調者居大多數。其中第二折用南呂者亦多，大抵劇中氣氛較爲緊張、情調較爲剛勁者多用正宮，氣氛較爲緩和、情調較爲柔細者多用南呂。《讀離騷》第二折是屈原寫的九歌祭神曲，《黑白衛》第二折則是隱娘自述練武經過，詞情均屬奔放矯健型，所以二句均用「惆悵雄壯」的正宮，而不用「感嘆悲傷」的南呂。

　　越調套首曲照例用〔鬥鵪鶉〕，〔鬥鵪鶉〕後照例接用〔紫花兒序〕，〔禿廝兒〕後必接用〔聖藥王〕，〔綿搭絮〕後常接用〔拙魯速〕，《弔琵琶》第二折均依

〔註 9〕說見鄭騫〈仙呂混江龍的本格及其變化〉。
〔註10〕依據鄭騫《北曲套式彙錄詳解》加以檢索。

例而行，唯獨在元劇中，越調套最短者六曲，最長十七曲，而《弔琵琶》此套竟多達十八曲。

中呂套全用本宮曲者並不多，而且以借般涉〔耍孩兒〕及〔煞〕者最多。《讀離騷》、《黑白衛》之中呂套均借般涉《耍孩兒》，《桃花源》則全用本宮。《讀離騷》將〔耍孩兒〕題爲〔魔合羅〕，事實上二者相同，又將〔煞〕改爲〔轉〕，並將逆數的五煞、四煞……改爲正數的一轉、二轉……。從尤侗四雜劇聯套之分析來看，即使用同一宮調套，其結構均採前人用過之各種類型加以變化，鮮少重複。所以此處之換寫名稱，當是尤侗求變的表現。

雙調大多數用於第四折。雜劇的高潮多在第三折，至於第四折，因一人獨唱之故，可能已感疲乏，聽者亦已倦怠，故此折不過收拾情節，結束全局，其曲文遂多爲短套，且無論長短套多不用尾聲。如《梧桐雨》、《范張雞黍》等劇，第四折曲套甚長，且爲全劇精彩處，反成變例。尤侗四本四折雜劇中就有三本將雙調套擺在第三折，顯然與元代作劇慣例不同，可能是尤侗常在第三折結束劇情的緣故。這三本除《桃花源》外，均以長套演全劇之高潮，甚爲貼切。而《桃花源》第三折爲慧遠法師於白蓮社期中講經，重點在每個人的對白，遂用短套。至於《弔琵琶》一本，將雙調套擺在第四折，曲套很長，明顯地看出與《梧桐雨》有模仿爭勝之意。《梧桐雨》是唐明皇想念楊貴妃，《弔琵琶》則是蔡文姬弔唁王昭君，都是抒情的，也是作者極用心的所在。關於《桃花源》一劇第三折的雙調套，是比較特殊的。在元人劇套中，未有以〔夜行船〕爲首曲者，只有在散套中才有這種用法，尤侗將之用於劇套，確屬創新，再次印證了尤侗刻意經營其劇作、並避免重複的功夫。

尤侗在商調套的運用上是非常保守的，無論是首曲的安排、隻曲的連接、借宮曲、尾聲均依元人常格。四劇中唯有《弔琵琶》第三折用商調套，也是第三折唯一沒有用雙調套的一劇。此折演昭君出塞、投河，用「悽愴怨慕」的商調確實比用「健捷激裊」的雙調適切！

尤侗對南呂一套的運用極單純，〔罵玉郎〕、〔感皇恩〕、〔採茶歌〕爲帶過曲，理當連用，首曲必爲〔一枝花〕，〔一枝花〕後必用〔梁州第七〕，非常工整。而《桃花源》第四折陶淵明自祭告逝，用「感嘆傷悲」的南呂套也是非常合適的。

《清平調》是一折的短劇，因此聯套和其他四本不同。此劇爲南北合套，首先由末唱〔西江月〕開場，儼然傳奇模式，繼而可分爲兩場，從〔夜游湖〕至〔意不盡〕，有引子、過曲、尾聲，是一完整的南曲聯套，內容爲楊貴妃閱卷點狀元，此

為一場。而從〔北新水令〕至〔北清江引〕則是一南北合套曲，是第二場。〔新水令〕為北曲的引曲，〔清江引〕在南北合套中可代尾聲，中間南北相間，十分工整。明代中葉以後受南北劇交化的影響，雜劇套式往往混亂不堪，尤侗雖也作了一本當時風氣下的產物——短劇，但並未染上惡習，在自由的格式中得以窺見其規律，可謂兼顧了舞台上的排演。

北曲套式的配搭，是有法可循的，因此按式運用，不容易發生錯誤。而在這嚴整的套式中，尤侗尚能加以變化，使得聯套不致過於呆板，且於聲情、詞情的配合上，頗為講究，這是值得讚揚的。

二、楔　子

楔子在雜劇中居於重要的地位，它可以成為故事進行前的人物介紹、劇情導引，也可以成為各折間的過脈、橋樑；楔子的情節，雖非全劇的高峯，卻能埋伏線索，稱得上是全劇的關鍵。構成楔子的重要條件是一兩支隻曲（通常是仙呂「賞花時」或仙呂「端正好」及其「么篇」）以及賓白，基於這個條件，《讀離騷》第三折開頭漁父所唱的仙呂「賞花時」就頗令人懷疑是否為楔子。

此折先由洞庭君引隊上，說明哀憐屈原，並命白龍扮作漁父微言諷勸，白龍點頭下，洞庭君及眾並下。以上皆為賓白。然後漁父撐船上，先以賓白自我介紹，再唱一支仙呂「賞花時」便下場，接著才是正末扮演屈原上場，進行以雙調組套的內容。因此，在正末上場前與正末上場後是兩個截然不同的場次，而前者又完全符合楔子的條件，將之視為介紹漁父來龍去脈的楔子，並無不當之處。所以筆者以為此處應當加以劃分。

然而與此情況類似的《弔琵琶》第三折，有把元帝所唱仙呂〔賞花時〕歸為楔子者〔註11〕，卻又不宜。因為漢元帝唱完仙呂〔賞花時〕後並未下場，只是「做睡科」，若歸為楔子，則第三折元帝將如何出場？或許可以暗下暗上，但劇本中又無此指示。雖然，現今演劇有主角在場上表演大段唱腔，在場的配角暗下暗上的情形，然而此折王昭君也要「虛下」，兩個人都虛下，場面豈不混亂？事實上「做睡科」是個很好的提示，使觀眾對場上的時空背景一目瞭然，而且靠在桌上（或椅背）「睡」於舞台後方，也不會影響前方的表演（京劇《托兆碰碑》、《韓玉娘》、《梅妃》⋯⋯及崑曲〈驚夢〉⋯⋯等均如是），所以元帝實無必要下場。既然不下場，也就不必劃

〔註11〕曾師永義在《清代雜劇概論》中言：「弔琵琶首折仙呂用八聲甘州，楔子仙呂端正好、賞花時分置於首折（按：應為二折之誤）、三折之前。三折商調套後由駕弔場唱雙調清江引。」即以三折前之仙呂賞花時為楔子。

分為楔子，何況此折的排場配套還構成一個很特殊也很有意義的表現方式（詳見四、特殊套式）！《孤本元明雜劇》中也有這種情形：《若耶溪漁樵閒話》第一折為仙呂〔賞花時〕、〔么篇〕及仙呂〔點絳唇〕一套，照例前兩支可歸為楔子，但是場上諸人繼續唱答，無一人上下場，根本無從劃分，因此都算作第一折。可知《弔琵琶》第三折當依據原文，不必強分出楔子。

元雜劇的楔子，大多放在第一折之前或一、二折之間，但到了元代後期甚至明代，就不那麼規矩了，各折之間都可能有楔子，有時還不止一個。尤侗的《讀離騷》、《弔琵琶》、《桃花源》三劇各有一楔子，其中《弔琵琶》在一、二折之間，甚合元雜劇體製。《讀離騷》楔子在二、三折間，據筆者統計，現存元明雜劇中，合乎北曲、四折、一楔子體製，而楔子在二、三折間的有二十一本，在三、四折間的有九本，但沒有放在四折之後的（有放在四、五折間的，但已非四折的正規體製，不在統計之列）。可見除了一折前與一、二折間，作家們頗有將楔子擺在二、三折間，《讀離騷》亦是如此。至於《桃花源》將楔子擺在劇末，使它成為劇情的餘音，似乎楔子又多了一層功用，這是尤侗的創舉。

三、插　曲

元劇中為了劇情所需，或變換單調場面，常有「插曲」出現。這些插曲，不必和本套同宮調、韻部，也不必是正旦、正末所唱，內容則多半是插科打諢性質。但到了元劇末期以後，插曲的內容擴充至道情曲或舞曲，已不止是無理取鬧或詼諧滑稽了。儘管插曲的用途日益廣泛，但從元明雜劇中歸納整理的結果，仍可以三類概括之。

（一）以諷刺、幽默、打鬧等型態，增加全劇趣味性的插曲

如《望江亭中秋切鱠旦》第三折眾唱「馬鞍兒」一支（元關漢卿）、《薛仁貴榮歸故里》第三折丑扮禾旦唱〔豆葉黃〕一支（元張國賓）、《呂蒙正風雪破窰記》第一折大淨二淨唱〔金字經〕（元王實甫）、《關大王獨赴單刀會》第二折道童唱〔隔尾〕（元關漢卿）、《洞天玄記》第四折黃婆唱〔包子令〕一支（明楊慎）、《十樣錦諸葛論功》第三折夏侯惇張士貴輪唱南曲〔鎖南枝〕等。

（二）神仙出場時所唱的插曲

這些插曲，尤其是仙女、花神出場時，常伴著歌舞的場面，成為舞台上的一種調劑。如《花間四友東坡夢》第二折桃柳竹梅舞唱「月兒高」一支（元吳昌齡）、《張子房圯橋進履》第一折喬仙唱〔上小樓、其二、其三、其四〕〔朝天子〕（元李文

蔚）、《莊周夢蝴蝶》第二折四仙女唱〔柳搖金〕四支（元史九敬先）、《風月牡丹仙》第四折九花仙唱〔轉調青山口過清江引〕、《呂洞賓花月神仙會》第二折眾仙唱〔醉太平〕〔么〕三支及旦唱〔駐雲飛〕〔前腔〕三支、三折旦唱〔風雲會四朝元〕〔前腔〕三支及〔柳搖金〕〔前腔〕四支、《四時花月賽嬌容》第一折眾花唱〔清江引〕十一支（以上明朱有燉）、《孫真人南極登仙會》第四折毛女唱〔出隊子〕二支、《李雲卿得悟昇真》第四折總虛子同眾仙唱〔出隊子〕二支、《賀昇平群仙祝壽》第四折四仙女唱〔出隊子〕二支等。此類中如〔出隊子〕〔清江引〕等曲由於用得很多，後人便常選擇這兩支曲做為插曲。

（三）以漁歌、樵歌、挽歌、道情、彈詞、地方聲腔等俗曲插入聯套中的插曲

這類曲子通常依劇情所需而出現，以變換口味。如《瘸李岳詩酒翫江亭》第二折牛員外唱道情六支及〔十二月〕〔堯民歌〕〔錦上花〕〔清江引〕〔又二支〕（元戴善甫）、《李亞仙花酒曲江池》第二折鄭元和唱挽歌「尚京馬」一支（元石君寶）、《王蘭卿貞烈傳》第四折妓女彈唱〔南呂一枝花〕一套（明康海）、《袁氏義犬》第一齣有弋陽腔插曲（明陳與郊）、《鞭歌妓》有侍兒唱小曲（明沈自徵）、《赤壁遊》有漁人扣舷歌小曲（明許潮）、《同甲會》有子弟演傳奇戲中戲及〔歌行〕一支（明許潮）、《蕉鹿夢》第三折有丑扮樵夫唱樵歌及生扮漁人唱漁歌（明車任遠）等。

綜上可知，元明雜劇中的插曲，均逃不出這三類的範圍。巧合的是，尤侗雜劇中的四處插曲，恰好分別屬於這三類。《桃花源》第一折末，因陶淵明掛冠求去，父老們十分不捨，便唱一支《雙調清江引》大罵督郵，詞雖鄙俚，但頗率真：

　　（白）只巨耐督郵這狗弟子孩兒，氣他不過，我每唱一支曲兒罵他。

　〔清江引〕賊督郵下馬威風大，到處收書帕，奪我好官人，怎肯干休罷。

　　（白）督郵督郵，你若不來罷了，你若來時，我每百姓（唱）只閉了城門

揀著石塊打。

明顯可見此屬插科打諢性質的插曲。而所用之〔清江引〕，也是被用為插曲次數最多的曲子。《桃花源》的楔子中，有五支插曲，包括淨扮演漁翁唱的「十棒鼓」及外扮仙翁、徠扮仙童、卜兒扮仙母、旦扮仙女分唱四支〔出隊子〕。此五支曲子均為超逸的抒情寫景，又為《桃花源》中的仙人所唱，故應屬第二類神仙出場時的插曲。〔十棒鼓〕雖是一首漁歌子，但有著非常強烈的出世思想：「將家緣棄了，剩得烟波一棹……天下滔滔，平地風波愁到老，怎如我鼓枻隨潮……」，而四支〔出隊子〕，更充滿了遊仙的情味：

〔出隊子〕桃源景春來最好，向東園醉玉醪，滿林紅雨舞衣飄，一曲山香鶯燕嬌，把三月花朝要過了。

〔二〕桃源景夏來最好，向南薰琴譜操。珊瑚枕簟扇芭蕉，夢破華胥鶴唳高，把六月風光要過了。

〔三〕桃源景秋來最好，向西山棋局敲，霓裳女伴坐相邀，桂子香新玉兔驕，把八月月華要過了。

〔四〕桃源景冬來最好，向北窗香篆燒，道書讀罷倚寒皋，笑看瓊林玉樹飄，把臘月雪天要過了。

吳梅《霜崖曲跋》中提到朱有燉《八仙慶壽》「劇中第三折前毛女上唱，用〔出隊子〕四支，以漁筒簡子合歌，最為可聽，後人學者蓋鮮，惟尤西堂《桃花源》劇、武陵漁登場（按：非武陵漁夫登場唱，為眾仙唱），曾一效之，分述桃源四時景狀，亦娓娓動人。」可知此四支插曲之婉轉動聽。至於《讀離騷》第二折的男女巫覡打鼓舞，雖也是邊歌邊舞的插曲，但所唱的卻是民間俗曲。此種小曲倡自元人，徐文長《漁陽三弄》曾仿之，後人亦紛紛仿效，沈自徵《鞭歌妓》、尤侗《讀離騷》均是如此。這種曲子沒有名稱，但有一定的形式：

其中○的部分可填上一首七言絕句，而△△則可依照七言絕句的韻腳填上低都、蹺蹊、多烘、麻渣、丁多……等以叶韻，是十足歌謠式的小曲。不過就詞意而言，《讀離騷》的「楓岸紛紛落葉多，洞庭秋水晚來波，乘興輕舟無近遠，白雲明月弔湘娥」比起《漁陽三弄》的「那裏一個大鵜鶘，變個花豬唱鷓鴣，唱得好時猶自可，不好之時換王屠」以及《鞭歌妓》的「那裏擺來大歪刺，邐逼芒鞋腳下踏，怎戲污泥腌身分，一弄粧喬風勢煞」來得典雅，反倒與此曲俚俗的形式不相襯，這可能是尤侗刻意要用這種小曲以求變化，結果卻運用得不太恰當。又《讀離騷》第四折尚有兩支邊划龍船邊唱的小曲，也是沒有名稱，但有固定形式如下：

○○○○○○也○，划龍船，划彩船，○○○○也○○○，採蓮船，行哩溜連行溜連，○○○○○○○也，划龍船，划彩船，○○○○○○也○，採蓮船，划龍船，行哩溜連行溜連，划划划。

其中劃○處亦為一首七言絕句，並分別於各句之六、四、七、六字下嵌一「也」字。這些小曲，很可能是元明時期的民歌，也許本將失傳，幸賴戲曲的運用得以保存，

但不幸的是戲曲的音樂除至今部分留有曲譜外，其餘的也均亡佚，因此這些民歌，只是徒留文字記載而已，的確非常可惜。從以上插曲的分析，我們可以發現尤侗很注重戲曲結構中插曲的安排，雖然選曲略有瑕疵，但是與主題內容的銜接卻無絲毫突兀之處，可見尤侗是非常盡心的。

四、特殊套式

在楔子部分我們曾經討論到《弔琵琶》第三折的仙呂〔賞花時〕不應算作楔子，但這樣一來，此折的套式就變得非常奇特。第一：包夾商調套曲的仙呂〔賞花時〕及雙調〔清江引〕爲末扮漢元帝唱，破壞雜劇一人獨唱之例。第二：此兩支曲子與商調套曲分用三個韻部，使得〔賞花時〕與〔清江引〕不能算作一套，否則即可以套中夾套視之〔註12〕。不過，我們可以從戲曲的發展上獲得合理的解釋，經過明代南北劇的交化，雜劇的形式早已解放，可以不必同一宮調，可以不必只是一人獨唱，家麻、皆來、車遮三韻亦常混淆〔註13〕，所以就此折而言，商調套是夢中的情節，〔賞花時〕是元帝掛起眞容想念昭君時所唱的，〔清江引〕則是夢醒後的感慨。以元帝唱的隻曲與昭君唱的套曲作爲現實與夢境的分別，不僅使嚴謹的套式變得活潑，也使單調的旦本出現末角的演唱，而元帝在《弔琵琶》中，得以稍微發抒情感，不必似《漢宮秋》的昭君，只是個木偶罷了。可見本折的特殊套式，是有其意義存在的。

結　語

從各折情節的布置到體製的運用，尤侗表現出了脫俗的技巧和靈活的特性，雖不是達到百分之百的完美，卻能不爲僵化的格式所圍，無論是摘取前人精華或自創新意，均普遍獲得讚美，因此在結構上，尤侗算是收放自如的。

第三節　文　詞

西堂雜劇的文詞，頗受讚譽。吳梅在《中國戲曲概論》中言：

> 曲至西堂，又別具一變相，其運筆之奧而勁也，使事之典而巧也，下語之豔媚而油油動人也，置之案頭，竟可作一部異書讀。

鄭振鐸《西堂樂府》跋亦云：

〔註12〕就仙呂套而言，一支〔賞花時〕及〔么篇〕，加上可代爲尾聲的〔清江引〕即可組成一短套。可惜少支么篇，且不同韻。
〔註13〕見張師清徽《明清傳奇導論》對犯韻的統計與解說。

> 就曲文觀之，則侗誠不愧才子，其使事之典雅，運語之俊逸，行文之
> 楚楚動人，在在皆令讀者神爽，斯類超脫之神筆，蓋未嘗爲拘律守文者所
> 夢見也。

然而這些都是就文學觀點所作的評價。文學技巧運用得太複雜，對戲曲而言並非好事，因爲戲曲的詞采「貴顯淺」（李笠翁語），要「歌之使奴童婦女皆喻」（徐文長語），所以太過雕章琢句並不是理想的戲曲文詞。尤侗是主張「聲色雙美」的，調和俚俗與晦澀，因此他雖用典卻不用僻典，並適時化俗爲雅、化雅爲俗，以洋溢的才情經營文字。不過也由於才氣太大，難免造成缺憾，例如《讀離騷》第一折〔混江龍〕曲共四十六句七百五十七字，無論是唱或聽，都會感到厭倦的。

戲曲的文詞，包括曲文和賓白，曲文是唱的，受到格律的限制，無法像賓白那樣口語化，但賓白也必須適合腳色的身分，不能全部均用普通說話的口氣，況且戲曲的表現是經過藝術化的，因此無論曲文和賓白，都應以含蓄精鍊爲準則。有鑑於此，本節並不將曲文和賓白分別探討，而是將尤侗雜劇文詞中有助於戲劇性增加的因素提出來，以便作整體性、全面性的了解。此處將從兩方面來說明，一是專就文字技巧方面來看，一是就整個劇本中特有的語言表達方式來看。因爲若只討論表面上的文字技巧，不過是將戲曲當作文學作品對待，無法顯現其舞台藝術的特質。

一、文字運用的技巧

在文學上，作者常以各種不同的技巧表情達意，如比喻、暗示、用典、寓情於景……等，但所呈現的效果未必適合戲曲觀眾，這是駢儷派戲曲作者及文人作劇的通病。尤侗是純粹的文人，作劇時難免咬文嚼字，尤其喜歡檃括詩文及運用典故，然而仔細研讀其雜劇作品，發現並不如想像那麼晦澀艱深，反而是自然高妙，機趣橫生。以下便歸納出自然、高妙、奇巧、俳優、本色五項特色分別舉例並加以說明：

（一）自然之語

此處所論及的自然，專指檃括和用事而言，因爲檃括、用事最忌諱的就是生硬呆板、斷章取義，尤侗雜劇由於取材的緣故，特別須要檃括前人詩文，又由於逞才的緣故，常常運用典故，然而卻沒有上述的缺點。

1. 檃括自然

關於尤侗雜劇檃括之處，先列表點出如下：

劇　　名	折數	曲　　名	原　　文
讀離騷	一	屈原唸白	史記屈賈列傳
		混江龍	天問
		鄭詹尹唸白	卜居
	二	巫覡唸白	王逸楚辭章句
		耍孩兒	東皇太一、東君
		五煞	雲中君
		四煞	湘君、湘夫人
		三煞	大司命、少司命
		二煞	河伯
		一煞	山鬼、國殤
		收尾	禮魂
	三	屈原唸白	離騷、涉江
		新水令	離騷、九章
		駐馬聽	同上
		沈醉東風	同上
		雁兒落	同上
		得勝令	同上
		屈原、漁父對白	漁父
		喬牌兒	同上
	四	神女唸白	高唐賦
		上小樓	神女賦
		魔合羅	招魂
		一轉	同上
		二轉	同上
		三轉	同上
		四轉	同上
桃花源	一	點絳唇	歸去來辭
		混江龍	同上
		油葫蘆	同上

		天下樂	同上
		那吒令	同上
		鵲踏枝	同上
		寄生草	同上
		賺煞	同上
	四楔子一	梁州第七	自祭文
		漁父唱白	桃花源記
黑白衛		老尼自敘	吳越春秋《越女劍》
		老尼唱白	太平廣記《聶隱娘》
清平調		南江兒水	清平調

　　由以上的統計，我們可以知道尤侗大量檃括了前人詩文（零散之詩詞經史子句尚未算在內），而且不但在曲中檃括，連賓白都不例外。檃括一體，在宋詞中就有了，如蘇軾〔哨遍〕之〈歸去來辭〉、林正大《隨菴風雅遺音四十一詞》中檃括古詩文三十九篇（註14）等。《全元散曲》或《雍熙樂府》中的散曲、套數則多檃括柳宗元〈五絕〉、〈琵琶行〉、〈歸去來辭〉、〈秋聲賦〉、《楚辭·九歌》等。至於戲曲，如《蘇子瞻醉寫赤壁賦》、《東郭記》、鄭瑜的《滕王閣》、《汨羅江》等亦爲檃括之作。其中《汨羅江》一劇，是引發尤侗寫《讀離騷》並以楚辭入曲的動機之一。尤侗自序云：「近見西神鄭瑜著《汨羅江》一劇，殊佳，但檃括騷經入曲，未免聱牙之病。」因《汨羅江》的安排是讀原文一段，再歌曲一段，這種檃括，斧鑿痕跡太過，無法得到良好的效果。然而什麼樣的檃括體才算好呢？張師清徽曾言：「此一體之作品，作者必先將原作融會胸中，下筆始能鈎勒得體，否則，難免餖飣之苦，拼湊之趣。」（註15）可知渾化無跡之作，方屬佳品。

　　尤侗《讀離騷》第一折屈原題壁的〔混江龍〕一曲，是以〈天問〉爲藍本所譜成的長篇鉅製，格局雄渾，詞氣磅礴，最令人稱道的是他不襲原文一字而能盡其意，可謂融會貫通、手眼俱高。如「我問他九重誰壘、八柱誰加？」原文爲「圜則九重，孰營度之？……天極焉加？八柱何當？……」；又如「那日月呵爲甚急忙忙跳雙丸烏飛兔走？那星辰呵爲甚密叢叢編五珠虎攫龍拏？」襲自「日月安屬？列星安陳？」〈天問〉原本即是對自然現象和人間世事提出質疑，文中充滿了困惑與不滿，而尤侗的混江龍較之更爲犀利，千古不平之事以嘻笑怒罵發之，妙絕淋漓。如「若是愛才呵不見那

〔註14〕見姚華《菉猗室曲話》。
〔註15〕見張師清徽之〈曲詞中俳優體例證之探索〉。

孔先生孟夫子抵掌高談，整日價羸馬棧車休館舍；若是惡侫呵不見那衛大夫宋公子脅肩諂笑，一般兒峨冠博帶坐官衙」「論年呵可笑那頹彭祖八百歲一世龍鐘，偏則是泣顏回少年白髮；論貌呵可厭那蠢無鹽三千人一身寵愛，偏則是葬西施薄命黃沙」等。梁廷枏《曲話》語尤侗《讀離騷》「不屑屑模文範義，通其義而肆言之，陸離斑駁，不可名狀」，誠然不假。

《讀離騷》第二折有檃括九歌的六支曲子，欲說明其成就，不妨以同樣檃括九歌之一〈雲中君〉的一支散曲比較說明之：

《九歌‧雲中君》──

> 浴蘭湯兮沐芳，華采衣兮若英。靈連蜷兮既留，爛昭昭兮未央。蹇將憺兮壽宮，與日月兮齊光！龍駕兮帝服，聊翱遊兮周章。靈皇皇兮既降，猋遠舉兮雲中。（節錄）

〈蟾宮曲〉──

> 望雲中帝服皇皇，快龍駕翩翩、遠舉周章。霞佩繽紛，雲旗掩藹，衣采華芳。靈連蜷兮昭昭未央，降壽宮兮沐浴蘭湯。先戒鸞章，後屬飛廉，總轡扶桑。

《讀離騷》第二折五煞──

> 靈既留，爛未央，浴蘭衣采連蜷狀，金枝玉葉成華蓋，草莽魚麟列錦章，夫君降，且從容雲中猋舉，聊翱遊日月齊光。

原文中說明雲中君滿身香氣、彩衣翩然降臨，光彩燦爛奪目。祂常駕龍車、著帝服在九天翱翔，突下降後又飛回天上，不知將何所止。〈蟾宮曲〉一、四、六、七句均是形容雲中君衣著光鮮，頗覺詞費，而且用的都是抽象的形容詞如皇皇、繽紛、華芳、昭昭等，不若〔五煞〕之「金枝玉葉成華蓋，草莽魚麟列錦章」落實。又此首祭歌主要表達的是祭巫對雲中君來去行蹤無法捉摸所生的感嘆，〈蟾宮曲〉表現的卻是先翩翩遠舉，再降壽宮，沒有絲毫讓人留戀之感。〔五煞〕則不同，先降臨，再猋舉，最後翱遊，而且以「日月齊光」作結，令之望而喟嘆！可知尤侗檃括技巧十分高妙。尤侗譜《九歌》為六曲，詞意悽惋藻豔，韻叶亦極自然，而且剪摘工妙，的確可稱作「鈎勒得體」。

《桃花源》中尤侗檃括〈歸去來辭〉的仙呂〔點絳唇〕一套，亦是絕妙好辭，如：

> 〔油葫蘆〕望宇瞻衡村落西，載欣奔入栗里，蕭條三徑就荒畦，猶存松樹庭前立，初開菊蘂籬邊倚，只見僕人迎路笑，稚子候門嘻，呼妻攜幼還虛室，更喜有酒盈杯。

〔那叱令〕策扶老，紫門流憩；時矯首，遐觀天際；景翳翳，桑榆將

入。雲無心出岫遲，鳥飛倦知還疾，因此上撫孤松盤礡忘歸。

不僅將原意完全表達出來，而且靈活運用襯字及長短句法，毫無牽強之處，足可與原文相頡頏。第二折〔普天樂〕一曲言：「只落得餐落英離騷滿口，忽地擡頭，則見南山飛鳥，相對悠悠。」此句化自陶淵明「採菊東籬下，悠然見南山」的詩句，尤侗不僅將其自然、閒適的情景充分表露出，而且還有種「與萬化冥合」的境界，較之原文毫不遜色。

前面提及尤侗在賓白中亦檃括詩文，由所列的表中也可發現爲數不少，這是最不討好的地方，因爲文章與口語畢竟有很大的距離，雖然戲曲的語言較爲凝練，但仍得顧及說話者的身分及聽者的理解力。尤侗也注意到了這一點，所以雖大量檃括，但在轉折、結尾或銜接其他話語的地方作了適度的調整，使得檃括之文仍能自然流暢！例如《讀離騷》第一折鄭詹尹的白口襲自〈卜居〉，〈卜居〉的原文是：

夫尺有所短，寸有所長，物有所不足，智有所不明，數有所不逮，神

有所不通，用君之心，行君之意，龜策誠不能知事。

戲曲賓白則是：

大夫差矣，夫尺有所短，寸有所長，物有所不足，知有所不明，數有

所不逮，神有所不通，我的卜筮只好辨吉凶、明禍福，如君所言，用君之

心，行君之意，就是周文王六十四變，不能定其是非，宋元君七十二鑽，

也難判其休咎，豈我所得知乎？大夫請回，不必再占，我且休矣。

比較之下，〈卜居〉雖也是對話，但礙於文體，詞句均非常簡潔，而戲曲賓白便能暢所欲言，於語氣變換處，稍作解釋，以期易於入耳，如「我的卜筮只好辨吉凶、明禍福」以及「大夫請回，不必再占，我且休矣」，均是補充的言語，而開頭的「大夫差矣」更是戲曲人物反對別人意見時的習用語，至於京劇仍常有「××此言差矣」、「××之言差矣」等白口。吳梅在《曲學通論》中曾言「《西堂樂府》，陶鑄古今，熟探三藏，不獨前無古人，抑且後無來者。」洵爲大譽。大體而言，尤侗才大如海，筆力雄肆，能掌握曲、白的特性，檃括得體，頗臻自然之妙！

2. 用事自然

引用經史典故，原爲曲之忌諱，但元代曲家，常將家喻戶曉的四書、唐詩、宋詞及子集雜文等句子自然引用，他們只是興到筆隨，覺得現成方便，並沒有刻意賣弄的意思〔註16〕，這種用典，很能化俗爲雅，有助於曲文境界的提昇，卻不至於脫

〔註16〕參見張師清徽之〈元明雜劇描寫技術的幾個特點〉。

離大眾。

在尤侗的雜劇中，用事自然的曲文賓白不少。如讀離騷第一折屈原題壁問天之後言：「呀！是我差了，天何言哉，豈可問耶？」「天何言哉」原是《論語》中的句子，說明四時運作乃自然之序，此處借用為問天後、天無回音，意雖不同，但嵌合貼切，運用得十分巧妙。《弔琵琶》第一折漢元帝驚豔後，詢問昭君身世，昭君感慨地唱道：「陛下呵是憐才漢武帝，則妾呵不是傾國李夫人。」（金盞兒）昭君雖如此說，卻是以李夫人自比，顯示其對自己的容貌頗有信心，而隱然有嗔怪這位漢家天子之意。此劇眉批云：「豔而能老，逼真元人」，尤侗用典之圓熟，確實可稱得上是個中老手。第二折元帝送昭君至玉門關時賜昭君一杯酒，昭君唱道：

〔調笑令〕謝你遠勞，酌葡萄。這時節不是簾外春寒賜錦袍，難道醉臥沙場君莫笑。敢要我倚新粧臉暈紅潮，做個飛燕輕盈上馬嬌，則怕酒醒時記不起何處今宵。

此曲驅使唐詩宋詞入句，卻似出於己手一般，在「簾外春寒賜錦袍」的旖旎時節，身負國家興亡的重任，只怕是醉臥沙場，亦或酒醒時都不知道置身何處呢！曲中揉雜了離情別緒、無奈感慨，而將王翰的邊塞詩（涼州詞）、柳永的別詞（雨霖鈴）及趙飛燕的典故這些毫不相干的事混合在一起，而又能如此不落痕跡，的確很不容易。

《黑白衛》第四折女尼稱許隱娘功勞及詢問其夫磨鏡郎時，隱娘唱道：

〔鬭鵪鶉〕再休提即墨田單，荊州劉表，都不過酒後蛇足，雪中雁爪，有則有玉鏡臺前舊鵲巢，難道分不開水米交。（白）今日隱娘願隨師父，皈依佛法。（唱）但早得白社薰修，抵多少黃粱夢覺。

此曲幾乎句句用典，而且用的大都是戲曲的典故，一定會使聽眾倍感親切。

王驥德《曲律》中有一段文字，可以作為戲曲用典的準則：

曲之佳處，不在用事，亦不在不用事。好用事，失之堆積，無事可用，失之枯寂，要在多讀書，多識故實，引得的確，用得恰好，明事暗使，隱事顯使，務使唱去人人都曉，不須解說。又有一等，用在句中，令人不覺，如禪家所謂撮鹽水中，飲水乃知鹹味，方是妙手。

以此觀之，尤侗在用事方面，確實可算「引得的確，用得恰好」，雖偶有堆積之嫌，但因為用的都是大眾耳熟能詳的典故，又能充分融入文句中，所以仍是自然流暢的。

（二）高妙之語

元雜劇中有許多釋教劇，劇中多少有禪理的闡釋：明周憲王誠齋雜劇也常在賓白中參禪問答；到了徐渭的《月明和尚度柳翠》，其〔收江南〕一曲，一方面在內容

上是天花飛墜的偈語，一方面在形式上是四十語藏八十韻的短柱體，才氣雄贍、吞吐自如，因此儼然成為偈頌的經典作，像鄭瑜《黃鶴樓》劇末〔收江南〕一曲即加以模仿，尤侗的《桃花源》也加以襲用。

《桃花源》劇，由於將陶淵明塑造成悟道成仙之人，所以在曲文當中常有禪理出現，令人似懂非懂。但是從其敘述的波瀾壯濶、運語如行雲流水看來，尤侗對以禪道入曲是頗有心得的。如第一折陶淵明的上場詩：「一失足成千古恨，再回頭是百年身，相逢盡道休官好，林下何曾見一人。」彭羨門批曰：「開口棒喝！」一出場即是警語，提醒觀眾收斂情緒，並將觀眾漸漸帶入另一層境界，效果甚佳。第三折慧遠法師的上場詩云：「青青翠竹真如，鬱鬱黃花般若，遮莫豎拂吹毛，到底騎牛覓馬，一喝三日耳聾，獨坐九年口啞，無根樹下尋椿，沒縫塔中安瓦，咦！饒他金色如來，撞著老僧便打。」曹爾堪批曰：「禪宗三昧，鈍根人不能追。」此詩舉了許多不可能的事，說明這些事都會發生，因為禪理無所不在，端看有沒有心去發掘。尤侗塑造慧遠禪師，能寫出此首六言禪詩，當知其非「鈍根人」了。

前面提過，戲曲中寫禪道的作品不少，但是把佛家忌諱的「酒」說出佛法來，頗為少見。尤侗便有一段賓白，現酒人身而為說法，可謂精妙絕倫：

> 夫酒者，種福恩田，釀功德水，出眾香之國，開甘露之門，十分清淨，殊堪解脫塵勞；一味禪和，正好破除煩惱，山河大地，到處排當，木朳笊籬，逢場作戲。證明有漏，不妨時復中之，了取無生，何難死便埋我，直饒一口吸西江，折末三杯通大道。

慧遠禪師認為酒可以助人超脫塵凡，並引用劉伶「死便埋我」的話說明喝酒能及早脫離苦海，達到極樂世界，因為佛家認為人世是一切痛苦的淵藪。此段賓白確實是能得「酒中三昧」。另一為人所稱道的曲文，是第三折的收尾，模仿徐渭《翠鄉夢》的〔收江南〕，以四十八句偈語點醒陶淵明，其汪洋洪肆，不下徐文長，故彭羨門批云：「直奪文長之席，使我妬生拔舌。」

嚴滄浪言：「禪道惟在妙悟。」故「妙」實為禪理的最高境界。今觀尤侗的參禪語，應可稱得上是「高妙」了。

（三）奇巧之語

曲子最重天真逸趣，最怕庸腐蹇澀，所以貴在新、熟、奇、穩，能適時地出奇制勝，方是上品 (註17)。李漁閒情偶寄在詞采部分亦提及「重機趣」，如此才能使聽者印象深刻，獲得觀劇的趣味。例如《梧桐雨》第一折明皇貴妃七夕乞巧，明皇

〔註17〕同註3。

唱「醉扶歸」：「你試向天宮打聽，他決害了些相思病。」又想到自己比牛郎織女一年才能見一次面幸福，便唱道：「若論著多多爲勝、咱也合贏。」（金盞兒）這就是典型的「奇巧」之曲。

尤侗雜劇中這類例子不少。《讀離騷》第一折屈原上場所唸的〔菩薩蠻〕：「洞庭木落秋風嫋，平蕪極望愁杳草，歲晏孰華予，君門虎豹居。美人來又去，解佩空延佇，搔首問青天，青天正醉眠。」〔混江龍〕曲：「便百千年難打破悶乾坤，只兩三行怎弔盡愁天下。」將人類的主宰──「天」擬人化，由於其「醉眠」，使得天下因無公理而被愁雲籠罩，比喻得十分巧妙。故眉批云：「咀屈宋之英華，振風雅之逸韻，選詞命意，穆然今古。」《弔琵琶》第二折元帝上場詩：「秦時明月漢時關，萬里和戎去不還，但使龍城飛將在，不教美女度陰山。」借用王昌齡〈出塞詩〉，只更動了六個字，然而意義卻非常貼切！既有美女和番出關的無奈，又有對國勢衰弱的諷刺！《桃花源》第二折陶淵明至廬山途中所唱之蘇武持節曲云：「那答少留，看廬山識我否？」蘇軾〈題西林壁〉：「不識廬山眞面目，只緣身在此山中。」而尤侗卻言「看廬山識我否？」此正符合陶淵明物我同一、與萬化冥合的境界。稼軒詞：「我見青山多嫵媚，料青山見我應如是。」即是此奇思巧語的最佳寫照。

另外有兩處曲文，雖非尤侗首創，但卻運用得非常巧妙。《黑白衛》第三折，隱娘剪髮繫紅綃，趁夜送至魏帥枕前以表不回，劉昌裔擔心會有人追趕，隱娘唱道：「只怕駙馬難追。」（水仙子）將俗語用在曲中，如此契合，難怪王阮亭要批示「妙絕」了。又《清平調》貴妃上場唱〔夜游湖〕：「溫泉浴罷，喚三郎隔籠鸚鵡。」襲自《梧桐雨》安排鸚鵡叫「萬歲來了，接駕。」這是形容宮中富貴奢華的一面，此處借以點明貴妃的身分，也可算是十分奇巧的了。

（四）俳優之語

此指曲中利用中國文字的特性所作的遊戲體，此種體例雖充滿了諧趣，但也不全是爲了矜才逞奇，有時也是爲了增加戲劇效果。尤侗雜劇中的俳優體，種類並不多，除了前面所引的櫽括體之外，尚有疊字體和集句體兩種。

疊字的用途很多，可以摹聲，可以表示急促、跳動，更可以豐富音樂的內涵。《弔琵琶》第二折昭君出塞，至接近胡地時，心情由先前的悲哀、依戀轉爲激動，於是尤侗運用疊字來表現此一心理變化：

〔拙魯速〕朱鳶城路迢迢，白狼河浪滔滔，風兒條條，雨兒瀟瀟，淅
瀝瀝沙兒似雪落，冷清清月似霜飄，雁聲兒哀叫，笳聲兒悲嘯，斷送人兒
在這遭。

由於疊字是單音節的延續，所以它的音聲長度比起兩個異字所構成的複詞要來得短暫，節奏感就顯得快速〔註18〕。昭君此時已心慌意亂，以此急促的節奏，正可表達如泣如訴之情。另外，尤侗在形容武技時也常用疊字，這可能是邊唱邊舞的緣故，用疊字可使音樂變得輕快躍動，身段自然也跟著靈活曼妙。如《黑白衛》第一折老尼教隱娘劍術時唱〔混江龍〕：「卓一下冷森森霜花繡出斑犀豔，嘯一聲唳琅琅雷轟驚起魚龍慘，舞一回忽刺刺電焱照破虹蜺焰」；教隱娘飛簷走壁時唱〔油葫蘆〕：「你看嫋嫋婷婷十二三，去珊珊、來冉冉，飛飛樹樹走巖巖」；此處幾可媲美李清照〈聲聲慢〉的連用十四個疊字。由於輕功比劍法更具有矯捷之姿，所以密集的疊字更能襯托其飛躍之勢。王阮亭認為此處「起落處，驚鴻游龍，未足為喻。」可知疊字的效果甚佳。第三折隱娘與精精兒決鬥的經過，既快速又神奇，尤侗以四句有疊字的曲文便加以概括：

〔雁兒落〕你祇見顫巍巍雙幡燈下飛，不聽得吉丁丁兩劍床頭刺，俺只索虛飄飄紅裙暗裡翻，他便可撲通通白骨空中墜。

疊字並不是隨處可用的，要運用在恰當之處，才能顯現出其特殊的效果，由以上的例證我們也可看出尤侗在疊字的使用上是非常適切的。

至於集句，《清平調》李白題塔的詩句：「青蓮居士謫仙才，身帶昭陽日影來，一騎紅塵妃子笑，人人盡道看花回。」二、三句分別為王昌齡〈長信秋詞〉及杜牧〈過華清宮〉的詩句。此法明人常用於下場詩，非飽學之士無法寫出，何況各句之意亦須串聯得當、言之有物。尤侗此詩頗為新巧，稱得上是集句佳作了。

（五）本色之語

所謂本色，即是不刻意雕琢，以白描手法，口語化的表現出來，元代雜劇的特色即在於此。所以後人評論劇作常以「逼真元人」來稱讚本色、率真的曲文，因為這種文詞較能引起觀眾的共鳴。

尤侗雜劇本色語頗多，如《讀離騷》第一折〔油葫蘆〕：「仰視蒼蒼正色耶，呆打孩沒話答，似葫蘆無口豈瓠瓜」，而〔天下樂〕一曲更將俗語化為雅句：

〔天下樂〕我如今西抹東塗空手叉，差也不差，倒不如問自家，客嘲賓戲都勾罷，墨花兒將刀尖刮，筆管兒當鼓槌撾，只這一章書把天公險難煞。

其他以白入曲的尚有《弔琵琶》第二折〔綿搭絮〕〔么篇〕：

〔么〕直恁的氣怎，休話牙聲，弓箭在腰，橐駝坐著，漫誇說首飾珊瑚環瑪瑙，又道銷金帳美酒羊羔，這樣風流瀟落，則怕漢宮人消不起小閼氏皇后號。

〔註18〕見曾師永義〈影響詩詞曲節奏的要素〉。

而第三折〔醋葫蘆〕第三支更是讓人自然迸淚，毫不做作：

> 〔三〕想殺俺前生爹，痛殺俺即世孃，一家兒老小累皇爺，空自望姊歸
> 血淚灑，飛不到雙親膝下，只望你漢天子略照管丈人家。（夾白略）

《桃花源》第二折陶潛與王弘、龐通之及二兒阿舒阿宣同飲時所唱的〔紅衫兒〕，
天眞爛漫，寫來不須增減一字：

> 〔紅衫兒〕沽得南村酒，下酒南山豆，飲三甌，飲三甌，飲三甌杯到
> 休停手。（白）兒輩執壺久立，豈可不知其味？（唱）飲三甌，飲三甌，
> 贏得兒童拍手。

另外像「名經我不講，公案咱都忘」、「可笑那醫人何處覓，炙豬膊上」（以上《桃花
源》第三折〔喬木查〕）、「若不是放下眉毛，險些兒斷送頭皮」（《黑白衛》第三折〔折
桂令〕）等均是本色之語。

　　以上五種特色，是尤侗戲曲引人入勝之處。文人對文字技巧的運用，是游刃有
餘的，但要能擁有以上五種特色，才算是好的戲曲文詞。

二、語言表達的方式

　　戲曲語言的功用，不外乎自我介紹、敘述事件的前因後果、發抒內心的情感以
及以對白推演劇情。而作者有時往往藉著語言透露自己所要傳達的意念，像表達對
現實、歷史、文學的意見，或者顯露筆下人物的身份、性格，以及安排風趣幽默的
對話取悅觀眾。尤侗對戲曲語言的運用十分保守，大多是單純的敘事抒情，不過仔
細檢索，仍可歸納出三點來說明。

（一）以蒙古語表明人物的身份

　　運用方言入曲，元人雜劇偶有例證，通常都是用在淨丑等腳色，但其目的似乎
是以調劑口味、製造諧趣爲主，表明人物身份反而是次要的。唯有李直夫的《虎頭
牌》，因爲作者是女眞人，故事也是女眞事，所以曲牌用的是〔阿那忽〕、〔也不
囉〕、〔忽都白〕、〔唐兀歹〕等疑似女眞曲，這已初步造成了述外人事、用外人
語的觀念。到了朱有燉《桃源景》，便已用蒙古語入曲，湯顯祖《邯鄲夢》之〈西諜〉
亦如是。後來《長生殿》的〈合圍〉也有此例。《弔琵琶》楔子中呼韓邪單于所唱的
兩支曲子，都是用蒙古語，可見尤侗也不忘藉機表現一番。以下便將此二支曲列出，
並於括弧內解釋蒙古語詞的意義，以窺其全貌：

> 〔端正好〕曳剌（馬夫）的把拂盧（帳房）鋪，抹鄰（馬）秣，打著簍珂
> 忍（龍虎旗）鐵立（松林）兒獵，唱道治變離（萬歲）窪勃辣駭（殺）毛和血，
> 鷹兒摯，犬兒拽，笛兒叫，鼓兒疊，俺向那答兒撒兀（坐）也鎖陀八（醉）。

〔么〕那顏（官）兒，塞痕（好）者，畫的薩那罕（女人）似肉菩薩，
天生比妓（夫人）忽伶（美）煞，安壇（金）塑，的泥（寶）遮，倒喇（歌）
滑，孛知（舞）斜，俺待向亦薛里（被）耍一會毛克剌（婦人之私）。

這兩支曲子若不經解釋，根本不知所云，所以吳梅在《霜崖曲跋》中云「此實曲中
壞處」、「實非曲家正宗」。戲曲的成功與否，觀眾的多寡很重要，方言或外族語若用
得太多，觀眾聽不懂，便興味索然了。像《長生殿》的〈彈詞〉，本為李龜年彈唱敘
述天寶遺事，情節較為單調，於是作者加入了聽眾的對話，適時加以評論、感慨或
諷刺。其中淨丑二角以逼趣為主，但唸的卻是蘇白，好在只是淨丑適時點綴，若全
盤如此，因為大部分觀眾不能理解，調節氣氛的效果就顯不出來了。

（二）藉劇中人之口以抒發己意

在本章第一節中，我們得知尤侗在選擇這五本雜劇的主題時都是有所寄託的，
除了自序中明言之外，就是語言的暗示了。在該節所舉過的例子，此處不再贅述，
唯另有一些句子，雖不能確定是否有寓意，但與作者尤侗的心態不謀而合，我們也
可從中看出一點端倪。如《讀離騷》第一折屈原題壁問天之前說：「不免將筆題在壁
上，呼天而問之，看他如何答我。正是，奪他人之酒杯，澆自己之塊壘，有何不可？」
後三句直似尤侗心聲。第三折洞庭君白口：「一腳踢翻鸚鵡洲，一拳打倒黃鶴樓，大
丈夫不可無此氣慨。」《弔琵琶》第四折〔鴛鴦煞〕：「自古道兔死狐悲，芝焚蕙嘆，
暢好是同病相憐，我今番漫把椒漿薦，怕不到一滴重泉，則下回來那得有心人再向文姬唱。」
此種由追念逝者、亦自憐念的情懷，蘇軾在遊賞燕子樓舊景時曾有過：「古今如夢，
何曾夢覺，但有舊歡新怨。異時對黃樓夜景，為余浩歎。」（永遇樂）不過蘇軾有一
種世事皆如此的超脫感，尤侗卻顯得較為悲觀無奈。《桃花源》第二折〔醉春風〕：
「吾家宅相舊風流，到頭來否，否，不覺的白髮堪羞，青衫漸老，黃花同瘦。」尤侗胸
中塊壘不正是如此嗎？

除此之外，尤侗還在文詞中透露對史論的看法，如《弔琵琶》第四折文姬白口：
「昭君你投水而亡，生為漢妃，死為漢鬼，後人乃云，先嫁呼韓邪單于，復為株絫
單于婦，父子聚麀，豈不點污清白乎？」顯然有意迴護昭君的形象。尤侗在戲曲中
發表文學意見的地方很多，尤其是《鈞天樂》傳奇，這儼然成為《西堂樂府》的一
大特色，因此在第四章中，當闢專節加以綜合討論。

（三）安排科諢以調劑場面

尤侗的五本雜劇中插科打諢不多，在《桃花源》第一折父老們感念陶潛、大罵
督郵時所唱的插曲〔清江引〕：「（白）督郵督郵你若不來罷了，你若來時，我們百

姓（唱）只閉了城門揀著石塊打。」唱完並註明「譚下」，可知此處還穿插了一些滑稽的身段。《清平調》中李白在路上碰到安祿山，二人互不相讓，便有一段對罵：「你待要鬧潼關漁陽鼓鼙，則俺嚇蠻書也抵三千鐵騎，（白）俺李白呵，（唱）才奇氣奇，一任你人肥馬肥，好商量先回慢回。（淨罵介）這狗弟子孩兒，不肯下馬，手下的，亂打過去。（生怒介）安祿山你（唱）噯誰罵誰，我把你曳落河的大腹皮一鞭敲碎。」（沽美酒帶太平令）然後「生鞭打淨負痛走下」，由於李白已喝醉，再加上強調安碌山的大肚皮，因此這段廝打便具有笑鬧的效果，令人感到淋漓痛快。最後高力士脫靴也是一絕：「（作醉倒叫介）高力士，（丑不理介，又叫介）（丑）好惱好惱，怎麼只管叫咱名字（生作伸足介）力士力士，（唱）你替俺脫卻靴兒好去睡。」（清江引）然後「丑扶譚下」，李白的酣醉與高力士的氣惱正成強烈對比，頗具詼諧趣味。

　　另外還有一處道白之俏皮也很逗笑：即《弔琵琶》楔子中沖末扮呼韓邪在自述匈奴先世的強大時言：「古公畏我西去，平王懼我東遷，晉國請我講和，趙家從我遺俗」，這四句舖張、炫耀的意味很濃，因此在唸到此處時，聲調、表情、身段必定會刻意的強調、誇張，於平穩的劇情中顯得突出，同樣能得到科諢的效果。

結　語

　　尤侗博覽群籍、妙筆生花，又對前人的劇作揣摩至深，因此在戲曲文詞上呈現各種面貌，令人隨之喜笑、悲歡，演出時當能牽動觀眾的心絃，若論案頭讀物，更是令人愛不忍釋的妙文：這是尤侗成功之處。

第四節　腳　色

　　戲曲人物的唱唸作表，是經由「腳色」表現出來的。「腳色」是演員劇藝及人物性格的分類，劇作家在塑造人物的同時，必須注意腳色的配搭，使得劇中人物能透過適當的腳色安排做最完整的發揮。由於元代腳色的分工及特色未能定型，因此雜劇的腳色便不如明清傳奇的腳色詳明，尤侗是清代人，此時腳色的發展已大致完備，所以本節將先行討論尤侗在雜劇腳色的運用上是否有所突破，其次再就人物的刻劃加以剖析。

一、腳色的安排

　　周貽白在《中國戲劇發展史》中曾將《元曲選》本各劇所用的腳色整理列出，分別為末類、旦類、淨類（包括丑）及其他（孤、細酸、孛老、卜兒、徠兒、邦老……）；而張師清徽在《明清傳奇導論》中將傳奇腳色劃分為生、旦、淨、末、丑五綱，兩

者互相比較，可以發現雜劇腳色分類有兩項缺失：一是不夠細密，如男性正腳無論年輕年老均以末色飾演；丑歸爲淨類，劇藝上沒有什麼區別。二是有些人物未派入腳色之中，如孤、孛老等均可以副末、沖末扮演。由上顯然可知雜劇的腳色不如傳奇周延。尤侗在雜劇腳色的安排上，受到了傳奇的影響，但卻顯得捉襟見肘，未能補雜劇之不足，以下便加以說明。

尤侗的北雜劇，是謹守著一人獨唱的體例而加以變化的。如《讀離騷》，雖然前三折由屈原唱，後一折宋玉唱，但終究只有一人在唱，所不同的是，屈原由正末扮，宋玉卻是生扮。生腳是傳奇中才有的，而且通常扮演主腳，與正末在雜劇中旳地位相同，此戲將二者並列，則在劇藝的劃分上頗爲困難，故應有主從之別。如《弔琵琶》之昭君以正旦扮，唱一至三折，蔡琰則由旦兒扮，唱第四折。又如《桃花源》一、二、四折爲正末扮陶潛唱，第三折則爲沖末扮慧遠唱，將一人主唱的體例加以變通，使得其他的重要腳色也能發揮。

《黑白衛》的腳色安排較值得商榷。其一，第一折以老尼獨唱，但並未說明老尼由何種腳色扮演。其二，第四折由隱娘、李十二娘、荊十三娘、車中女子、紅線及老尼分唱，其中隱娘等五人均由旦腳扮演。元雜劇中雖有某些人物未派入腳色之中，但大多爲配腳，主唱者非正旦即正末，似此本主唱者未標明腳色，實屬少見。又一折中同時出現五個旦腳，更是不可思議，且聶隱娘的戲份顯然較其餘四人多（二、三折均爲聶隱娘獨唱），不應平等對待；即便如人物眾多的傳奇，也不會在一折中同時出現幾個相同的腳色，何況一個劇團不可能有多餘的人手夠派遣做如此的安排。因此李十二娘等四人應以小旦、貼旦、外旦、老旦等扮演，以免與正旦隱娘重複。

《清平調》是南北合套，所以腳色的安排全依傳奇模式，旦扮楊妃、生扮李白、小生扮杜甫、末扮孟浩然、淨扮安祿山、外扮李龜年、丑扮高力士，唯三國夫人仍犯了前述《黑白衛》中的弊病——以三個旦腳飾之。《清平調》雖爲一折，卻分爲兩場（見第二節），第一場四支北曲由旦扮楊貴妃唱，第二場北曲部份生扮李白唱，南曲部份則由李龜年、杜甫、三國夫人、安祿山等穿插著唱，頗有規律可尋。此種格式，在李笠翁《意中緣》第二十一齣〈捲簾〉中也有，此齣爲南北合套，北曲由旦腳楊雲友獨唱，其餘淨、丑、小生及末則分唱或合唱南曲部份；另外像《牡丹亭》之〈圓駕〉、《長生殿》之〈絮閣〉等都是此種形式，可見這種格式在明清兩代頗爲流行。

尤侗是一位很守格律又不拘泥於成規的劇作家，從他對雜劇腳色的安排即可看出。然而他雖力求變化，卻缺乏獨創性，若能以發展成熟之腳色分類運用到雜劇上，便可衝破元人的藩籬而自樹一格，可惜他並未做到。

二、人物的刻劃

　　憑空塑造人物，並非易事，將歷史人物重新刻劃，更是困難，因為稍有不慎，便會偏離史實，產生誤解。尤侗雜劇筆下的人物個性，均有所依據，但他把陶淵明寫成佛道之流，即遭致非議〔註19〕。大體而言，尤侗尚能掌握這些人物的特色加以發揮，並針對某種情感極力烘托，使觀者印象深刻。其中屈原和陶淵明，都是困於現實、感慨難申，於是屈原無法超脫而自沈於江；淵明幸遇慧遠禪師得悟道仙去，其內心的掙扎頗不相同，在下面合併敘述，做一比較。漢元帝與王昭君之間，有很精彩的對話，個性由此立即顯現，本節亦將詳細說明。聶隱娘與小說中大致相同，略有些許差異而已。至於李白，尤侗的描繪仍是瀟灑浪漫，並無特殊之處，故予以省略。

（一）屈原、陶淵明

　　屈原及陶淵明在個性和遭遇上均不相同。屈原身為皇族，又眼見君王受小人包圍，自己也被讒臣排擠，以致憂心忡忡。但基於休戚相關的親情，以及忠貞不二的信念，於是始終無法解脫。陶淵明則是懷有經世濟民的抱負，卻被政治社會的混亂所逼退，一般人皆以為他是超然出世的，殊不知他內心充滿著矛盾、衝突，如他的〈飲酒詩〉：「孟公不在茲，終以翳吾情」即可看出。尤侗對此點頗有體認，《桃花源》第二折陶淵明唱道：

　　　　〔普天樂〕遮莫百年名，不如一杯酒，最愛春醪獨撫，秋樹相樛，為甚
　　的菊花繞四圍，竹葉慳三斗，巡簷倚徙欲何求，只落得餐落英離騷滿口，忽
　　地擡頭，則見南山飛鳥，相對悠悠。

若是真正超脫，理應無愁，何來離騷滿口？可見陶淵明對世情仍是耿耿於懷的。尤侗能看清此點，證明其見解不凡。

　　屈原的個性不如陶淵明瀟脫，懷才不遇的鬱悶一直纏繞著他，如：

　　　　〔鵲踏枝〕慕賢達，好脩姱，本待懷瑾握瑜，誰料路阻媒絕，不能勾
　　相羊日下，倒博得放逐江涯。

因此他對未來感到十分茫然。尤侗安排的〔卜筮〕一節，便是表現他那種不肯同流合污、又不願相信自己如此命運多舛的疑懼，試看他的〔那吒令〕：「（白）我只要為仕呵（唱）買胭脂賤沙，（白）要隱呵（唱）畔菰蘆悶些，（白）要去呵（唱）抱琵琶辱殺。」這便是他發自內心的疑問。陶淵明比較善於掩飾自己。《桃花源》劇中，他藉酒澆愁，說了許多醉言醉語，但心裏卻是十分清醒的，尤侗在文字中透露了這些訊息：

〔註19〕曾師永義《清代雜劇概論》中言：「淵明有知，必不以為然。」

〔剔銀燈〕恰纔個步兵倦倒清眸，相如渴倒乾喉，一霎時紅潮熨貼枯眉
皺，把一個活參軍埋倒糟丘，醉也休，睡也休，（白）我若不醉呵（唱）怕
明日黃花蝶也愁。

陶淵明的悟道，是慧遠法師的推波助瀾，起初淵明一本隱藏心理徵結的態度，只是
裝聾作啞，甚至在白蓮社說禪論道的場合，也理直氣壯地說：「弟子一切禪那全然不
解，只生平嗜酒，伏乞吾師現酒人身而為說法。」似乎有意刁難慧遠法師，及至聽
其說法後，覺得頗有道理，便想要進一步的超脫。由於一時無法完全轉變，因而再
問：「聆師妙論，如飲醍醐，但弟子半日無酒，便覺形神枯稿，吾師何以教之？」慧
遠回答後，陶淵明終於拋卻了身外之物，達到超然境地。

尤侗在掌握這兩位人物性格方面，手法很細膩，而且有條理、有層次，使我們
對屈原和陶淵明有了更深入的了解。

（二）王昭君、漢元帝

一般對王昭君的描述，多著重在未能得見君王的哀怨，以及出塞時的淒涼景象，
很少有昭君性格的描述。而在《弔琵琶》劇中，昭君的個性便較為突出，和漢元帝
成強烈的對比。第一折昭君的上場詩：「早信丹青巧，重貨洛陽師，千金買蟬鬢，百
萬寫蛾眉。」她是一個很有自信的人，這四句詩雖然顯示出昭君的悔意，事實卻是
一種反面的諷刺，她並不真正後悔，只是有著滿腔幽怨；她仍企盼奇蹟出現，故云
「寂寞離宮，又賦長門」（八聲甘州）。及至君王臨幸，她「斑竹上拂拭了湘妃淚，浣溪
邊勾抹了西子顰」（後庭花），其歡娛自是不在話下。

當昭君不得已要去和番時，所表現出來的並不是逆來順受的那種哀愁，而是對
一國之君及文武大臣埋怨與責備，此亦即其剛強性格的寫照。尤侗對此有很深刻的
描述。如第二折中的一段對白：

（駕見打悲科）妃子，不是寡人割捨得你，只因匈奴強大，漢室衰微，
借你千金之軀，可保百年社稷，休得埋怨寡人薄倖也。（旦）陛下，你堂
堂天子，不能庇一婦人，今日作兒女子涕泣何益？

以一國之尊說出「匈奴強大，漢室衰微」的話，令人氣短，而開口道「借你千金之
軀，可保百年社稷」，又分明懦夫行徑。難怪昭君不以為然，而稱其「作兒女子涕泣」
了。昭君對元帝埋怨多於諒解，她對元帝唱道：「可嘆你無愁天子，小膽官家，薄倖
兒曹，枉涕泣女吳齊景，漫嗟嗟娶舜唐堯」（紫花兒序），而元帝卻極力掩飾、辯解：「妃
子，你豈不知嫁女和親，是先朝舊例？」以漢代先祖的和親政策為藉口，遮掩自己
的無力保國，不僅無氣魄，連君主的威嚴亦喪失殆盡。因此昭君諷刺道：「先朝，金

屋曾經貯阿嬌，_{到如今}長門難保，_{只拚取}玉珥珠環，_{權告免}鐵馬金刀。」這段對話，誠使漢元帝無地自容。尤侗對元帝的儒弱著墨甚多，如第二折的上場詩：「寡人自得昭君爲妃，朝歡暮樂，不料毛延壽懼罪逃番，呼韓邪按圖索女，文臣無謀，武將不戰，可憐漢天子，無計可施，將一位嬌娥雙手送去，今日親排鑾駕，餞別長亭，萬種離愁，十分慚愧……」那裏像一個皇帝的口吻？

除了皇帝以外，昭君還將文臣武將羞辱了一番：

〔天淨沙〕_{可笑你}圍白登急死蕭曹，走狼居嚇壞嫖姚，_{但學得}魏絳和戎嫁楚腰。（眾白）臣等有應制送娘娘和番詩，恭進御覽。（旦白）嗶聲（唱）_{虧殺你}詩篇應詔，賀君王枕席平遼。

眉批云：「罵盡肉食，羞死毛錐」，的確如此。可笑的是那些臣子竟然還說：「娘娘此去，保安漢家天下，功勞不小。」似乎把自己的責任推得一乾二淨。尤侗以元帝及大臣們的言語反襯，使得昭君的性格更清晰的顯現出來了。

由於尤侗如加強敘述王昭君的剛強個性，擴大了這一事件的衝突性，所造成的悲劇效果就更加強烈。

（三）聶隱娘、磨鏡少年

《黑白衛》一劇，完全根據唐傳奇《聶隱娘》而來，然而小說中對聶隱娘性格刻劃的成就很高，因此在討論《黑白衛》中對聶隱娘的塑造時，便須以小說爲藍本，以探究其得失。

聶隱娘在十歲時被女尼帶去習藝，歷經五年，擁有隱身術、飛岩走壁、劍術、幻化、預卜先知、用藥等異能，但是她並沒有失去人性，仍如常人般具有七情六慾，這是小說中最令人稱道之處，如見人戲弄嬰兒便不忍下手、剪髮繫紅綃送至魏帥枕邊以示不回的敢作敢當行爲，尤侗在一、三折也都有分別敘述。至於她在得知昌裔死訊時鞭驢回京扶柩痛哭，以及遇見其子時關懷倍至、爲他防範將至的災禍等知恩報恩的行爲，由於結尾不同，黑白衛中並未敘及這些事。另外聶隱娘與其夫磨鏡少年的事，則是二者描述差異較大之處。

小說中隱娘深深明瞭她這個擁有異能的人，容易引起別人異樣的眼光，因爲連自己的父親都退避三舍。爲免除困擾，便從俗隨便找了一個磨鏡少年下嫁，由於二人沒什麼感情，再加上此人無能（如射鵲不中），於是隱娘終於棄他而去。事實上隱娘之所以認定一個無能的人爲夫，即是深知自己終將遠離凡塵，倘若情難割捨，徒增彼此痛苦，於是找了個自己不可能喜歡、又與自己不相配的人成婚，如此她將可以毫不留戀的離去，也不會被人視爲絕情，況且隱娘在離去前還爲他安排以後的生

活，仍是盡了夫妻道義。可知小說中充分表現出隱娘是個勇敢、堅毅的女性。《黑白衛》則不然，隱娘嫁焙磨鏡人，完全是依循老尼「遇鏡而圓」的偈語，而且這位磨鏡人亦非凡夫俗子，試觀其上場白：

> 本是吹笙王子，偶爲磨鏡少年，願焙美人顏色，長如明月在天。算來世間神物，惟有劍可除邪、鏡能辟惡，所以上界仙靈，佩此二寶。今有女俠轟隱娘，傳終南老母劍術，于今生緣合爲我婦，不免假磨鏡爲業，到他家去鏡劍相觸，自然感動，看他眼力如何。

可知他原是「吹笙王子」，又知他和隱娘有姻緣之份，算得上是神人了。其實小說中以「磨鏡」爲其夫的職業，只是指其身分較爲卑微，並無特殊意義，此處卻造出一個鏡劍二寶的大道理，將整個事件神化了。然而第三折二人去行刺途中，其夫射鵲不中，隱娘還說：「這廝好不中用也，待老娘自來。」既是神人，則這段情節便顯得格格不入了。後來隱娘離去，赴老尼之約，臨別與其夫言：「郎君善事僕射，小心在意，隱娘暫至終南，赴本師之約，不久相見，就此拜辭。」可是當隱娘一見到老尼，老尼問她磨鏡郎爲何不同來時，她卻表示「今日隱娘願隨師父皈依佛法」，如此一來豈不太過絕情？對待自己的丈夫，竟不如以前的主人魏帥，還會留髮以表不回。可見無論在轟隱娘或磨鏡少年的敘述上，都並不很完美，矛盾之處亦不少。

在第二節主題中曾討論到《黑白衛》的眞正靈魂人物應是女尼，隱娘成了傀儡，較不能發揮其過人之處，顯得沒有個性。今觀小說與戲曲對隱娘刻劃的比較，戲曲果然略遜一籌，這也許是尤侗太刻意強調轟隱娘一生經歷的神話色彩，以致將小說中關於人性的描述以及女性的細膩心思忽略掉了。一個故事倘若過分涉及神怪，往往會缺少一份親切感，感人的力量也是不夠深刻的。

結　語

尤侗對於腳色的安排不算很用心，而對於人物的刻劃又太過敏銳，以致雖然對陶淵明、王昭君的塑造成就頗高，卻在轟隱娘的描述上有所疏失，這是非常可惜的。不過尤侗對人物對史事的分析、領悟，是超越一般作者的，因而能將歷史人物清晰地呈現在我們面前，筆者以爲這對他日後纂修明史有很大的助益。

第五節　音　律

樂曲是雜劇傳奇的精髓，中國戲曲的興盛與衰落，都與音樂有密切關係。雜劇的音樂，至尤侗時已失傳，因此只能按平仄譜塡詞，以期工整平穩，便能不失雜劇原貌。當時崑曲正盛行，以崑腔譜北曲，效果亦佳，然而尤侗在《西堂樂府》自序

中曾提到其雜劇樂譜的命運：「吳中士大夫家，往往購得抄本，輒授教師，而宮譜失傳，雖梨園父老，不能為樂句，可慨也。」可見當時傳抄不易，很容易就流失了。因此我們討論尤侗雜劇在音律上的得失時，只能就字面上的平仄（包括句法）及韻協來看，而無法探究音樂旋律的美惡。不過平仄和韻協的穩妥，正是優美旋律的基礎，若能仔細檢視其平仄韻協，便可略窺一二了。

一、失律失韻處

平仄句法部分，茲將五本雜劇失律之處條列如下：

《讀離騷》

（一）第一折〔那吒令〕用減字句，但將前六句減為三句五字句，似無前例。

（二）第一折〔寄生草〕末句須「平平仄仄平平去」，此處「雙鞭難走連環馬」第七字失律。

（三）第二折〔叨叨令〕通體都須叶去聲，不可用上聲韻，此曲首句「颷」為平聲，末句「響」為上聲。

（四）第二折〔一煞〕第六句用去韻為妥，用上聲則抑下不甚美聽，此曲「罔」字正為上聲。

（五）第二折〔收尾〕末句須「仄仄平平去平上」，此曲「湘纍哭向野廟傍」，除第二、三字外皆不合律。

（六）第三折〔新水令〕末句須「仄仄仄平仄」，第二、三字偶有用平聲者，俱壞調，不可從。此曲「八九吞雲夢」第三字為平聲。

（七）第三折〔沈醉東風〕末四字須以「平平去上」收，此曲「君門九重」末兩字不合律。

（八）第三折〔雁兒落〕二、四句俱協去韻，若俱協上韻亦可，但不宜一上一去，此曲分協「湧」、「動」即為一上一去。

（九）第三折〔喬牌兒〕末句須「仄平平去平」，此曲「醇醪公入甕」第五字不合律。

（十）第三折〔折桂令〕第五句及增句倒數第二句不宜協韻，此曲「孟」、「公」俱協。

（十一）第三折〔錦上花〕么篇末韻須「去上」，此曲「折棟」為「平去」。

（十二）第三折〔清江引〕首末兩句後三字作「仄仄平」者，壞調不宜從。此曲「捲大風」、「照落紅」俱如此。

（十三）第三折〔離亭宴帶歇拍煞〕末句末三字須「去平上」，此曲「天台洞」

為「平平去」，不合律。

（十四）第四折〔醉春風〕第三句以不協韻為宜，此曲協韻。

（十五）第四折〔滿庭芳〕倒數第二句須「平平去平」，此處「子規魂魄」為「仄平平上」，不合律。

（十六）第四折〔魔合羅〕第二句協平韻者是敗格，此曲「來」即為平韻。

（十七）第四折〔尾〕末句必協上韻，此曲「拜」為去韻。

《弔琵琶》

（一）第一折〔八聲甘州〕第八句用韻者甚少，此處用韻。

（二）第一折〔混江龍〕七、八兩句末三字須「平平去」，此曲「鳳凰操」、「箜篌引」均不合律。

（三）第一折〔一半兒〕二、三句第六字須用去聲或均用上聲，此處「誤」、「點」為一去一上。

（四）楔子〔端正好〕末句須「仄仄平平去」，此曲「撒兀鎖陀八」為「仄仄仄平上」，不合律。

（五）第二折〔鬪鵪鶉〕末句須「平平去上」，此曲「咸陽古道」為「平平上去」，不合律。

（六）第二折〔東原樂〕末韻須去，此處「少」為上聲。

（七）第二折〔拙魯速〕么篇末句應為六字句，此曲「汨羅江上潮」為五字句。

（八）第三折〔集賢賓〕首句須「平平去平平去上」，此曲「鄉臺鬼火青熒夜」均不合律。

（九）第三折〔清江引〕末句作「仄仄平」者為壞調，不宜從，此曲「紙上些」正為壞調。

《桃花源》

（一）第一折〔那叱令〕一、三、五句均協韻或均不協韻，不宜或協或否。此曲一、三句末協，五句卻協。

（二）第二折〔粉蝶兒〕通首用仄韻處，概宜用去聲，此曲第六句「九」為上聲，不合律。

（三）第二折〔紅繡鞋〕末句須上聲，此曲「嗅」為去聲。

（四）第二折〔剔銀燈〕首兩句應為上三下四的七字句，此處「步兵倦倒清眸、相如渴倒乾喉」為六字句。

（五）第二折〔蘇武持節〕倒數第二句「那答少留」不合一三句法。

（六）第三折〔夜行船〕末句宜協去韻，偶有協上韻者不宜從，此曲「養」正為上韻。

（七）第三折〔風入松〕第三句三、四字及第五句末二字宜用「去上」，此曲「及第」為「平去」、「火坑」為「上平」，均不合律。

（八）第三折〔折桂令〕四、五兩句偶有協韻者，不宜從，然此曲俱協。

（九）第四折〔一枝花〕末二句按例須對，此處「只算做過客遷居，到如今真歸去也」未對。

（十）第四折〔牧羊關〕末四句宜作兩聯，此曲「停雲欣偶影，榮木念將盡」、「終老復奚戀，存亡有甚別」為散句。

（十一）第四折〔隔尾〕首兩句須對，此曲「我行睘睘安中野，司馬王孫儉糜奢」未對。又末句末三字須「去平上」，此曲「絕筆也」為「平上上」，不合律。

《黑白衛》

（一）第一折〔寄生草〕末句須「平平仄仄平去」，此曲「竄兵不著中軍咱」一、四、七句不合律。

（二）第一折〔賺煞〕第五句應為上三下四之七字句，此曲「誰知弱女非男」為六字句。

（三）第二折〔呆骨朵〕第四句須「平平仄平」，此曲「某惡當誅」為「仄仄平平」。第五句作「仄仄平平仄」，此曲「董卓劇王莽」為「仄仄仄平仄」。

（四）第二折〔叨叨令〕通體皆協去聲，切不可用上聲，然此曲均用上聲。

（五）第三折〔新水令〕末句須「仄仄仄平仄」，此曲「剛跨黑白衛」一、三字不合律。

（六）第三折〔駐馬聽〕末句須用去韻，此曲「跡」為上韻。

（七）第三折〔沈醉東風〕末句須以「平平去上」收，末兩字用「去去」是壞格，此曲「如皋射雉」正是壞格。

（八）第三折〔喬牌兒〕末二字須「去平」，此曲「躲避」不合律。

（九）第四折〔粉蝶兒〕末句須去聲韻，此曲「角」為上聲。

（十）第四折〔耍孩兒〕第二句宜協上聲韻，此曲「虎」為平韻。

（十一）第四折〔二煞〕倒數第三句用去韻為妥，用上聲則抑下不甚美聽，此曲「早」為上聲。

《清平調》

(一)〔桂枝香〕五、六句須「平平仄平」，此曲「班門弄斧」爲「平平仄仄」，不合律。

(二)〔北新水令〕末句第二字用平聲者爲壞調，不可從，此曲「會奪狀元第」即爲平聲。

(三)〔南步步嬌〕首句前四字應「仄仄平平」，此曲「平明上馬」爲「平平仄仄」，不合律。

(四)〔北收江南〕第二、三句應押平韻，此曲「背」、「內」爲仄韻。

至於韻協部分，以下便將五劇失韻之處列表示之：

劇　　名	折數	曲　牌	失韻韻腳	應協之韻	誤入之韻
讀離騷	一	點絳唇	蛇	家麻	車遮
		混江龍	車	家麻	車遮
		油葫蘆	耶	〃	〃
		那叱令	些	〃	〃
		鵲踏枝	絕	〃	〃
	四	魔合羅	殺	皆來	家麻
		二轉	能	〃	庚青
弔琵琶	一	天下樂	迎	眞文	庚青
	楔子	端正好	八	車遮	家麻
	三	金菊香	者	家麻	車遮
		梧葉兒	遮	〃	〃
		〃	咽	〃	先天
		上馬嬌	車	〃	車遮
		柳葉兒	捨	〃	〃
		醋葫蘆	妾	〃	〃
		浪裏來煞	邪	〃	〃
桃花源	一	天下樂	之	齊微	支思
		鵲踏枝	來	齊微	皆來
		〃	仰	〃	江陽
		寄生草	事	〃	支思
		賺煞	志	〃	〃
			之	〃	〃
			籽	〃	〃

劇目	折	曲牌	韻字		
黑白衛	一		詩	〃	〃
			耳	〃	〃
		混江龍	簾	監咸	廉纖
			占	〃	〃
			豔	〃	〃
		油葫蘆	焰	〃	〃
			冉	〃	〃
			點	〃	〃
		天下樂	拈	〃	〃
		〃	尖	〃	〃
			嚴	〃	〃
		醉中天	餂	〃	〃
		〃	枕	〃	〃
		〃	黏	〃	〃
			颭	〃	〃
		〃	凡	〃	〃
		那叱令	月	〃	寒山
		〃	蟾	〃	車遮
			廉	〃	廉纖
		鵲踏枝	鹽	〃	〃
		〃	臁	〃	〃
		〃	鉗	〃	〃
		寄生草么	劍	〃	〃
			僭	〃	〃
		〃	占	〃	〃
		賺煞	欠	〃	〃
		〃	閃	〃	〃
		〃	險	〃	〃
			簾	〃	〃
			坫	〃	〃
	三	喬牌兒	至	齊微	支思
		雁兒落	刺	〃	〃
		太平令	之	〃	〃
清平調		夜游湖	罷	魚模	家麻
		北折桂令	上	齊微	江陽
		〃	涯	〃	家麻

　　尤侗的五本雜劇共二百零一支曲子，有五十二處失律，其中以《讀離騷》和《桃花源》較多，探究其原因，主要與尤侗喜檃括詩文入句有關。像「蒙茸狐裘」、「一國三公」、「楚材晉用」、「儀橫秦縱」、「桃花天台洞」的茸、國、用、橫、天、洞均是，不過尤侗並非全然不顧聲律，因為在一支曲子音律最美、最精要處，尤侗是不輕易犯律的。例如「園日涉因成趣」的「成趣」二字不合律、「歸去來」的「歸去」二字不合律、「浮雲富貴非吾志」只第一、五字合律、「良辰楠杖往耘耔」第二、四、六字不合律等，這些犯律較為嚴重之處，均非全曲精華所在，可見尤侗並未因逞才而無視格律的存在。

　　韻協部分，共有五十九個韻腳犯韻，其中以廉纖混入監咸最多，有二十六處，家麻、車遮相混者十二處，支思混入齊微者十處，其餘都是偶然的錯用。北曲在《中原音韻》尚未成書前，多就口取協，成書之後，所有借韻通假，都有了依據，所以製北套的人應予遵守〔註20〕。雖然如此，但犯韻仍是在所難免的。仔細探討尤侗的三組犯韻，監咸與廉纖，一是寒山的閉口，一是先天的閉口，均為閉口音，非常容易相混；而車遮一韻原是周德清從家麻分立出來的，可見二者古韻在一部；另外支思、齊微的混用在明清劇作中更是常見。又清代戈載的《詞林正韻》，是仿自《中原音韻》韻目以及歸納宋詞的用韻而成，他將入聲獨立為五部，再將支思、齊微併為一部，寒山、桓歡、先天併為一部，家麻、車遮併為一部，監咸、廉纖併為一部，所以仍是十九部。巧合的是尤侗習於相混的韻部，正包括在戈載合併的韻部中，因此我們可以做如此的聯想：由於尤侗不僅是劇作家，同時也是詩詞名家，或許詩韻、詞韻用熟了，因而在作曲時會不經意的誤用，以致有犯韻的情形出現。

二、音律諧美處

　　從尤侗的文學觀我們可以得知尤侗不僅強調聲律的重要，本身也是個洞曉音律者，因此在他所寫的戲曲中，有許多音律協美處，利於演唱，茲列舉於下：

《讀離騷》
（一）第一折〔點絳唇〕襯字愈少愈佳，第二句尤不宜加襯，此曲唯首句有「俺只見」三個襯字。
（二）第一折〔油葫蘆〕首句不宜增減攤破，又不宜多加襯字，第二句以下則無一句不可增減攤破及加襯。此曲首句無襯字，其餘均有。
（三）第一折〔賺煞〕第三句須用仄韻，此曲「卦」正合。

〔註20〕說見張師清徽《明清傳奇導論》。

（四）第二折〔端正好〕末韻須去，此曲「上」正合。

（五）第二折〔滾繡球〕末句必協平韻，此曲「徨」正合。

（六）第二折〔耍孩兒〕第六句宜協平韻，此曲「裳」正合。

（七）第三折〔新水令〕末句不可用平韻，此曲「夢」爲仄韻，正合。

（八）第三折〔駐馬聽〕以整齊爲主，故作者皆不多加襯字，即使加襯亦皆勻稱整齊。此處無一襯字。又第七句須仄韻、末句須去韻，此曲「籠」「鳳」均合。

（九）第三折〔雁兒落〕末句須去韻收，此曲「動」正合。

（十）第三折〔折桂令〕末句須「仄仄平平」，此曲「地下相從」正合。

（十一）第四折〔粉蝶兒〕通首用仄韻處，均宜用去聲，此曲「蓋」、「怪」、「外」均合。

（十二）第四折〔醉春風〕末句必須去韻，此曲「蓋」正合。又第三句後三字須「仄平平」，此曲「信奇哉」正合。

（十三）第四折〔小梁州〕末韻須平，此曲「臺」公么篇「才」均合。

（十四）第四折〔上小樓〕末句應協去聲，此曲「賽」及么篇「載」均合。

《弔琵琶》

（一）第一折〔八聲甘州〕第六句末字平聲最爲合調，此曲「跡」正合。

（二）第一折〔賺尾〕第三句須用仄韻，此曲「粉」正合。

（三）第二折〔鬥鵪鶉〕四句、六句末二字「淡掃」、「帳小」去上妙！

（四）第二折〔禿厮兒〕第二句須平韻，此曲「貂」正合。

（五）第二折〔聖藥王〕第一、二、四、五句用「十〔註21〕仄平」爲佳，此曲「香已抛」、「粉已銷」、「首也毛」、「身也毛」均合。又此章音節平穩流利，故宜全部協平聲韻，此曲七句均爲平聲韻。

（六）第二折〔麻郎兒〕么篇第一句「側抱、鞍橋、顛倒」的短柱韻爲此章精彩處。

（七）第三折〔逍遙樂〕末句須平煞，此曲「笳」正合。

（八）第三折〔集賢賓〕第七句爲全支主腔所在，平仄須同於首句之「平平去平平去上」，此曲「回頭漢宮何處也」正合。

（九）第三折〔金菊香〕第三句爲此章主腔，平仄須依「十平仄平丰去丠」〔註

〔註21〕此爲鄭騫「北曲新譜」中的符號，意爲可平可仄。
〔註22〕丰爲應上可平，丠爲應平可上，出處同註21。

22），此曲「險些將人趕上者」正合。

（十）第三折〔醋葫蘆〕末句宜平煞，此曲「家」及二支「琶」、三支「家」均
　　　合。

（十一）第四折〔新水令〕末句不可用平韻，此曲「變」爲仄韻。

（十二）第四折〔駐馬聽〕第七句應用仄韻，此曲「遣」正合，末句須用去韻，
　　　　此曲「怨」正合。

（十三）第四折〔沈醉東風〕末句須以「平平去上」收，此曲「邊庭應選」正合。

（十四）第四折〔雁兒落〕末句須去韻收，此曲「燕」正合。

（十五）第四折〔收江南〕末句須用平韻，此曲「邊」正合。

《桃花源》

（一）第一折〔賺煞〕第三句用仄韻爲是，此曲「幾」正合。

（二）第一折〔清江引〕末韻須上，此曲「打」正合。

（三）第二折〔醉春風〕末句須用去韻，此曲「瘦」正合。第三句後三字應
　　　「仄平平」，此曲「舊風流」正合。

（四）第二折〔煞尾〕首兩句末字宜均爲平聲，或一平一上，此曲「抽」、
　　　「宿」爲一平一上。

（五）第三折〔落梅風〕第四句末二字須去上，此曲「道場」正合。末韻須
　　　去，此曲「藏」正合。

（六）第三折〔風入松〕首句以作「仄平平仄仄平平」爲最佳，此曲「六波羅
　　　蜜也平常」正合。第六句三、四字上去宜從，此曲「海岸」亦合。

（七）第四折〔一枝花〕末句須用去上二字收，此曲「去也」正合。

（八）楔子〔十棒鼓〕第六句的「子陵臺下，臺下垂綸釣」及十一句「桃花白
　　　鳥，白鳥鱸魚跳」疊上句末兩字，音調悠揚。

《黑白衛》

（一）第一折〔寄生草〕么篇末句須「平平仄仄平平去」，此曲「還錢尚未償前
　　　欠」正合。

（二）第一折〔賺煞〕第三句須用仄韻，此曲「閃」正合。

（三）第二折〔端正好〕末韻須去，此曲「處」正合。

（四）第二折〔滾繡球〕末句必協平韻，此曲「諕」正合。

（五）第二折〔倘秀才〕末句必協仄韻，此曲「戶」正合。

（六）第二折〔呆骨朵〕第六句須「仄仄平平仄」，此曲「孟德擊林甫」正合。

又末句必須平韻，此曲「無」正合。

（七）第二折〔小梁州〕末韻須平，此曲「奴」正合。

（八）第三折〔駐馬聽〕七句必用仄韻，此曲「矣」正合。

（九）第三折〔雁兒落〕末句須收去韻，此曲「墜」正合。

（十）第四折〔醉春風〕末句必用去韻，此曲「道」正合。第三句末三字須「仄平平」，此曲「有無中」正合。

（十一）第四折〔煞尾〕末句須協上韻，此曲「好」正合。

《清平調》

（一）〔北新水令〕末句不可用平韻收，此「第」爲仄韻。

（二）〔北收江南〕末句用平韻，此曲「龜」正合。五句須疊，此「且消停一杯」亦疊。

另外，在句法方面，凡七字句須用上三下四，六字句須用上三下三之處，尤侗悉數遵守，而必須對偶之處，除少數在前面「失律失韻處」記載的以外，其餘亦皆合律。像這些曲譜上註明必定得依循的平仄、韻腳、句法，是根據音樂而來，所以尤侗遵守規律，即利於譜出優美的旋律，此爲劇本成功的要素。

結　語

吳梅村在《西堂樂府》序云：

> 展成既退歸吳門，修閒居養親之樂，詩文爲當代所稱，以其餘暇，操
> 爲北音，清壯跌宕，聽者無不以爲合節。

而梁清標亦稱其《清平調》短劇「一一合拍」，可知尤侗雜劇在音律上屢爲人所稱道。他在應守律之處盡量遵循，而在不得已時也避開曲子的主腔來逞才，因此能夠擺脫文人作劇的弊病，這就是「其所作之曲，夙爲世人所珍重」〔註23〕的原因。

第六節　景　觀

中國古典戲曲的舞臺，一向是「克難式」的，以現今看來，這種形式反而是最經濟、最科學的了。它不僅可以減省佈景及換場的時間，還可增加觀眾的想像力。而相對的，劇本的文詞必須更富有表現力及描寫技巧，演員的身段表情也必須做最真實及細膩的虛擬，才能激發觀劇者的聯想。所以這種寫意的舞臺特質，反而間接

〔註23〕青木正兒《中國近代戲曲史》言：「尤侗以詩文著名，非僅以戲曲成一家者，惟亦洞曉音律，其所作之曲，夙爲世人所珍重。」

促進了劇本文學和表演藝術的提昇，而戲曲舞臺的「景觀」亦更形豐富。所謂「景觀」，指的是視覺效果，它的來源很多，如演員的妝扮、服飾、砌末的運用，個人身段的表現及二人以上的歌舞身段排列等，這是有形的。至於無形方面，則是透過劇中人的唱唸做表及音響襯托所指陳出的景緻。這些都可以增進觀劇的慾望，使得戲曲成爲視聽方面的雙重享受。因此，本節討論尤侗雜劇的舞臺景觀，便擬從五方面來說明，分別是由妝扮服飾所呈現的景觀、由砌末運用所造成的景觀、由身段變化所排列的景觀、由語言意象所虛擬的景觀以及由音響效果所烘托的景觀，其中不免有重疊之處，如語言須靠身段配合、人物造型有時也須砌末輔助，但儘量依其重點來劃分，當不致有太大的混淆。

一、由妝扮服飾所呈現的景觀

古典戲曲的人物造型多采多姿，它必須配合性別、年齡、身分、個性做適度的化妝及穿著。尤侗在劇本中對上場人物並未詳細敘述其穿戴，至多言「冠帶上」、「巾服上」，然而我們卻可以從曲文及賓白中窺探出人物的妝扮，如《讀離騷》第四折宋玉描述神女外貌的兩支曲子：

〔小梁州〕則見他金雀鴉鬟鄲玉釵，窄窄的羅襪弓鞋，芙蓉臉際嫩紅開，似飛瓊態，月下步瑤臺。

〔上小樓〕沐的蘭芳若澤，衣的羅紈妙綵，可又梳了蟬翼，抹了鵝黃，畫了螺黛，笑也愛，顰也愛，迷了陽城下蔡，眞個細腰兒比楚宮還賽。

則知神女的妝扮須紅頰、黃額、黛眉，梳鬟髻，插玉釵，身穿彩色輕軟質料的衣服，腳著羅襪弓鞋，而服裝並且要能襯出纖細腰肢，以利於輕盈體態的顯現。至於昭君，在進入番地時有更衣的情節，此即入境隨俗，當然在戲曲旳服裝上也有所區別。《弔琵琶》第二折中昭君唱道：

〔禿廝兒〕俺本是丫鬟金雀，忽變了辮髮金貂，那裏有玲瓏寶髻雙步搖，扮一個菩薩，小蠻臀，粧高。

不過在戲曲進行當中，不可能將鬟髻改爲辮髮，因此至多改衣金貂，以區別地域。可知由衣著的變換即可感受到景物的不同。另外，不僅描述服飾，並有據其以作身段的指示的，是《清平調》中李白的一段唱詞。李白被點中狀元後，貴妃賜他「宮花紗帽，袍帶朝靴」，此即其衣飾，而他唱道：

〔北新水令〕俺則向昭陽宮裏唱臚回，（整冠介）顫巍巍帽簷花海棠新睡，（把帶介）香馥馥繡中拖寶帶，（拂衣介）翠生生霓羽剪羅衣……

整冠時眼神瞄向帽簷的海棠花，端帶時又對著寶帶喜不自勝，至於拂衣，想必就是

甩水袖的身段，這是妝扮與身段配合所呈現的景觀，而由於身段的襯托，便更顯得服飾的光鮮美好了。

　　除了「人物」妝扮外，一些「擬人化」的「人」也由演員扮飾，但扮相便較為怪異。《讀離騷》第四折神女在對宋玉說明何謂朝雲、暮雨時，有雲童、雨師、風伯、雷公、電母上場旋轉舞動，童、師、伯、公、母的稱呼說明了扮演者的腳色，至於如何妝扮，未有任何文字說明，若依京劇的妝扮推測，則是扮演者手執一物代表，如雲童手持畫了雲朵的牌子、雷公手持鎚子、風伯手持風旗等，主要是讓人一目瞭然，相信當時的妝扮亦相差無幾。

二、由砌末運用所造成的景觀

　　戲曲的舞臺雖然以抽象、寫意為主，但為了劇情需要，仍須以道具（砌末）輔助，不過為免破壞其寫意特質，不能以實物搬上舞臺，如騎馬以馬鞭代替，城牆以布幔代替……等，其餘物品，則均較實物的尺寸略小。尤侗雜劇中所用到的砌末很多，有筆（《讀離騷》中屈原題壁所用）、船槳（漁父所持以表乘船）、琵琶（《弔琵琶》中昭君的隨身之物）、宮燈（元帝微行永巷時宮女所提）、影圖（毛延壽所畫，共兩張，一張點破，一張則無）、鑾駕（昭君出發時所乘）、酒（元帝送別時是用酒杯，陶淵明則有酒罈）、馬鞭（昭君走山路時持以代表騎馬，李白、安祿山亦乘騎）、琴（《弔琵琶》第四折蔡文姬所彈、《桃花源》第一折陶淵明所彈）、香燭（桃花源第四折祭拜時用）、幀（代替陶淵明的靈位）、拂塵（即雲帚，《黑白衛》中老尼所執）、劍、藥盒（以上均老尼之弟子所持）、鏡（磨鏡人所持）、**驢鞭**（隱娘夫婦所持，以示騎驢）、髮束（隱娘所有，上繫紅線，送回魏師府以示不回）、卷子（《清平調》中之試卷）、荔枝（貴妃賜予李白）等。這些砌末，不僅能利於劇情的傳達，還能美化舞臺景觀（如宮燈、鑾駕、掛圖）、營造特殊氣氛（如幀、香燭），甚至藉以發洩情感，如屈原欲「呼天而問之」時「作題壁科」，邊唱〔混江龍〕邊寫，唱完後「作停筆科」，結果天未回答，便於〔油葫蘆〕一曲中發出疑慮，唱罷越想越氣，於是「作投筆科」，這是砌末與身段配合，使人感受到劇中人的情緒變化。

　　除此之外，還有一些特殊的砌末，即龍形、虎形等動物的妝扮。由於不能將真實動物搬上舞臺，於是由演員戴上龍頭形狀或虎頭形狀，以及穿上特製衣服，使人一望即知是何種動物。在尤侗雜劇中曾出現龍、虎、猿形，另屈原騎龍的情節，但「騎龍」該如何表現？便不得而知了。

三、由身段變化所排列的景觀

　　古典戲曲的身段，由於高度的藝術化，幾已形成了舞蹈的形式，在舞臺上造成了賞心悅目的景觀。不過，個人的身段仍是以模仿爲主，而一些群體的動作則常以舞蹈的方式出現，有些甚至即作純粹的舞蹈表演。

　　在動作的模擬方面，《讀離騷》第四折宋玉招屈原魂，有巫陽做「取衣向上招科」、「向下招科」、「向東招科」……等，由宋玉邊唱，巫陽邊作，這些招魂的身段，必脫胎自某種宗教的儀式。而本折末有「眾划龍船上」，並配合兩支插曲，戲曲舞臺上以身段模仿乘船時的顛仆，最爲美妙、傳神，而划龍船則須以多人熟練整齊的搖槳方式，於場中穿梭圍繞，使畫面更爲熱鬧。《弔琵琶》楔子呼韓邪射獵之後「並舞下」，此「舞」應是指異族狂歡的舉動，有種滑稽的意味。至於戲曲中的鬼魂，通常是素衣、雙手下垂不動、直挺上身，僅以雙腳移動作僵屍狀前進，不過在托夢或變化人形時亦可依正常裝束出現，唯頭邊垂黑（或白）紗布以示區別，《弔琵琶》第三折昭君魂歸漢帝宮闕即有此景觀。其中冥路時翻山越嶺，劇中以「扮單于隊子打圍上旋下」及「扮守關卒鳴鑼擊柝下」說明前者是仍在關外，後者則表示已越過玉門關回到故土，隊伍不同，呈現出來的景象便不同。《桃花源》劇中陶淵明因有腳疾，故遠行時均乘籃輿，做「升輿而行科」，由二僕兒阿舒阿宣「舁輿繞場」，籃輿是竹轎，比轎子輕便，轎子在舞臺上的表演有三種方式：一是二人以竿子撐著轎簾，坐轎之人則站在轎簾後；二是坐轎之人低頭以示上下轎，而由隨從空手做出掀簾的動作，並在場中來回走動以表行進；三是一人站中央，四角分立四轎夫，五人一起行動。此處當以後者的演出方式比較可能。《黑白衛》一劇，在身段上有很大的特色，因其屬於武戲，須發揮戲曲演員「唱唸做打」中「打」的能力。第一折中，林十二娘、荊十三娘教聶隱娘「作上樹勢又作上壁勢科」，故三人均有上樹、上壁的身段，而隱娘尚有刺虎、刺鷹及取人首級的武功。雜劇中純武戲並不多見，唯有《孤本元明雜劇》中《摩利支飛刀對箭》有薛仁貴與摩利支打鬥時武力的展現，所以《黑白衛》若能得武功底子深厚的演員演出，必是非常精采的。除了武功外，「作法」的表演也是黑白衛的特色。聶隱娘對付精精兒及妙手空空兒時，並非刀劍相向，而是「場上設二幡子，一紅一白，作相擊勢，良久一人首從空墜下」以及「孤作臥，且取玉圍頸覆被，自躲床下科，扮空兒攜匕首飛上刺頸，上作聲飛下，且跳出科」，不僅須砌末的配合，而且要有高度的處理技術，這無疑地拓展了舞臺表演藝術的領域，即便在現今劇場中，也是難能可貴的。

　　除了以上這些對眞實動作的模擬外，戲曲身段舞蹈化也是非常普遍的，如湯顯祖《牡丹亭‧驚夢》折的「堆花」，以二十四（或十二）位花神載歌載舞，形成非常

美麗的景觀。尤侗雜劇中的歌舞，有《讀離騷》第二折的男巫打鼓舞、女覡打鼓舞、九歌祭神舞、《桃花源》第三折二虎跳嘯舞（此爲虎形扮演）、《黑白衛》第一折老尼教隱娘劍術時邊唱〔混江龍〕曲邊「作舞劍科」（可視爲劍舞），第四折紅線、李十二娘、荆十三娘、車中女子、聶隱娘亦分別有劍舞的表演，《清平調》中許永新、劉念奴則是純粹的舞蹈。這些身段有剛有柔，又有動物之舞，尤侗劇中由身段變化所排列成的景觀誠可謂五花八門了。

四、由語言意象所虛擬的景觀

由於古典戲曲舞臺沒有佈景，又不受時空限制，因此無論是亭臺樓閣或山巔水涯，都只能從曲詞中配合身段表露出來，如《牡丹亭》的〈遊園〉：「朝飛暮卷，雲霞翠軒，雨絲風片，煙波畫船」（皂羅袍）、「徧青山，啼紅了杜鵑，荼蘼外煙絲醉軟」（好姐姐），以及《長生殿》的〈小宴〉：「天淡雲閒，列長空數行新雁。御園中秋色斕斑：柳添黃，蘋減綠，紅蓮脫瓣。一抹雕闌，噴清香桂花初綻。」雲霞、風雨、翠軒、畫船、杜鵑、荼蘼、雁鳥、楊柳、蓮花、雕闌、桂花等，這些景緻若不經曲文點出，觀眾如何想像？不僅如此，還必須加入適當的形容詞才能使得意象鮮明，如前述的翠、紅、黃、綠等顏色及醉軟、煙波、斕斑、清香、脫瓣等，均能成功地突顯意象！在尤侗戲曲中，這些例子亦不少，以下摘要敘述。

《讀離騷》第三折——

> （屈原白）迤邐行來，早到江邊了。
>
> 〔雁兒落〕俺只見漂翻翻黑風擊水束，混汩汩白浪粘天湧，遙漫漫波搖星斗寒，翼搖搖日抱黿鼉動。
>
> 〔得勝令〕半江瑟瑟半江紅，湛湛江水上江楓，那裡是漢廣江之永，分明葬三閭一畝塚。回風，波滔滔魚滕來迎送，飄蓬，草莽莽蘆漪哭路窮。

這是形容江景的兩支曲子，有江風、白浪、楓樹、魚群及蘆葦等意象，並大量運用疊字造成洶湧動盪的感覺，除此之外，更加入屈原內心憂傷無助的感受，使得這秋日的江邊更加凄冷，引起觀眾的慨嘆！第四折宋玉形容雲夢之臺：

> 〔粉蝶兒〕俺登這百尺高臺，擁宸旒蜿蜒翠蓋，望朝雲蜿蜒紛紛來，送飄風，迎凍雨，徘徊光怪，五色初裁，想瑤姬髯髵倚後庭花外。

在百尺高的雲夢臺上，其光怪陸離的景緻，焉能一一搬上舞臺？於是藉著戲曲語言的表達，奇幻的景觀，便呈現在我們面前了。又如《黑白衛》第三折，聶隱娘形容大梁城：「俺則見銅雀雲齊，碧殿秋風聞鼓吹，又則見金隄雨集，黃河春水起旌旗」（駐馬聽）、第四折出大梁城的景緻：「曉月碧初秋，遠山青未了，終南一點有無中，極

望的渺渺，_{正接著}太華三峰，武功五丈，渭川一道。」（醉春風），至於終南山，則是「俺子見期仙磴雲霞繚繞，_{枕烟庭蘭葯飄颻}，碧潭翠幕草堂坳，（白略）怎不見青琴瑤水至，_{黃石穀城邀}，（白）呀（唱）爲甚把_{武陵源}深閉了。」（紅繡鞋）。尤侗在描述景象時，頗注重氣氛的配合，像大梁城中宮殿城池的壯麗，故用雲齊雨集、鼓吹旌旗；而大梁城外空濶蒼茫，故僅敘太華峰、五丈原和渭水，極望渺渺，並無特殊景緻。終南山則又不同，煙雲裊裊，彷彿人間仙境，尤侗將之比爲深閉的桃花源，頗有可望不可及之勢。

在《桃花源》劇中，有一段近乎「戲中戲」的表演，因陶淵明寫了一篇〈歸去來辭〉，便取無絃琴補上琴絃「彈演一遍」，既彈且演，豈非戲中戲？何況〔混江龍〕夾白亦云「待我把歸去光景摹擬一番，這一葉扁舟，半肩行李，就是我陶淵明去官圖了」，可知這一段完全是想像中的景觀，但沒有其他演員上場輔助（因劇本中未註明），只以語言中的意象以及身段加以虛擬，當然也就需要高度的文字技巧了。王阮亭云此仙呂〔點絳唇〕套「檃括歸去來辭，勝東坡哨遍多矣。」，則《桃花源》劇的曲詞，必可清楚地透露陶淵明所要傳達的意念。

五、由音響效果所襯托的景觀

除了上述四種景觀呈現的方式外，還有一種就是靠音效幫助，音效的作用很大，可以使舞臺景觀更生動活潑。例如崑曲〈遊園〉中唱到「生生燕語明如翦」時，有笛子模仿的鳥鳴聲、京劇打漁殺家蕭恩唱到「清晨起開柴扉烏鴉叫過」時有嗩吶模仿烏鴉叫聲……等。尤侗雜劇中「音效」也不少，《弔琵琶》第一折〔八聲甘州〕夾白：「（內作樂科）呀！一派樂聲，想又是西宮夜飲也。」則知道白時必有樂聲襯托。第二折昭君馬上彈琵琶時，忽然絃斷了，劇本註明「做絃斷科」，筆者以爲此處除手勢及神情外，當有伴奏者做出絃斷的迸裂聲，使觀眾一聽即知。第三折昭君魂歸漢地時，尚未入關前，爲表塞外景緻，其於〔逍遙樂〕中唱道：「……忽聽得一聲齏篥，三疊漁陽，幾弄蘆笳。」在此句之前並有「內作哨聲」的指示，可知在唱時必有模仿齏篥的聲響陪襯；而在唱〔梧葉兒〕：「……_{數譙鼓戍樓摑}，又排著一行人金戈鐵馬。」時亦有「內打更」聲以示玉門關到了，故知聲音也可增進景觀的聯想。《桃花源》第三折慧遠法師上場前有「內撞鐘科」「又打鼓科」，以表白蓮社開堂；第四折陶淵明自作挽歌，搖鈴與眾齊和，這些音效，均是儀式所須。楔子中仙翁、仙童、仙母、仙女上場唱〔出隊子〕插曲時手持漁鼓簡子伴奏，漁鼓是由長竹筒所製，鼓面蒙上油膜，簡板由兩根長竹片組成，靠下端各置一銅製小鈸，用左手夾擊發聲，二者常合用，是道情類說唱音樂的主要伴奏樂器，由演員於劇中持以伴奏，形成特殊的風

格，使觀眾感受到遠離紅塵的曠達清逸，襯托出桃花源的超凡景觀。至於《黑白衛》第一折老尼教劍時有「劍嘯」聲、猛虎下山前有「風吼」聲，加上這些音效，氣勢自然不同，可知音效的重要性，而尤侗亦明瞭此點，故能適時地運用音響，加強戲曲效果。

結　語

　　尤侗雜劇的景觀，變化多端、炫人眼目，甚至有些演出方式至今已無從想像，因此我們在討論尤侗對舞臺景觀的處理時，一方面知其對於景觀頗為重視，且費心穿插，一方面也可提供後人設計身段、刻劃景物、製造效果的參考。

第三章　傳奇《鈞天樂》研究

　　明代戲曲以傳奇爲主流，作者競相爭勝的結果，形成了吳江派和臨川派的對立。直到明末阮大鋮、吳炳一出，兼備二美，詞藻格律，無一不工，才走出了傳奇最正規的路子〔註1〕。至洪昇的《長生殿》，成爲眾美兼具的集大成者作品，但卻也是傳奇的光榮結束者，此後因時勢所趨，傳奇便漸走下坡了。尤侗正處在明清之際，是崑曲興盛的後期，當時有價值的作品不少，如李玄玉的劇作、李笠翁的劇作等，尤侗的傳奇只有《鈞天樂》一種，雖非傳世不朽之作，但在上演時，亦造成了不小的轟動，這便是值得我們探究之處。一部傳奇的編撰，仍須掌握兩大功用，一要能實際演出，完成戲劇的效用，二是能供文藝的欣賞，完成文學作品的價值〔註2〕，因此本章在對《鈞天樂》劇本研究時，必兼顧文學與舞臺，俾能做較正確、深入的分析。

第一節　主　題

　　《鈞天樂》傳奇是一個雜揉現實與幻想的故事：沈白與楊云文才高超，但應試落第，而不學無術的賈斯文、程不識及魏無知卻因財勢得中，使得沈、楊二人落拓憂傷、藉酒澆愁。沈白之未婚妻——魏無知之妹魏寒簧，恨兄無才僥倖獲取、沈郎飽學失意，因而悒悒成病；魏無知竟又不顧前約，將妹寒簧許配程不識，寒簧得知後，病情愈發沈重，終至身亡，沈白悲痛不已。其時盜寇雲天大王馬踏天竄擾江南，沈白一度被俘。散亂後，楊云夫婦病亡，沈又痛惜不止，旋入長安上寓言書痛陳時弊，竟遭斥逐，心灰意懶，乞食而歸。流落途中，過項王廟，**觸景生情**，感慨古今

〔註1〕見張師清徽《明清傳奇導論》第三篇第二章「明清傳奇的比較」。
〔註2〕見張師清徽《明清傳奇導論》第四編第三章「傳奇結構的程序」。

同命，痛哭殿前，神亦爲之垂淚，乃顯聖入夢，允薦天廷。於是沈白、楊云、李賀同應天試，俱一甲及第，三人各授修文郎，沈兼巡按地府、監察御史，楊兼巡按水府、監察御史，李賀膺選白玉樓校書。魏寒簧死後，魂魄入瑤宮，王母憐惜，收爲散花女史。沈白三人爲尋找寒簧，曾巡地府、水府，均無其踪跡，而在巡按天下時痛責試官，並治賈斯文、程不識、魏無知之罪。沈楊二人兩次訪蓬萊島，卻陰錯陽差未遇寒簧，後經楊云之妻齊素紈至月宮與寒簧相會，始作成大媒，並由王母代奏天廷，天帝便判准二人擇吉成婚。

　　尤侗的《鈞天樂》傳奇與《讀離騷》一樣，爲感嘆仕途坎坷，懷才不遇，抒發其抑鬱不平之作，不過在主旨的表達和材料的處理方式上並不相同，因爲《讀離騷》要遷就屈原的身份，不可脫離史實，而《鈞天樂》的人物都是虛構的，在抒發感情時便能海濶天空。既是如此，《鈞天樂》在主旨及取材方面有些什麼特色呢？這就是本節討論的重點。

一、主　旨

　　《鈞天樂》的主旨，可歸納爲兩點，即洩恨、補恨。因上本中，盡是主角在人間的痛苦遭遇，故常須發洩，而下本則在天上彌補了人世的缺憾。在探討如何洩恨及補恨之前，先將《鈞天樂》裏的「恨」加以說明。第三齣〈命相〉賈斯文上場的白口：

　　　　……小時請下先生，教我讀書，我說道這本書不如送與我老子讀罷，
　　先生問道爲何？我說老子讀了書，中了甲科，入了翰林，做了閣老，學生
　　的舉人進士，怕不白白送上門來？先生笑道，學生之言是也。今年宗師把
　　學生取做批首，上京應試，主考老何，是家父的門生，已叮囑他中我狀
　　元……

從這一段我們推想當時科場上權勢作祟的情形，一定是很黑暗的。而第四齣〈場規〉試官何圖也有一段白口：

　　　　……今年第一是賈老師的世兄，分付要中狀元，這是該的。其二有程
　　徽州家，送我珠子五十顆，其三有個姓魏的，送我金子五百兩，這又是奶
　　奶收下，要打冠子，切記遺不得的……

這裏又透露給我們考試賄賂作弊各情。綜上可知，只要有金錢或權勢，不必讀書皆可高中，如此一來，擁有眞才實學並潔身自好的人便難以出頭，怎能不叫人大嘆世道不平！所以第三齣〈命相〉中沈白發出了這樣的感慨：

　　　　〔前腔〕（按：駐雲飛）……（生白）我想人生有什麼命，金銀就是

命了，世上有什麼相，酒肉就是相了。嗦！（唱）甲子總荒唐，衣冠皮相，

若看文章，眼裡都安障。

這就是「恨」的所在！而魏寒簧的勢利哥哥將她另許他人，破壞沈白的婚姻，也是
一大恨事，不過這一切都是前述腐敗的現象造成的。尤侗在《鈞天樂》中如何發洩
這些怨氣呢？一是用「哭」，一是用「酒」。「哭」可以說是《鈞天樂》的一大特色，
上本十六齣中，沈白就哭了六齣，而下本也哭了兩齣，至於悲嘆之處更不勝枚舉。
茲分別將沈白的「哭」列舉如下：

1. 哭蒼穹

沈白在第二齣〈歌哭〉一上場的引子，開口便似鬼語──

〔鳳凰閣〕江山如夢，千古一杯荒壠，文章何處哭秋風，悶殺魯書周

頌，年華催送，春去也，晨雞暮鐘。

造成沈白如此頹喪的原因，就是他滿腹經綸卻屢試不第。人總是窮極而呼天，因此
在他和楊云飲酒澆愁時他便大哭道：「我哭蒼穹，十載青春負乃公，黃衣不告相如夢，
白眼誰憐阮客窮。」阮籍出門即哭，沈白自比阮籍，而在此劇一出場就哭，倒也十
分恰當。

2. 哭亡妻

在沈白下第歸來、鬱苦難抒時，本欲與寒簧成婚，稍解淪落之苦，誰知寒簧於
婚期前三日病亡，婚帖剛來、訃音隨至，怎能不令沈白傷痛！故第九齣「悼亡」沈
白上場唱引子──

〔破齊陣〕咄咄一寒至此，綿綿長恨如何？纔哭途窮，又悲絃斷，淚

眼幾曾晴麼？誰取紅花和白雪，空對青山憶翠螺，一聲啼也囉。

「纔哭途窮，又悲絃斷」，確實哀楚盡致。在祭奠寒簧時，沈白扶柩痛哭，未曾停止，
使得整齣戲均瀰漫在哀情中。

3. 哭亡友

賊亂方平、烽烟稍息，沈白重返故鄉，打聽得楊云夫婦雙雙病故，悲痛欲絕─
─

〔紅衲襖〕指望你上金門拜冕旒，誰知道向泉臺埋錦繡，只道苦吟病怯

休文瘦，誰料愁辨魂歸宋玉秋，做不得羨登仙李郭舟，空留下哭登堂張范

酒……（白略）

情文相生，令人感動。沈、楊二人的交情非比尋常，由於幽明異路，恨不能相見，
沈白云：「黃泉若許尋良友，又何妨蝶化莊周。」（解三酲）多麼情深意厚！正因為
如此，沈白在這一齣中哭得頓足搥胸，傷心不下於〈悼亡〉一齣。

4. 哭時局

沈白在第十四齣〈伏闕〉中向聖上揭發時弊，指證歷歷、慷慨激昂，尤其在陳述皇帝之過時更是聲淚俱下——

〔煞尾〕端拱深居，未悉安危計，奈朝內，無忠義，肆奸欺，蔽聰明，長亂離，臣言不早，陛下悔之晚矣，日凌夷，荊棘銅駝，眞堪涕泣。（生哭介）

至此，沈白實是痛心疾首！正直如沈白者，顧不得朝門禁地，淚灑廟堂，當是對混亂的時勢試圖做最後的挽回，無奈此淚未能有補時艱，頗令沈白頓感無人共灑新亭淚之慨！

5. 哭項廟

沈白流落荒郊，見到一座西楚霸王廟，便進去膜拜，對項羽英雄失路大抱不平，也引起自己命運多舛的感傷，於是抱著神像大哭，最後連神像都掉下了眼淚——

〔古水仙子〕呀呀呀，猛叫號，看看看兩目重瞳血淚澆，嘶嘶嘶，嘶斷了駿馬金鑣，啼啼啼，啼濕了美人舞草，聽聽聽，楚歌聲氣未銷，恨恨恨，不酬勞苦功高，剩剩剩，三尺空祠背漢朝，嘆嘆嘆，英雄失路愚夫笑，笑笑笑，下場頭落魄似吾曹。

這一哭，相信普天下英雄才子均會一齊淚下的。

6. 哭詩文

沈白窮愁至極，想起太史公謂非窮愁不能著書，歐陽修謂詩窮益工，因感窮鬼說他的窮是文章所招為至言，於是祭奠詩文，一來慰酬自己，二來弔文章之寂寞。在唸過祭文後，便大哭道——

我的詩文呵，天下有一人知己，可以不恨。今日已不可得了，就是流傳後世，誰復子雲，但供俗人覆醬瓿耳，罷罷，不如付之一炬，倒得乾淨。

這是沈白對今生今世的絕望，詩文無知己，不須生存於世，而人不亦是如此？

7. 哭分鸞

沈白在天界的蓉城見到楊云夫婦俱已成仙，非常快樂，想起了早逝的妻子寒簧，於是悲痛地唱道——

〔醉太平換頭〕悲慟，一枝紅葬，弔金鈿芳草，香繡春風，合歡果解，夫人名號空同。……

這是一段深刻悽楚的感受，尤其當深藏內心的情感被觸動時，那種悲傷是無法抑止的。

8. 哭不見

　　第二十五齣〈仙訪〉前面，沈白於地府中未見寒簧踪跡，便愁懷百結，大嘆「斷腸人遠，傷心事多」——

　　　　〔水紅花〕夢來何處更爲雲，冷泥裙，黃泉行盡，南方尚有未招魂，窈娘墳，天邊無恨，還恨生離死別，撲簌簌淚沾巾，幾時茂陵秋雨對文君，也囉。

在找尋寒簧未果後，原先所抱的希望少了一層，於是珠淚婆娑，遺恨滿胸。

　　除此之外，如第六齣「澆愁」，沈楊二人下第後去酒樓飲酒，照理應是悲傷哭泣的，但文中卻未有「哭泣」的科介，大概怕與〈歌哭〉一齣重複。不過他們確實有哭，否則小生爲何言「哥哥，我兩人雖遭白眼，尚在青年，桑榆可收，何必楚囚對泣……」，「楚囚對泣」不正說明了一切？《鈞天樂》眉批云：「出場云哭蒼穹，捲場云哭蒼天，哭天乎？哭世乎？《鈞天樂》一書成于哭者也。」的確，「哭」在《鈞天樂》一劇中佔了很重要的地位。

　　另一洩恨的方式是「酒」。〈歌哭〉、〈澆愁〉、〈擣花〉、〈天宴〉各齣均須飲酒，而藉酒澆愁，自古皆然，但飲酒眞能解愁嗎？恐怕只能短暫麻醉罷了。何況酒後吐眞言，任何牢騷盡情傾訴，於是與「哭」就脫離不了關係，上述四齣中，前三齣便少不了淚水（第四齣〈歡宴〉除外），的確是徹底的發洩。沈白在此劇中雖須常飲酒，但由於劇情不同，表現出來的情緒也不一樣，如〈歌哭〉之飲狂、〈澆愁〉之飲怒、〈天宴〉之飲快，各有差異，可見「酒」在全劇中有很多的作用。

　　至於「補恨」，正是《鈞天樂》的重點所在。下本中沈白楊云的遭遇，均是彌補其人世間的缺憾，使其功成名就、婚姻幸福。不僅如此，作者尤侗還企圖彌補古往今來的各種遺憾，如第二十二齣「地巡」，把地獄中的冤獄分成五大類：一、蒙塵獄，如劉聰殺懷愍、金人殺徽欽等。二、輿尸獄，如呂馬童殺項羽、呂蒙殺關某等。三、藏弓獄，如勾踐殺文種、蕭何殺韓信等。四、投珠獄，如曹操殺楊修，劉表殺禰衡等。五、埋香獄，如呂雉殺戚姬、曹丕殺甄后等。這些都是歷史上的恨事，尤侗竟能予以統計分類，可見其對這類案件下了許多工夫。不過因爲全劇不能橫生枝節，且本齣爲沈白尋妻，翻案只是順便，所以只選擇了埋香獄作爲象徵性的代表。埋香獄包括了十起案件，分別爲戚夫人、甄宓、楊貴妃、霍小玉、鈞戈夫人、花蕊夫人、綠珠、窈娘、張麗華、步非煙。〈地巡〉一齣根據了前四起做了詳盡的批判，從其評斷的結果，不難看出尤侗渴求完滿的心態——

1. 妬殺事

　　原告戚氏、被犯呂雉、干證司馬遷，結果判呂氏剜眼、劓鼻、截手足、貯之甕

中。

2. 殺嫡事

原告甄氏、被犯曹丕郭女王、干證曹植，結果判郭氏罰與甄家作婢，曹丕廢爲庶人，流放三千里，甄氏歸子建。

3. 謀弒事

原告楊太眞、被犯陳元禮、干證高力士，結果判陳元禮重打一百，寄泥梨獄。

4. 負心事

原告霍小玉、被犯李益、干證黃衫客。結果判李益梟首示眾。

眞可謂大快人心。這一齣本與原劇內容無涉，但卻可將「補恨」的主旨襯托出來，所以〈地巡〉在全劇中占相當程度的份量。

二、取 材

首先概略說明《鈞天樂》劇名的由來。《鈞天樂》是鈞天廣樂的省略，是指天上的音樂。《史記·趙世家》曾記載趙簡子生病昏迷至七天半後醒來，對大夫說：「我之帝所甚樂，與百神遊於鈞天，廣樂九奏萬舞，不類三代之樂，其聲動人心。」可知鈞天廣樂是一種仙樂，是至善至美的音樂。尤侗以「鈞天樂」作劇名的原因，一是十九齣〈天宴〉中奏鈞天廣樂；二是以天上美好的事物作爲世人希望的寄託；第三，或許認爲此爲自己的得意劇曲作品，堪與鈞天廣樂相比美吧！

一般人總喜歡探索文學作品中的眞實性，於是某件作品影射某人或諷刺某事等話題，常令人津津樂道。《鈞天樂》也是如此。《石鼓齋雜錄》引《小說考證》云：

（鈞天樂）爲作者自嘆懷抱高才不遇之作，沈白影射作者自身，楊雲
指其知友湯傳楹，沈氏亡妻寒簧以及其他諸人概有所指。

汪允莊詩亦云《鈞天樂》影射葉小鸞，似非穿鑿附會。這些腳色的影射究竟是無心的巧合抑或刻意的取法，我們可以從劇中人與實際人物的比較得知：

（一）沈白與尤侗

尤侗曾在《鈞天樂》自記中言寫此劇的動機爲「逆旅無聊，追尋往事，忽忽不樂」，可知此劇與尤侗的「往事」有關。尤侗一生最大的心願便是考場得意，偏偏天不從人願，因此尤侗常有抑鬱不得志之感，適巧清代有許多科場弊案發生〔註3〕，尤侗便將二者合而爲一，衍生出《鈞天樂》的情節。劇中頹志喪氣的沈白，境遇與尤侗相同，因此沈白當是尤侗自身。

〔註3〕其中一個案件還使得《鈞天樂》受到牽連，在下一章將有詳盡說明。關於清代科場
弊案的詳情，可參閱黃光亮著之《清代科舉制度之研究》。

（二）楊云與湯傳楹

在《鈞天樂》劇中，楊云是沈白的摯友，多病多愁，屢試不第，避賊亂時病亡；而湯傳楹亦是尤侗的好友，《西堂雜俎》中的「湯卿謀小傳」提到他「賦性善愁」，且懷才不遇，鬱邑不得志，於明亡國變時發病而死，年二十五，這些經歷都與楊云相同，更巧的是，楊云之妻齊素紈當時亦在病中，聽到楊云不幸的消息，一慟而絕，只隔一日，而湯傳楹的夫人丁氏亦是如此：「丁夫人在病中，擗踊長號曰：『君往矣，妾何生為？』越一宿而絕。」其遭遇完全相同。除了楊云此人是根據湯傳楹的一生而塑造的之外，連劇情安排都以湯氏為藍圖。如湯卿謀小傳末段尤侗曰：「卿謀死後數月，有仙降乩，大書曰：『湯傳楹青華府侍書金童，丁氏傳言玉女也。』若是則幾乎仙矣。然予總角初遇卿謀，望其風姿，如玉山珠樹，恍然疑為神仙中人。及讀其書歌文辭，常飄飄有凌雲氣，又斷以為非人間人也，豈待歿而後知其仙哉？」這段懷疑湯傳楹為神仙中人之事，似乎給了尤侗安排沈白、楊云成仙的靈感，而侍書金童、傳言玉女也被用來套在沈白夫婦身上，如第二十齣〈瑤宮〉王母白口云：「今有魏氏寒簧，本是傳言玉女，因與侍香金童沈郎，私訂三生，誤投五濁，但他兩人，應作天邊匹偶，卻無人世姻緣……」又湯傳楹曾言：「人生不可不儲三副痛淚，一副哭天下大事不可為，一副哭文章不遇識者，一副哭從來淪落不偶佳人。」前面曾討論過「哭」是《鈞天樂》的一大特色，而仔細分析沈白所哭之事，便離不開湯傳楹所說的「三副痛淚」，如〈伏闕〉、〈歌哭〉、〈悼亡〉等。可知尤侗不僅以楊云影射湯傳楹，連故事的進行都以湯傳楹的一生作參考。

（三）魏寒簧與葉小鸞

將魏寒簧聯想為葉小鸞化身的最大原因，即是葉小鸞在十七歲時，將嫁而亡，而魏寒簧亦是於成親前三天亡故。又葉小鸞亡故後，「舉體輕軟，家人咸以為仙去」，這也激發了尤侗以她為女主角範例的靈感。後人為此，還特別於文中仔細蒐羅相關資料以為旁證，如第五齣〈嘆榜〉，魏母登場云「先夫魏葉」，此便點出了葉姓；而寒簧上場唱〔點絳唇〕，第一句為「午夢驚回」，這又點出了葉小鸞的居所「午夢堂」；還有同齣尾聲的第二句「算只有夢魂堪煮」，而葉小鸞自號「煮夢子」，因知此句似有所本。凡此種種雖不無巧合的可能，但是魏寒簧影射葉小鸞，仍是有跡可尋的。

（四）馬踏天與張獻忠

關於這對人物的影射，線索不多，僅因張獻忠自號「雲遊道人」，而《鈞天樂》劇中的馬踏天則綽號「雲遊大王」而已。不過，本劇的時代背景是明代（十四齣〈伏闕〉聖旨下「著錦衣衛亂棒打出去」，錦衣衛在明代才有），又是政治腐敗、

社會混亂的局面，與明末相類似，所以以張獻忠爲依據來塑造馬踏天，這是很有可能的。

從以上的敘述可以看出《鈞天樂》在人物的影射方面確實有憑據，但是，一個作家往往在自己的作品當中融入自己的生活經驗，因爲只有自己的經歷感受與體會最深刻，也只有活躍在自身周遭之人物事例最熟悉，因此取材於身邊的人、事、物，所揣摩及刻劃的情景才能最生動眞切！只要不是像王九思那樣刻意諷刺某人，作文人輕薄狀外〔註4〕，影射與否均是無妨的。

提到人物，我們想到《鈞天樂》的另一項特色，即是在人名上大作文章。如賈斯文、程不識、魏無知、何圖等，其中賈斯文是假斯文的諧音，何圖是糊塗的諧音。而程不識、魏無知則直指其不識與無知。如第五齣〈嘆榜〉魏寒簀看榜單時唸到：「第一名賈斯文，咳！賈斯文作狀元，斯文掃地矣，第二名程不識，果然不識，第三名魏無知，眞個無知。」作者之意，昭然若揭。另外像賈斯文之父賈公，別號濟思，亦是一絕。所以在第六齣〈澆愁〉中酒家云賈斯文將娶杜尙書之小姐時，眉批上云：「杜尙書名撰。」的確饒富趣味。至於下本中加入的歷史人物李賀及蘇軾，大概是因爲李賀命較短，正好可在天上與沈白、楊云作伴，而蘇軾是文學史上最偉大的文人之一，藉他之口讚揚沈白，無形中擡高了沈白的地位。

最後提到內容上的取材。《鈞天樂》雖是虛構的故事，但並非完全無所本。第十五齣〈哭廟〉原是引用杜默哭廟的典故；《和州志》云：

> 宋杜默下第夜歸，就項羽廟宿，以其文質神前，痛哭大呼曰，千古如
> 大王不能得天下，有才如杜默而見放於有司，豈非命哉？神像淚出，泥界
> 於面。

這是一個僻典，然而在明清之際，卻有不少劇本依此而生，其原因頗值得探討，將在第四章第二節詳細說明，此處只舉出來源。由於沈白與杜默均爲落第之人、懷才不遇，因此尤侗便將杜默換爲沈白，套用其事而發展出一段精采的劇情。

將自己的文章引用或改寫入曲，也是一種特殊的取材方式。《西堂雜組》中的「上梁文」被一字不漏地引用在第二十六齣〈入月〉中；「呂雉殺戚夫人判」、「曹丕殺甄后判」、「孫秀殺綠珠判」、「韓擒虎殺張麗華判」、「陳元禮殺楊貴妃判」、「李益殺霍小玉判」中的首二則及末二則即被編入第二十二齣〈地巡〉裏，使得《鈞天樂》不僅是尤侗的作品之一，而且還是集大成的作品。

〔註4〕王九思《杜子美沽酒遊春》雜劇以醜化李林甫來諷刺與他有芥蒂的李文正，尤侗斥爲文人輕薄。

結　語

王驥德《曲律》曾言：

> 古新奇事迹，皆爲人做過，今日欲作一傳奇，毋論好手難遇，即求一
> 典故新采可動人者，正亦不易得耳。

尤侗此劇，只見男主角汲汲於功名富貴未果，屢屢哭天恨地，及至筆鋒一轉，進入作者佈置的虛幻境界，然而天上人間竟是如此遙不可及，令人徒呼奈何。此種安排，在傳奇中並不多見，其自我取材，以及洩恨、補恨的主旨和表現方式，應可稱得上是「新采動人」了。

第二節　布　局

由於傳奇多爲三、五十齣左右的長篇鉅製，因此在結構方面比較複雜。傳奇之作，貴在全盤布局、一線貫澈，其起、伏、承、接均須運用於無形，對於曲套之聲情次第亦須作全局之考慮〔註5〕。關於《鈞天樂》劇情透過曲套所表現的得失，將於第三節「排場」中討論，此處擬就情節處理的手法突顯其布局上的特色。《鈞天樂》在布局上有兩大特徵，即其對稱性和埋伏照應的筆法。而傳奇體製中特有的頭緒繁簡和大小收煞問題，也不容忽略。因此，經歸納整理後，本節將由頭緒簡明、對比強烈、針線縝密、收煞得宜四方面來加以說明。

一、頭緒簡明

李漁在《閒情偶寄》中曾提及頭緒繁多是傳奇之大病，因爲劇團的腳色人數固定，若令一人忽張忽李，必會使觀眾滿頭霧水，此論誠屬精到。事實上，假如一劇枝蔓蕪雜，不僅中心意旨不易掌握，更有喧賓奪主之虞，倒不如像孤桐勁竹、直上無枝，可使思路清晰、文情專一。《鈞天樂》傳奇的脈絡是一線貫串的，我們可以先從腳色的出場次數及演唱情形來看。《鈞天樂》的人物同時出現於上本（人間）、下本（仙界）的共有四人，即生扮沈白（子虛）、小生扮楊云（墨卿）、旦扮魏寒簧、小旦扮齊素紈，此四人便是劇中的主角。然而出場多並不意味其份量重，還必須看是否居於主唱的地位，茲將此四人出場及演唱情形列舉如下〔註6〕：

沈子虛——主唱二、六、九、十一、十二、十四、十五、十六、十七、十八、十九、廿一、廿二、廿五、廿七、廿九、卅二，共十七齣。

〔註5〕參見張師清徽〈牡丹亭配套分析〉。
〔註6〕若有二人（或二人以上）於同折唱作並重的情形，均視爲主唱。

陪唱三、十、十三，共三齣。

楊墨卿——主唱二、六、十、十七、十八、十九、廿一、廿三、廿五、廿七、卅二，共十一齣。

　　　　　陪唱三、十一、廿九，共三齣。

魏寒簧——主唱五、八、二十、三十、卅二，共五齣。

　　　　　陪唱廿六，共一齣。

齊素紉——主唱十、卅二，共二齣。

　　　　　陪唱十一、廿一、三十，共三齣。

（另外沈、楊二人於第四齣均有出場，但只有唸白，沒有唱。）

　　由上可知沈子虛無論在出場數或主唱數都遠較其他三人多，故《鈞天樂》一劇當是以他為主。

　　就《鈞天樂》的內容而言，簡單來說，即是沈子虛追求功名與追求婚姻的過程。第二齣至第四齣，沈子虛是個待試的考生，也有個未婚妻寒簧，一切都存有些許希望，自第四齣至第八齣，追求功名的希望雖破滅，然而想起還有個才貌雙全的未婚妻，尚感安慰。第九齣起，寒簧死，兩重希望皆落空，於是陷入萬丈痛苦的深淵，但因為人死不能復生，所以沈子虛只有繼續為自己的理想、抱負努力，至第十九齣，終於如願以償。二十一齣起，由於已至仙界，除了功名遂願外，便思與妻團圓，直至三十二齣，各齣重心都在這個主題上。可知《鈞天樂》即是以沈子虛的功名和婚姻兩件事交錯進行為骨幹。如附圖：

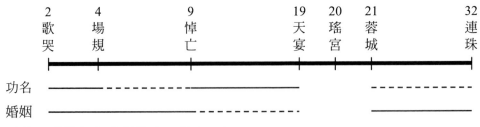

（註：實線部分為劇情重心所在。）

　　當然，若重心全放在沈子虛身上，會使全劇的唱作過於集中，這並非好現象，於是作者安排了楊墨卿與之分擔。因此楊墨卿出場及主唱的齣數雖多，但均居於陪襯的地位。鈞天樂劇情的脈絡十分單純，以簡易的情節作出多樣的變化，其曲折的過程，頗扣人心絃，並且避免了頭緒紛繁的弊病，此即《鈞天樂》在布局上的第一項特色。

二、對比強烈

傳奇各齣間的配置，往往以交互、相對的手法來描寫，如男家與女家相間、路途與家鄉相間、貧窮與富有相間、悲傷與歡樂相間等，《琵琶記》二十至三十齣爲此種安排的典範。基本上，傳奇上下兩部便是要對稱的，所以《長生殿》的下部出現許多空幻情節的渲染。而尤侗對傳奇的對稱性掌握得非常好，不僅大主題——上本、下本是人間、仙界的對比，在細節方面的對比也俯拾即是，甚至有在一齣之中以對比的手法表現者，以下便將《鈞天樂》中的對比細分爲十二項詳加說明之：

（一）魁星裝扮之對比

第四齣〈場規〉考試官出場前有淨扮魁星上場作一象徵，其裝扮及白口如下：

> （淨扮魁星，無筆，手持大錠，斗內放小錠一串，踢出舞介）斗大黃金印，財高白玉堂，十千進士第，百萬狀元郎。（下）

而第十七齣天上的魁星則是：

> （淨素面持筆上）折腰五斗米，炙手五銖錢，若問天邊客，無過筆一椽。

人世間的魁星已被金錢蒙蔽，故以財取人，而天上的魁星便恢復原狀，唯才是用，這種象徵的對比，點出了主題的所在。而將筆改爲金錠，也頗具巧思。

（二）考試結果之對比

第四齣在人間的應試結果爲：「公冶長第一，里仁第二，八佾第三，學而爲政借重作落卷罷。」所謂公冶長等《論語》的篇名，在此處有兩層意義，其一是以每人考試的題目來代表考生姓名，因其考題分配爲「沈白學而第一，楊云爲政第二，魏無知八佾第三，程不識里仁第四，賈斯文公冶長第五。」所以考試的結果即爲賈斯文第一，程不識第二，魏無知第三，沈白、楊云落榜。其二是以顛倒《論語》篇章的次序代表糊塗試官的罔顧事實。而第十八齣〈天榜〉，則爲「第一甲第一名沈白，第一甲第二名楊云」，情況完全不同了。

（三）考後心情之對比

沈楊二人在人間、天上的應試過後皆去飲酒，唯心情大不相同。上本第六齣是沈楊二人偕同去新豐市沽酒澆愁，其心情之怨恨、無奈可知：

> 〔黑麻序〕（生）怒髮衝冠，把酒壺吸盡，唾壺敲缺，冷乾坤何處，灑一腔熱血。（小生）看者，金華殿上靴，曲江苑外車，壯心賒，爲問塗窮日暮，吾道非耶。

而下本第十九齣沈楊高中後赴玉帝所賜藥珠宮之宴，此時飲酒的心情即爲暢快的、適意的：

〔前腔〕（按：指〔梁州新郎〕）（生）白狂沈瘦，子虛烏有，數載
名場敝帚，人間長悶，除非天酒澆愁。何幸晴薰赤羽，日射黃金，獨占群
龍首。諸公皆閣筆，鳳凰遊，崔顥題詩在上頭。（合）將進酒，爲君壽，
吹笙鼓瑟歌三奏，強學士，假瀛洲。

這正是「天酒澆愁」，將人間的憤悶均消除了。

（四）三祭三奏之對比

在上本中有一齣行三奠禮的情節，而下本中則有三奏鈞天廣樂的場面，即第九
齣「悼亡」及十九齣「天宴」。這兩個對比並不是指同一件事，但卻足以代表上、下
本的情味……上本多處於哀痛、悲傷、受難的局面，而下本常能否極泰來。不過，
此對比所針對的雖一爲婚姻、一爲功名，但婚姻的不幸——寒簧之死也是爲了沈白
的功名不順遂，第九齣沈白云：「原來小姐之病，爲小生而起，這都是我功名蹭蹬，
負了小姐也。」因此仔細探究起來，兩者還是呈直接對比的。

（五）觸景生情之對比

沈白在上本、下本分別有與楊云夫婦相見的訪友情節，一爲第十齣〈擣花〉，一
爲二十一齣〈蓉城〉，而這兩齣均是楊云夫婦在過著恩愛、快樂的生活時，相反的沈
白卻是形單影隻。第十齣沈白見絕世之才配傾城之色，欣羨不已，因寒簧剛亡故，
心中一定十分難受，但也無可奈何。至於二十一齣楊云夫婦在仙界的蓉城，仍然過
著美滿的生活，此時的沈白見此情景時，感受便不相同，因爲在人間是人死不能復
生，只能感嘆悲傷，而仙界則有見面的希望，所以沈白云：「我兩人雖幸同登天榜，
你夫婦俱仙，何等快樂，只我寒簧妻子，青年天殀，無處招魂，使我鏡怨分鸞，琴
悲別雀，人非木石，何以爲情？」於是興起了尋妻之心。由見到楊云夫婦所起的念
頭，人間天上各不相同，其間的心理變化，也是有差異的。

（六）媒妁定命之對比

寒簧原本是沈白的未婚妻，但因爲命運的作弄，使她又先後被人作了兩次媒，
這兩次媒的結果有天壤之別，一次間接促使生命結束，一次則是宿願得償。在第
七齣〈癡福〉中，賈斯文成親，程不識、魏無知前往祝賀，賈得知程未娶妻，便
思及程、魏聯姻，程言寒簧已許了沈家，不料魏竟說：「這是先父在日許下的，原
未納聘，況今沈子虛貧窮落魄，此事斷斷不諧，程年兄若不見棄，舍下只有小弟
作主，明日寫家書回去，竟來迎娶便了。」就這幾句話，使得寒簧病情加劇，終
不治身亡。至於三十齣〈閨敘〉，齊素執去見魏寒簧，並唱道：「花欄石磴，賺宋玉
巫山久等，（白）後來曉得姊姊在廣寒宮，他兩個兒郎，不便來訪，（唱）因此教小

媒妁作證盟，早結就松柏同心，鴛鴦交頸。」此媒一作，造成了大團圓的結局，其對比不可謂不強烈。

（七）不認姻親之對比

上本中的第十三齣〈逐客〉，沈白欲赴長安，於是去干謁扶風太守魏無知，請求念骨肉舊情，予以資助，而魏無知竟然不認：

> （生白）老魏，我與你郎舅至親，就不想抽豐，難道留我住幾日不得的？
> （唱略）（丑大笑介）若說同鄉，也還使得，若說郎舅至親，舍妹已亡，
> 況已許過程年兄，誰認你妹丈來。

至第二十七齣〈世巡〉，沈白、楊云入人間欲治魏無知等人之罪時，楊云看在寒簧面上，主張減刑，沈白則念扶風舊惡，不肯寬容，而魏無知在臨難之際竟叫起妹丈來，且看三人之對話：

> （小生白）魏無知其罪雖同，但看嫂嫂分上，有議親之條，應從末減。
> （生白）兄弟差矣，自古天道無親，況他在扶風時，將我羞辱趕出，此時
> 豈知有親誼乎？（唱略）（丑白）妹丈爺爺，當日我送你一兩銀子，這是
> 綈袍戀戀之意，看舍妹面上，饒了我吧！（生白）哇！誰認你妹丈來，你
> 奇貪異酷，只依王法，該問斬罪，姑從寬典，貶死鬼門關。

昔日魏無知不認妹丈，故有今日之沈子虛不認妻舅，兩相對比，魏無知理虧在先，其間得失，不言可喻。

（八）神仙境遇之對比

《鈞天樂》上下本各有一齣以神仙的境遇作象徵對比的，即十五齣〈哭廟〉及二十八齣〈渡河〉。項羽與八千子弟渡江，入秦關、破趙壁、擄齊王、走漢軍，何等氣慨，最後卻是垓下被圍、烏江自刎，此景令人可恨可嘆，而沈白「才高志大，運蹇時乖，四海無知，一身將老」，與項羽同樣被命運捉弄著，所以尤侗安排一齣沈白哭項王廟，以象徵沈白在人間的悲苦。至於牛郎織女的故事，家喻戶曉，尤侗安排牛郎受罰的期限已滿，可渡銀河永居織室，則象徵沈白在天上的團圓美滿。這兩對神人仙人不同結局的對比，正反襯了人世的不平及仙界的美好。

（九）賊寇惜才之對比

第十一齣「賊難」，雖是傳奇中不能免除的武戲穿插，但其內容有多重意義，不容忽視。其一，馬踏天叛亂的原因是「年運飢荒，朝綱紊壞，賣官鬻爵，厚斂淫刑，民不聊生，人心思亂」，而其所到之處，「貪官污吏，一齊斫下，不許妄殺良民，只搶金銀婦女，大家受用便了。」頗有「官逼民反」的意味，用以表示當時朝政的紊

亂、官吏的貪婪。其二,馬踏天曾傳下將令:「軍中缺少參謀,若遇白衣秀士,不許傷害,拿來見我,考試擢用。」連叛亂的賊寇均曉得考試選拔人才、尊重讀書人,這是多麼大的諷刺!反觀第四齣〈場規〉,試官何圖的顛倒是非,可真是竟連一個賊子都不如了。

(十)婚禮喪禮之對比

第七齣〈癡福〉是賈斯文之婚禮,集金榜題名、洞房花燭於一身,可謂錦上添花。而第九齣〈悼亡〉,則是沈白「賠了夫人又折兵」,不僅落第,妻子亦亡故,此兩齣即是一個極端強烈的對比。

(十一)夫妻聚散之對比

前面提過傳奇常以齣與齣間的對比來表現,間隔相近,更予人顯著的印象。第十個對比即屬此種,中間雖隔了一齣「嫁殤」,但「嫁殤」便是「悼亡」的前奏。而第九齣〈悼亡〉及第十齣〈擣花〉,也是一個對比,沈白與楊云,雖同是功名上遭到打擊的失意人,但楊云有美滿幸福的婚姻,沈白卻遭棒打鴛鴦的命運,兩齣擺在一起,更顯得沈白淒苦。

(十二)相命結果之對比

此項對比,可由第三齣〈命相〉及第六齣〈澆愁〉找出,另有一個特點,即這兩齣本身便用對比的形式出現。沈白等五名考生曾一起去算命、相面,依據算命的結果,沈、楊為狀元,賈則文星不現,程為富翁,魏為學霸。而相面的結果,沈楊不但有公卿之形,且有神仙之表,賈程魏三人則分別如牛羊、獼猴及豺狼,這些結果,造成了賈程魏三人的氣憤懊惱,沈楊二人卻沒有很強烈的反應,此亦即本身的對比。然而相命結果與事實的對比,可從〈澆愁〉一齣看出:沈楊二人失意落拓地在酒樓上買醉,卻見賈程魏三位狀元遊街、以及賈斯文娶妻之意氣風發,完全不是算命和相面者所預料的。而本齣以這種悲、喜的情景穿插描述,亦形成了齣內對比的形式。

以上所歸納的,便是《鈞天樂》的對比情形,不僅數量多,種類也多,重複交織,不厭其詳,主要的目的就是突顯主題,達到感人的效果。

三、針線縝密

編劇之難,莫過於不露破綻。李漁在《閒情偶寄》「結構」一項中曾言:「每編一折,必須前顧數折,後顧數折,顧前者,欲其照映,顧後者,便於埋伏,照映埋伏,不止照映一人,埋伏一事,凡是此劇中有名之人,關涉之事,與前此後此所說

之話，節節俱要想到。」這便是傳奇作者所須顧慮周全之處。

　　尤侗《鈞天樂》傳奇，在這方面頗爲注重。就伏筆而言，如：

　　　（一）第二齣〈歌哭〉中沈白、楊云尚未應考便對朝廷沒信心，飲酒感慨，正
　　　　　　爲第四齣〈場規〉落第之伏筆，亦與第六齣〈澆愁〉之買醉遙相呼應。

　　　（二）第十齣〈擣花〉楊云夫婦感嘆多愁多病，此爲第十二齣〈哭友〉中楊云
　　　　　　夫婦病亡的伏筆。

　　　（三）第二十五齣〈仙訪〉中有末捧玉帝聖旨命沈楊二人巡按天下、糾彈百
　　　　　　職，此爲第二十七齣〈世巡〉之伏筆。

　　　（四）第二十八齣〈渡河〉寫牛郎織女得以永久在一起，此爲第三十二齣〈連
　　　　　　珠〉沈白、寒簧結合的伏筆。

　　　（五）第二十九齣〈再訪〉因沈楊二人二度入瑤宮未遇寒簧，楊云便建議由齊
　　　　　　素紈去月宮找寒簧，此即爲三十齣〈閨敘〉的由來。

　　　（六）第三十齣〈閨敘〉素紈向寒簧言願告知嫦娥代爲向玉帝請旨完婚，故三
　　　　　　十一齣〈奏婚〉爲嫦娥與王母一同申請。

　　　（七）第三齣〈命相〉中相面者言沈楊二人有神仙之表，此即爲日後沈楊成仙
　　　　　　的伏筆。

　　以上除第七點所埋伏照應者爲全劇大旨外，其餘則有一個共同點，即伏筆均在
前兩齣或前一齣出現，此正爲其縝密之處，因爲若間隔太遠，容易被遺忘，而相隔
兩齣正合適。李漁曾以「編戲有如縫衣」，說明「密針線」的重要。筆者則以爲這種
前兩齣埋下伏筆的寫法，猶如刺繡中的「回針縫」，表面像平針，穩當而不特別，事
實卻較平針緊密而不易脫落。

　　在第十七齣〈天試〉，三位考生參與考試的作品，沈白是〈廣寒宮上梁文〉，楊
云是〈織女催粧詩〉，李賀是〈白玉樓賦〉。尤侗將這三篇詩文，各隱括成曲子一首，
著實費了番工夫，也趁機展露文采。然而這三篇詩文，並非純粹在此齣作爲考試之
用，其對關目的牽引，也是非常重要的。二十四齣蘇軾與李賀在白玉樓討論古今文
章，即是承白玉樓賦而來；二十六齣〈入月〉，嫦娥於廣寒宮中，不僅有工匠唱上梁
文，嫦娥亦唱上梁詞，完全隱括了沈白的作品；而第二十八齣〈渡河〉，牛郎織女的
永久相聚，還是楊云織女催粧詩之功呢！這些看似與本文無關、卻又有某些象徵意
義的關目，巧妙地被這三首詩文結合在文中，不但不會顯得突兀，反而增加了這三
齣的必要性。

　　另外，我們還可以從一些細節上看出尤侗布局手法的細密。如第九齣沈白去弔
唁魏寒簧，貼扮侍兒開門言：「原來沈相公到此，……我老夫人感傷太過，病在床褥，

不能出見，待妾引相公，到柩前去便了。」這裏安排老夫人病倒，則老夫人不必出現，少了一番應接，沈白便能直接吐露哀情，情緒較爲聯貫。又二十一齣沈白去蓉城探訪楊云與石延年，齊素紉曾出現，與沈白見禮之後即退下，似乎她的出場是多餘的，但是後來登樓賞花之際，沈白嘆道：「兄弟，我倆雖幸同登天榜，你夫婦俱仙，何等快樂，只我寒簧妻子，青年夭歿，無處招魂⋯⋯」可知沈白是因爲見到素紉後，思及寒簧，所以素紉的出現是必要的。再者如第四齣〈場規〉中試官何圖的上場詩爲：「雖然天子重英豪，莫把文章教爾曹，詩賦萬般皆下品，算來惟有賺錢高。」而第十七齣〈天試〉中文昌星之上場詩，竟遙和其韻：「閶闔初開選俊豪，文章月旦在吾曹，玉堂金馬皆塵土，不朽功名天上高。」可見尤侗寫劇均有「瞻前顧後」，使得全劇線索貫串、脈絡相通。

四、收煞得宜

一本傳奇分爲上、下兩部，上半部結束的那齣叫「小收煞」，下半部結束的叫「大收煞」。小收煞往往爲全劇最高潮處，暫攝情形、略收鑼鼓，故宜緊忌寬，宜熱忌冷。而大收煞須無包括之痕，有團圓之趣。就《鈞天樂》（共三十二齣）而言，其最高潮、作者最用心之處，爲第十五齣〈哭廟〉及十六齣〈送窮〉，正合乎傳奇小收煞之體製。然而在青木正兒的《中國近世戲曲史》中言《鈞天樂》傳奇：

> 上半本沈生抑鬱不伸之不平氣，溢於楮墨之外，其關目曲白，無一不佳，然下半本之天上界，關目類兒戲者多，令讀者生倦，蓋當係出於作者欲以人界苦痛與天界快樂對照之意，然其對偶的結構，缺乏起伏波瀾之妙，換言之，一劇頂點，在上卷末之〈哭廟〉、〈送窮〉，自下卷折而緩緩降下，收束甚覺緩慢。若其頂點移於後方，急轉直下收結之，必能令全劇生動而得神品，洵可惜也。

顯然對此劇的結構有異議。其實，青木正兒忽略了傳奇體製中的特色，而僅就戲曲效果來討論，雖然言之成理，但終究失去傳奇對稱及收煞的本意。至於大收煞，李漁曾在《閒情偶寄》中表示若能於「水盡山窮之處，偏宜突起波瀾，或先驚而後喜，或始疑而終信，或喜極信極而又致驚疑，務使一折之中，七情俱備，始爲到底不懈之筆。」今觀《鈞天樂》的大收煞〈連珠〉一齣，僅是沈白、寒簧聯姻而已，並無曲折的趣味，確實有落入團圓窠臼之嫌，不過，李漁所謂的「七情俱備」恐只是個理想而已，實在不太容易做到。所幸《鈞天樂》的結局，尚可稱「無包括之痕，有團圓之趣」，因爲並非作者刻意爲之，而是劇情自然發展、水到渠成的結果。

結　語

　　尤侗寫《鈞天樂》傳奇，據其自序云是「率日一齣」、「閱月而竣」，然而雖是一天一齣，卻非興到筆隨，由以上的分析可知其必定經過了事先詳細的規劃，且在寫作期間隨時注意線索的掌握，方能埋伏照應得如此嚴密。吳梅在《中國戲曲概論》中說《鈞天樂》的特色是「整齊緊湊」〔註7〕，可算是形容得十貼切了。

第三節　排　場

　　傳奇的排場與雜劇不同之處，即是傳奇每齣並無固定宮調，不似雜劇之嚴格限制：其移宮換羽俱以情緒之波動、環境之轉換爲依歸，而且組套的方法南曲變化多端，較北曲爲自由伸縮、更具戲劇性。因此本節將逐齣分析其配套的優劣及分場的恰當與否，以觀《鈞天樂》排場之概要。

第一齣　立意　開場

　　　　蝶戀花（末）──滿庭芳（末）　七言四句下場

　　傳奇在正生出場前有副末開場，述全劇大意，謂之家門。此齣即爲家門。全齣依常例用兩首詞牌組成，第一首虛籠作者大意，說明本劇純屬「妄言」，第二首概括本事，兩詞間以「問答照常」帶過。家門之後，必附下場詩四句，每句點明全部劇中關目，而以第四句點出劇本名稱，其作用相當於元雜劇的題目正名。此齣之下場詩爲「三鼎甲五經掃地，兩才子一舉登天，窮措大日邊富貴，鬼姮娥月下姻緣」，但並未點出劇名。

第二齣　歌哭　正場

　　　　商調引子鳳凰閣（生唱）──遶池遊（小生唱）──商調過曲金絡索（生唱、小生接唱）──前腔（生唱、小生接唱）──黃鶯兒（生、小生同唱）──尾聲（生唱、小生接唱、副淨、丑同接唱）　七言四句下場

　　本齣以商調套組場，首兩支引子均屬長引，分別由第一男主角沈白及第二男主角楊云唱，主角上場的引子必須全塡，一方面表鄭重，另一方面因初次登場，要交代的話較多。〔金絡索〕是集曲，又有贈板，因此抑揚宛轉、悠邈纏綿，正適合細緻地刻劃劇中人物的思想感情和心理狀態，此處用於沈楊二人飲酒慨漢、亦哭亦笑，

〔註7〕吳梅《中國戲曲概論》卷下：「《秣陵春》……整齊緊湊，可與《鈞天樂》相頡頏。」

將此曲牌的特性發揮得淋漓盡致。後加一膾炙人口的〔黃鶯兒〕一曲，邊唱邊舞，頗爲可觀。沈楊二人早已對當時科場惡習不滿，於是抱璧而泣、歌哭飲酒，爲第四齣試場失意的伏筆。

第三齣　命相　短場

仙呂入雙　調字字雙（淨唱）——前腔（副淨唱）——前腔（丑唱）——中呂過曲駐雲飛（外唱）——前腔（末唱）——前腔（淨唱、副淨接唱、丑接唱，淨、副淨丑同接唱）——前腔（小生唱、生接唱、小生接唱）　七言四句下場

淨丑出場，往往不用引子，而以短曲代之，此齣用〔字字雙〕，或乾唱、或乾念。又此齣以四支〔駐雲飛〕組場，〔駐雲飛〕爲單用曲，不入聯套內，故可疊用數支組場，如《錦箋記》之〈爭館〉、《南柯記》之〈就徵〉、《長生殿》之〈看襪〉等皆用此。本齣以淨、副淨、丑之滑稽唱作爲主，而以算命、相面者的直言作爲諷刺，生及小生在此齣反而是陪襯的地位，至於命相之結果與事實相反，也是作者用以表達對現實無可奈何的緣由。

第四齣　場規　半過場

中呂引子菊花新（末唱）——中呂過曲麻婆子（雜眾唱）——撲燈蛾（末唱）　七言四句下場

此齣以快曲疊用組場，故不用尾聲。引子〔菊花新〕宜用於末、外等腳色，此處以末唱。而〔麻婆子〕宜施淨、丑腳，此以雜扮皂隸各戴鬼臉同舞唱，亦正合適。而〔撲燈蛾〕一曲在舊傳奇中作乾板唱，可知亦不能施於生旦之口，此齣以末唱，然此末爲一糊塗試官，形象與淨丑無異，故唱〔撲燈蛾〕並無不妥。本齣雖僅三支快曲，但作者著力於賓白的描寫，因此絕不能以普通過場視之，何況《鈞天樂》主題即是敘述科場的弊病，〈場規〉一齣當是關鍵所在，尤侗一反慣例，以大段賓白代替耐聽耐唱的曲子來組場，無非是調劑前後兩齣以唱爲主的場次，且使觀眾易於了解其作劇本意。

第五齣　嘆榜　正場

黃鐘引子點絳唇（老旦唱）——換頭（旦唱）——黃鐘過曲畫眉序（老旦唱、旦接唱，老旦、旦合唱）——前腔（旦唱）——前腔（旦唱）——皂羅袍（旦唱）——玉山供（旦唱）——川撥棹（旦唱）——尾聲（旦唱）　七言四句下場

在傳奇裏，主角和第一副主角須在三折以內點出，《鈞天樂》的女主角則至此——第五齣方出現，但因劇情需要，並避免以無謂的身分介紹及文字堆砌浪費齣數，於是將寒簧延後推出，使得她自然溶入劇情之中，予觀者以悲劇人物的形象。況且《鈞天樂》是以沈楊二位生角為主角，因此女主角未能提前出現亦不為過。此齣前半以黃鐘引子〔點絳唇〕及過曲〔畫眉序〕疊用組場，說明寒簧及其母期待放榜、及至看到榜單後忿忿不平的心情。後半由仙呂〔皂羅袍〕轉入雙調〔玉山供〕、〔川撥棹〕及〔尾聲〕，則是寒簧獨自悲嘆、進而思遊仙學道，終至困倦病倒的情形。〔玉山供〕是集曲，當可細膩地表現其心思。

第六齣　澆愁　大場

仙呂入雙調夜行船序（生唱，小生接唱，生、小生合唱）——黑麻序（生唱，小生接唱）——前腔（同前）——紅繡鞋（淨、副淨、丑同唱）——錦衣香（生、小生同唱）——紅繡鞋（雜眾唱）——漿水令（生、小生同唱，生接唱）——尾聲（小生唱，生接唱）　七言四句下場

此齣排場是以雙調曲夾入兩支中呂〔紅繡鞋〕而成，且兩支〔紅繡鞋〕韻腳亦不相同。沈白與楊云在酒樓上藉酒澆愁，忽而見新狀元遊街（唱第一支〔紅繡鞋〕），又見賈斯文奉旨榜下成親的花轎（唱第二支〔紅繡鞋〕），雖覺世道不公，但卻能以恥與他們同列及有秀麗無雙的未婚妻自我安慰，因此聲情並不悲傷，而是鬱鬱之中隱有幾許豪放、得意之情。如〔錦衣香〕即是用於熱鬧排場的曲子，因其有時以嗩吶伴奏，而紅繡鞋則是瀟灑清爽的疊板快曲，穿插其中，氣氛更加熱烈。

第七齣　癡福　半過場

中呂引子行香子前（外唱）——行香子後（淨唱）——正宮過曲三字令（眾唱）——一撮棹（副淨唱，丑接唱，副淨、丑同接唱，淨接唱，副淨、丑同接唱）　七言四句下場

賈斯文成親，程不識、魏無知前來道賀，其中程不識提及自己尚未娶妻，賈斯文便建議魏將其妹寒簧許配給程，魏以沈落拓為由，將妹改聘予程。全劇充滿小丑跳樑的意味。〔一撮棹〕用於〔三字令〕之後尤妙，而〔一撮棹〕若用在套曲之末，則可代尾聲，因此本齣無尾聲。

第八齣　嫁殤　正場

南呂
過曲懶畫眉（貼唱、旦接唱）……中缺……——前腔（老旦唱）——前腔（老旦唱）——香羅帶（旦唱）——浣溪紗（旦唱）——東甌令（旦唱）——劉潑帽（旦唱）——前腔（旦唱）——哭相思（貼唱）

　　魏寒簧雖是《鈞天樂》的女主角，但出現的次數不多，此為上本第二次，卻也是最後一次。看榜後懨懨成病的寒簧，接到她哥哥將她另配別人的書信，病情更加沈重，本齣以數支聲情溫婉的〔懶畫眉〕，表現出寒簧的傷春困倦及魏母的痛心憐惜。後魏母決定仍將寒簧許配沈生，擇十五日成親，但寒簧恐時日無多，未能如願，於是傷心欲絕、肝腸寸斷，此處以低徊嗚咽、最耐人聽的〔香羅帶〕唱出，更是如泣如訴。本齣以侍兒唱〔哭相思〕作結，無尾聲及下場詩，因〔哭相思〕為散板曲牌，可代尾聲，而侍兒扶著昏迷的寒簧下場，亦無法唸下場詩。

第九齣　悼亡　正場

正宮
引子破齊陣（生唱）——中呂
過曲泣顏回——前腔換頭（生唱）——長拍（生唱）——短拍（生唱）——尾聲（生唱）　七言四句下場

　　此齣純為沈白悼亡之曲，〔泣顏回〕、〔長拍〕、〔短拍〕均為訴情曲，故此屬訴情細曲套式。〔泣顏回〕有贈板，加以詞意哀豔，必然婉轉動聽，而長拍氣韵沖淡，頗宜慢歌，與短拍聯爲一套，音調十分諧合。此齣在全劇中非常重要，因為若只有考試失意，而卻情場得意時，並不會頹喪至無以復加的地步，如楊云即是。然沈白是功名不就、家室成虛，因此更感窮愁傷心。《鈞天樂》下本以沈白尋寒簧為主，此處即埋下前因。

第十齣　禱花　短場

雙調
引子搗練子（小旦唱、小生接唱）——仙呂入
雙調忒忒令（小旦唱）——品令（小生唱）——尹令（小旦唱）——豆葉黃（小生唱）——月上海棠（小旦唱）——江兒水（小生唱）——川撥棹（小旦唱）——嬌鶯兒（生唱，小生、小旦同接唱）……下缺……

　　此齣所用亦為訴情類套式。其中〔品令〕不當在〔尹令〕之前，因〔尹令〕有贈板，〔品令〕則無，依據傳奇聯套的慣例，慢曲在前，快曲在後，而贈板即是將原有曲牌板數增加一倍，速度便相對緩慢，而《鈞天樂》將〔品令〕放在〔尹令〕

之前，則〔尹令〕勢必不能用贈。又〔江兒水〕若用在〔步步嬌〕後大抵用贈，而在四五曲接調，則不用贈，此處便不用贈。〔江兒水〕是哀惋之悲音，此齣前半寫楊云、齊素紉伉儷閨房歡樂，至〔豆葉黃〕一曲楊云有了多愁多病的感慨，因此二人盟誓願生死與共，此時唱〔江兒水〕，則聲情正合。本齣原為提供第二男女主角唱作的機會，與全劇大旨無涉，但尤侗卻大力描寫，蓋此齣有兩點作用，其一是承接第九齣〈悼亡〉，以楊云夫婦之恩愛反襯沈白喪妻之悲淒，其二則為第十二齣〈哭友〉埋一伏筆，因此齣楊云自嘆窮愁多病，恐將來有所不測，而至十二齣二人果然病亡，故有此齣在前，便不會令人覺得楊云夫婦死得太突兀。

第十一齣　賊難　過場

北雙調 清江引（淨唱）——么篇（眾唱）——黃鐘過曲 雙聲子（小生唱，小旦接唱，小生、小旦合唱）——滴溜子（生唱）——歸朝歡（眾唱，生接唱）　七言四句下場

凡一本傳奇，文武場面必須兼顧，雖然是愛情故事，仍應有武事戈矛之演習穿插其間，以調劑場面。此齣即是《鈞天樂》唯一的一場武戲。有引子性質的過曲，若作為引子，稱之為衝場曲，衝場曲大多是粗曲，不用笛和，甚至有板無腔，可不入套數、不拘宮調、不論南北；用北曲衝場的，一般以武裝戲為多，此齣即以北雙調〔清江引〕衝場。而〔雙聲子〕、〔滴溜子〕均為快板曲，正符合逃難時倉皇奔走的情景。〔歸朝歡〕是特殊曲牌，可代尾聲，故此曲無尾聲。

第十二齣　哭友　短場

仙呂引子 唐多令（生唱）——南呂過曲 紅衲襖（生唱）——前腔（生唱）——仙呂過曲 解三醒（生唱）——前腔（生唱）　七言四句下場

〔紅衲襖〕是散板曲，正宜於表現沈白乍聽噩耗時先驚後悲的意味，因散板無固定的速度，可依自己的感受控制抑揚頓挫。至於〔解三醒〕，是少數無贈板卻音調優美之曲，此處疊用以嘆知己之死，必是哀感動人。

第十三齣　逐客　短場

中呂過曲 好孩兒（丑唱）——越恁好（丑唱）——賺（生唱）——粉孩兒（生唱，丑接唱，生接唱）——耍孩兒（丑唱）——會河陽（生唱，丑接唱）——尾聲　七言四句下場

此為行動排場套式，且用於動作紛繁時，絕不宜文靜抒情。首兩支曲子是魏無知的官威，表現出一副貪官污吏的嘴臉。至〔賺〕曲生扮沈白出現後，場面始有所變動，沈白幾經牽扯入了扶風太守府，不料魏無知卻責打屬下、羞辱沈白，於是二人對唱〔粉孩兒〕相嘲，〔粉孩兒〕是贈板快曲，唱時作一板一眼，宜於情節緊迫時用之。〔要孩兒〕一曲應俚俗，不可用雅詞，故由丑唱以表其惺惺作態。〔會河陽〕亦為急曲，此處復為丑與生爭吵，而將生逐出時所唱。由上可知此齣屬衝突混亂的場面。

第十四齣　伏闕　正場

^{黃鐘}引子點絳唇（末唱）——換頭（生唱）——^{黃鐘}過曲神仗兒（生唱）——滴溜子（生唱）——入破一（生唱）——破二（生唱）——滾三（生唱）——歇拍（生唱）——中滾五（生唱）——煞尾（生唱）出破（生唱）——滴溜子（眾唱）——鮑老催（生唱）——尾聲（生唱）　七言四句下場

本齣排場模仿《琵琶記》第十六齣的〈丹陛陳情〉，在內容上也非常近似，《琵琶記》是蔡伯喈向皇帝辭官所上之奏本，《鈞天樂》則是向聖上力陳時弊，結果都是未獲皇帝採納。此種排場屬套中有套，從入破至出破是內套，其餘為外套，此內套屬文靜訴情類，適宜娓娓陳述事跡，而由曲牌名得知是屬於大曲，可知《琵琶記》使用此套成功的另一收獲，即是由後人的競相模仿而保留了大曲的形式，如《蕉帕記》第十三齣〈竊珠〉亦有大曲組套。用大曲組套，可變換音聲，使得全劇的套式較為活潑且有變化。

第十五齣　哭廟　北口正場

^{北黃鐘}醉花陰（生唱）——喜遷鶯（生唱）——出隊子（生唱）——刮地風（生唱）——四門子（生唱）——古水仙子（生唱）——煞尾（生唱）　七言四句下場

此齣為本劇唯一的北套，為黃鐘宮的基本套式。傳奇盛行後，北曲並未完全被摒棄，因為南曲柔曼，只宜於寫情及閒逸優游之境，若遇英雄豪俠慷慨悲歌之際，南曲便不適用，縱有一二套可用，亦因有贈板之故，柔緩不合劇情，不若北曲伉爽，因此自嘉靖時作家開始用北套，而以後的大家，每部傳奇都要用兩三齣北套，以見才情，似乎不寫北套便為才拙。明傳奇中的北套已不弱，而清傳奇中的北套更是精華表現所在，本齣〈哭廟〉，便是後來討論《鈞天樂》傳奇的人所最稱道的一齣，以

勁切雄麗的北曲表沈白的**積鬱感慨**，更見蒼涼悲壯，正如鐵冠圖的〈刺虎〉、長生殿的〈酒樓〉、〈彈詞〉等，其成就當不容忽視。

第十六齣　送窮　大場

^{商調}^{過曲}山坡羊（生唱）──前腔（生唱）──五更轉（生唱）──江兒水（生唱）──園林好（生唱）──玉交枝（生唱）──玉抱肚（生唱）──玉山供（生唱）──三學士（生唱）──川撥棹（三旦唱，生、三旦合唱）──前腔換頭（生唱，合前）

此齣為上本的收煞，在情節方面是總結上本，但卻又留下開啟下本的線索，因此全齣分為兩部分，前半哀告送窮，焚稿祭奠，仍是一派窮苦情味，故所用曲牌，如山坡羊悲傷、江兒水哀惋，均為凄苦之音，至後半金童玉女捧玉旨下，場面便完全改觀。傳奇組套的原則中，若在各正曲間插用集曲，則可變換場面，本齣便是於各正曲間插入〔玉山供〕集曲，而〔玉山供〕以後即為窮鬼離去、仙樂下凡的場面。

第十七齣　天試　正場

^{仙呂}^{引子}卜算子（外唱）──番卜算（生唱，小生接唱，末接唱，生、小生、末合唱）──^{仙呂}^{過曲}桂枝香（生唱）──前腔（小生唱）──前腔（末唱）──前腔（外唱）　七言四句下場

此齣排場很簡單，上場之人各有發揮，只為表明自己的試卷內容，並無複雜的情緒變化，但在全本《鈞天樂》中是一個峰迴路轉的關鍵。全齣以兩支引子及四支〔桂枝香〕組場，〔桂枝香〕的聲韻至佳，可惜略覺呆板，在這簡單場面中，確顯美中不足，不過明傳奇中此類〔引子〕加〔桂枝香〕疊用聯套的用法不少，如《水滸記》第七齣〈遙祝〉、《白兔記》第二十八齣〈汲水〉及《殺狗記》第七齣〈孫華拒諫〉等均有。

第十八齣　天榜　大過場

^{南呂}^{過曲}香柳娘（外唱）──前腔（生眾唱）──前腔（生眾唱）

〔香柳娘〕是普通粗曲，因此適宜組行動過場，而以〔香柳娘〕疊用，更宜行動匆遽者。此處開天榜、赴天宴，唯交待劇情而已，故以三支〔香柳娘〕組場。明

傳奇中以〔香柳娘〕疊用組場者有：《金蓮記》二十六齣〈驚譌〉二支、《東郭記》三十七齣〈爲衣服〉二支、《贈書記》十八齣〈認女作子〉四支、《南柯記》四十四齣〈情盡〉六支、《雙珠記》二十二齣〈京邸敘親〉六支、《獅吼記》二十三齣〈冥遊〉七支、《明珠記》二十六齣〈橋會〉八支、《霞箋記》二十二齣〈驛亭奇遇〉十支等。

第十九齣　天宴　大場

^{南呂}引子生查子（外唱）──前腔（生、小生、末同唱）──^{南呂}過曲梁州新郎（外唱，外、生、小生、末合唱）──前腔（生唱，合前）──前腔換頭（小生唱，合前）──前腔（末唱，合前）──節節高（外唱，生、小生、末、外合唱）──前腔（生、小生、末同唱，合前）──尾聲（貼唱，外接唱，貼接唱，生、小生、末合唱）　七言四句下場

此套屬遊覽類，以〔梁州新郎〕（或〔梁州序〕）及〔節節高〕疊用組場，一般而言前者用曲支數應爲後者的兩倍，此前四後二，正合，而〔梁州新郎〕例用四支，前兩支用正格，後兩支用換頭，不可零亂。《飛丸記》十八齣〈同宦異鄉〉排場與此同，但用的是〔梁州序〕。蓋〔梁州新郎〕是集曲，音調優美，而此齣正是點出題目的所在，鈞天之樂，仙音裊裊，焉能草率爲之？因此便以〔梁州序〕犯〔賀新郎〕，集出最美的旋律。奏完鈞天樂之後，有天女散化之舞、仙人騎鶴之舞，便以快板曲〔節節高〕爲之，邊舞邊唱，搭配合宜。

第二十齣　瑤宮　短場

^{商調}引子十二時（老旦唱）──^{商調}過曲二郎神（旦唱）──前腔換頭（旦唱）──囀鶯兒（旦唱）──猫兒墜玉枝（老旦唱，旦接唱）──尾聲（老旦唱，旦接唱，老旦接唱）　七言四句下場

〔二郎神〕套曲，最宜於旦唱訴情，而帶悲情者尤妙。此齣回應第八齣，由青鳥引寒簧靈魂來自王母，敘述哀情，因此用〔二郎神〕套曲正適合。〔二郎神〕有贈板，以低腔作美，凡細膩言情之戲，皆宜倚此調，這也是南詞中最耐唱最耐聽的曲牌，而〔囀鶯兒〕及〔猫兒墜玉枝〕均爲集曲，柔緩細緻，因此這齣〈瑤宮〉純爲女主角寒簧唱工的發揮。

第二十一齣　蓉城　短場

^{大石調}引　子念奴嬌（末唱）——^{正宮}引子燕歸梁（小生唱、小旦接唱）——^{正宮}過曲白練序（末唱，生接唱，小生接唱）——醉太平（二旦唱，生、小生接唱）——白練序換頭（生唱，小生接唱，生、小生合唱）——醉太平換頭（生唱、小生接唱，生、小生合唱）——尾聲（末唱，小生接唱，生接唱）　七言四句下場

此齣爲沈白、楊云至石延年的芙蓉城飲酒賞花，並由於見到齊素紈而使沈白興起尋找未婚妻的念頭。〔白練序〕與〔醉太平〕常聯用，此處二者循環組套，是屬於訴情類套式。沈楊二人於登場、飲酒、賞花之際，傾訴別情，而〔白練序〕及〔醉太平〕均是音韻美聽之曲，因此本齣頗爲悅耳。不過〔醉太平〕適合旦唱，此處均爲小生及生唱，二個侑酒的花神唱四句而已。本齣屬群戲同場，上場諸人唱作皆有相當分量，形成了極爲熱鬧的場面。

第二十二齣　地巡　南北大場

^{雙調}北新水令（生唱）——^{仙呂入}_{雙調}南步步嬌（貼唱）——北折桂令（生唱）——南江兒水（旦唱）——北雁兒落帶得勝令（生唱）——南僥僥令（小旦唱）——北收江南（生唱）——南園林好（旦唱）——北沽美酒帶太平令（生唱）——北清江引（生唱）

此齣爲沈白巡察地獄，平反人間四段冤獄，並順便查詢寒簧下落的情形。以南北合套組場，此套式明傳奇常明，其中與此齣完全相同的有《幽閨記》四齣〈罔害蕭良〉、《青衫記》二十八齣〈坐濕青衫〉、《獅吼記》二十二齣〈攝對〉、《玉合記》十三齣〈醳貧〉、《紅拂記》二十一齣〈髯客海歸〉、《節俠記》二十八齣〈追獲〉、《蕉帕記》二十七齣〈打圍〉、《錦箋記》三十九齣〈晝錦〉等，尾聲不同或沒有帶〔得勝令〕、〔太平令〕者並未算在內，可知此襲用成套，並無創新之處。本齣上場人物很多，但在唱曲方面頗有規律，即北曲部份均由生扮沈白唱，南曲部分則分別由貼扮戚夫人、旦扮甄后、小旦扮楊貴妃及旦扮霍小玉唱，以北剛南柔分別男女腳色，正是恰當。

第二十三齣　水巡　南北大場

^{正宮}_{過曲}南普天樂（淨唱，眾合唱）——^{中呂}北朝天子（小生、眾合唱）——普天樂（老旦唱，小旦接唱，旦接唱，三人合唱）——朝天子（小生、眾同唱，小生接唱）——普天樂（淨、副淨、外、末合唱）——朝天子（淨、副淨、外、末合唱）——普天樂（小生、眾合唱）

此齣寫楊云攜眾巡察水府，分遇湘夫人、宓妃、漢皋女、東西南北四海龍王指引。所用套式，仿自《浣紗記》十四齣〈打圍〉之正宮南北合套，以〔南普天樂〕及〔北朝天子〕循環組成。此格為梁伯龍所創，用在眾人行動上下紛繁之劇，最為相宜，後世沿用者不少，如明代《蕉帕記》十八齣〈赴任〉（少一循環）、《春蕪記》十四齣〈宸遊〉（多一黃鐘引子〔出隊子〕），清代則有《風箏誤》之〈堅壘〉及此齣等。

第二十四齣　校書　短書

仙呂引子望遠行前（末唱）──望遠行後（外唱）──仙呂過曲羽調排歌（末唱，外接唱，末、外合唱）──前腔（末唱，外接唱，末、外合唱）──三疊排歌（末唱，外接唱，末、外合唱）──前腔（末唱，外接唱，末、外合唱）──尾聲（外唱，末接唱，外接唱）　七言四句下場

於〈地巡〉、〈水巡〉兩齣熱鬧的行動大場之後，尤侗安排了此一以唱工為主的文靜場次。羽調排歌本應為在羽調的排歌一曲，但舊調將此調列入仙呂宮，而標題為〔羽調排歌〕，吳梅在南北詞簡譜中認為這是大錯特錯的。不過後人將錯就錯，便將〔羽調排歌〕、〔三疊排歌〕均列入仙呂宮了。此齣內容為白玉樓校書李賀與掌文學士蘇軾互相討論古今典籍，雖無關全劇大旨，只是供作者發表文學意見，但在最後卻巧妙地插入李蘇二人討論沈白、楊云的作品，無形中回到了本題上，使得本齣不至於太多餘，而且透過李賀、蘇軾二「名人」之口，更加肯定了沈白、楊云的才華。

第二十五齣　仙訪　正場

商調過曲水紅花（生唱）──前腔（小生唱）──紅衲襖（生唱）──前腔（小生唱）──隔尾（生唱，小生接唱，生接唱）──懶畫眉（貼唱）──前腔（生唱，小生接唱）──前腔（貼唱，生、小生接唱）──前腔（生唱）──前腔（貼唱）──前腔（生唱，小生接唱）　七言四句下場

此齣由行動、文靜兩個場面組成，由隔尾一曲加以分割，前者敘述沈、楊二人未找到寒簧，便決定入蓬萊仙島王母娘娘處探訪，此以配合行動之曲〔水紅花〕二支及散板曲〔紅衲襖〕二支交待，而隔尾之後，則是六支〔懶畫眉〕組成文靜之短劇，描述仙子許飛瓊與沈楊二人的對話。〔懶畫眉〕疊用四支或六支即可組場，有用於過場性質者，如《琵琶記》〈賞荷〉、《玉簪記》〈琴挑〉均在主曲之前以此為小段落，亦有以此為主場者，如《贈書記》十一齣〈假尼入寺〉、《灌園記》二十一齣

〈朝英夜候〉等。本齣穿插了玉帝下旨命沈楊二人巡視天下，並賜尙方劍先斬後奏，作爲第二十七齣〈世巡〉的伏筆。

第二十六齣　入月　短場

南宮
引子掛眞兒（小旦唱）——仙呂過曲醉羅歌（眾唱）——桂枝香（老旦唱，老旦、小旦、旦合唱）——北寄生草（小旦唱）——桂枝香（旦唱，老旦、旦、小旦合唱）——北對玉環帶清江引（眾唱）——尾聲（旦唱，小旦接唱，老旦接唱）　七言四句下場

此齣亦爲南北合用，但並非規則的南北相間，而是插入兩支北曲，這兩支北曲，專供小旦扮之嫦娥歌舞之用，首支〔寄生草〕爲嫦娥唱紫雲迴一曲，第二支〔對玉環帶清江引〕則是嫦娥跳霓裳羽衣之舞。〔對玉環〕聲調至爲美聽，用時須帶〔清江引〕，明清間常用入舞劇中，如《玉合記》及《鈞天樂》此齣皆有以北曲作舞態歌者。本齣另有插曲，即眾工匠分唱沈白上梁文，和嫦娥唱第十七齣沈白所唱的〔桂枝香〕一支，此處有獨唱、有接唱、有合唱、亦有歌舞及工匠建屋的身段，非常討喜。

第二十七齣　世巡　正場

中呂
引子滿庭芳（生唱，小生接唱，生、小生合唱）——中呂過曲榴花泣（生唱，小生接唱）——前腔（生唱，小生接唱）——漁家燈（二生同唱）——前腔（生唱，小生接唱，生、小生合唱，生接唱，生、小生合唱）——尾聲（生唱，小生接唱，生接唱）　七言四句下場

此齣以一支引子、兩支〔榴花泣〕、兩支〔漁家燈〕及〔尾聲〕組場，仿自《浣紗記》四十二齣〈吳刎〉。〔榴花泣〕與〔漁家燈〕皆爲集曲，音韻諧美，由沈白、楊云共同發揮，必然動聽。沈楊二人至人世間嚴懲貪官污吏，何圖遭雷擊、賈斯文夫妻罰作卑田院乞兒凍餓而死、程不識罰爲雙瞽永作廢人、魏無知貶死鬼門關，不僅大快人心，也爲上本人世間留下的遺憾做一彌補、賈程魏何四人的惡行做一現世報。

第二十八齣　渡河　大過場

黃鐘
引子傳言玉女（小旦唱）——黃鐘過曲降黃龍（小旦唱）——前腔換頭（老旦唱，小旦接唱）——黃龍醉太平（末唱，末、小旦合唱）——滾遍（生、旦、淨、丑合唱）——前腔（末、小旦合唱）——尾聲（末唱，小旦接唱，末、小旦合唱）　七言四句下場

〔黃龍醉太平〕爲集曲，於聯套中有變換場面性質。此齣先由小旦扮織女敘述與牛郎一年只能見一次面的無奈，後玉旨下准許牛郎永居織室，因讁期已滿，故末扮牛郎上唱〔黃龍醉太平〕與織女團圓，場面由孤寂轉爲歡樂，又因適逢七夕，眾人皆來乞巧，便更加的熱鬧了。〔降黃龍〕一曲音調極爲婉媚，須用贈板慢唱，此處織女一邊織布、一邊遣懷，頗爲婉轉柔美。此齣內容似又與全文大旨無涉，但事實上一方面可點出楊云的催粧詩，一方面也爲沈白、寒簧的美好結局埋一伏筆，因天上的遺憾均能完結，何況是人世的磨難呢？

第二十九齣　再訪　短場

南呂
引子虞美人（生唱，小生接唱）——仙呂入
雙調風入松（生唱）——前腔（小生唱）
——急三鎗（老旦唱）——前腔（老旦唱）——風入松（生唱）——前腔（老旦唱）——前腔（生唱，小生接唱，老旦接唱）　七言四句下場

〔風入松〕與〔急三鎗〕疊用循環組套，是屬於行動類的配搭，如《荊釵記》三十齣〈祭江〉後半、《蕉帕記》二十九齣〈陷差〉、《贈書記》七齣〈旅病托棲〉、《義俠記》十齣〈委囑〉等均用之。此齣爲沈楊二人再度造訪瑤宮，心中更爲急切，何況雖然遇見王母，仍未見到寒簧，因此不宜用細膩文靜之曲訴情，且二度仙訪，情節略顯重複，當在曲情上加以區別。由於此齣中沈白、寒簧沒有見面，楊云便建議由素紈入廣寒宮尋寒簧，此即三十齣〈閨敘〉的伏筆。

第三十齣　閨敘　正場

越調
引子霜蕉葉（旦唱）——越調
過曲小桃紅（旦唱）——下山虎（旦唱）——蠻牌令（小旦唱）——五般宜（旦唱）——五韻美（小旦唱）——江頭送別（旦唱）——江神子（小旦唱）——尾聲（小旦唱，旦接唱）　七言四句下場

此爲悲哀套式，《投梭記》十八齣〈哭友〉、《水滸記》二十一齣〈野合〉等均用之。寒簧在月宮縹緲之景中頗感淒涼，又困於相思之苦，更爲鬱悶，及至素紈來訪，仍爲隔世宿緣，不敢啓口而憂心忡忡，幸素紈告知王母已許代奏上帝，並願告知嫦娥一同申請（此又爲三十一齣嫦娥與王母奏婚之伏筆），寒簧方始展眉，故全齣情味仍屬哀愁。《鈞天樂》之兩位女主角未曾見過面，尤侗安排其於此齣相見，應可算是大團圓的前奏。

第三十一齣　奏婚　半過場

^{仙呂}引子鷓鴣天（老旦唱）——換頭（小旦唱）——^{仙呂}雙調入二犯江兒水（老旦唱）
——前腔（小旦唱）　七言四句下場

此齣爲引子加〔二犯江兒水〕疊用成套，沒有尾聲，因犯曲疊用成套概不用尾。此爲行動套式，王母及嫦娥分奏玉帝，請旨爲沈、魏二人完婚，玉帝並未出場，而是由內侍問答，以暗場交待。〔二犯江兒水〕爲集曲，最宜於且行且唱，用於眾唱或歌舞之際，尤爲合適，但此處並非如此，因本齣所用的不是南曲的〔二犯江兒水〕，而是北〔二犯江兒水〕。不過此處以北曲唱，並不影響詞情，反而顯得鏗鏘可聽。

第三十二齣　連珠　大場

^{中呂}引子柳梢青（末唱）——^{中呂}過曲馱環著（眾唱）——柳梢青換頭（生唱）——山花子（末唱，末、生、小生、小旦、旦合唱）——前腔（小生唱，小旦接唱，合前）——前腔換頭（生唱，合前）——前腔（旦唱，合前）——舞霓裳（末、生、小生、旦、小旦同唱）——紅繡鞋（末、生、小生、小旦、旦合唱）——尾聲（末、生、小生、小旦、旦合唱）　七言八句下場

此齣所用爲歡樂排場套式，因爲本齣係熱鬧的團圓場面。〔馱環著〕乃嗩吶同場曲，大約用在軍旅行役時，詞藻須堂皇冠冕，且從無一人獨唱的情形。此處雖非軍旅行役，但卻是雜眾在佈置花堂時所唱，奔走忙碌，心情愉悅，頗適宜用此曲。〔山花子〕亦爲嗩吶同場大曲，而且可以用贈板唱，此處則安排場上六位主要腳色合唱，氣氛十分熱烈。〔舞霓裳〕一曲，尤侗所用的是疊字式，而〔紅繡鞋〕則爲疊板曲，唱來速度較快，且合唱部分則整齊有致，此種組套方式前人用過，如《種玉記》二十九齣〈尙玉〉即是。總而言之，場面人物皆大歡喜，全齣樂曲也是鬧熱喧騰的。

結　語

研究一本傳奇的排場，可以從分場、套數及腳色的運用三方面來看。關於《鈞天樂》傳奇腳色安排的情形，留待本章第五節再討論。而聯套部分，從以上的分析得知詞情與聲情配合得當，組套靈活，頗能適應排場的變動；全本共有二百二十五支曲〔註8〕，其中集曲有十六支，不算很多，因此不至於使上演時的氣氛過於沈悶。

〔註8〕台灣公藏之《鈞天樂》傳奇，僅光緒二十三年刊本一種，藏於台灣大學圖書館。其
　　　中第八齣及第十齣各缺半頁，但根據曲子長度、全齣內容及聯套慣例，筆者可大略

每齣平均用七支曲子，超過十支曲子的僅十四齣〈伏闕〉（十四支）、十六齣〈送窮〉（十一支）、二十五齣〈仙訪〉（十一支）三齣，可見尤侗頗能體諒演出著的勞逸，不必如《長生殿》之〈彈詞〉上演時去掉〔梁州第七〕、〔貨郎兒八轉〕不唱，以節省伶人體力、緊湊劇情。至於分場，《鈞天樂》三十二齣，除第一齣開場外，有大場六齣、正場十齣、短場九齣及過場六齣，上本正場較多，但下本大場較多，因此不會輕重不均，而過場皆穿插得宜，充分發揮了承先啓後、補苴空隙及調劑場面的作用。大場及正場，是傳奇中的高潮，但不宜連續使用，以免觀眾生厭；《鈞天樂》十四至十六齣，連用兩正場、一大場，而且都是由生扮沈白主唱，不僅劇力無法舒緩，演員也太過勞累，此爲其分場稍有瑕疵之處，幸而第十五齣爲北曲，觀眾得以更換口味，否則必定不勝負荷。

第四節　文　詞

　　曲盡人情，是戲曲文詞應當掌握的原則，不過由於時代的不同，其風格便有些差異，如元人的曲文以拙樸勝，明代則以駢儷爲主。而自明代盛行傳奇以來，並非全用南曲，適時地加入北套，始成豐富的內涵，如此便可兼有蒼莽雄宕之氣與婉麗典雅之風了。然而戲曲文詞與詩、詞等文學作品又不太一樣，「文既不可，俗又不可，自有一種妙處，要在人領解妙悟，未可言傳。」（徐渭《南詞敍錄》）因爲戲曲文詞均是直接出自劇中人的口吻，所以「從人心流出」，即是戲曲文詞的妙處。傳奇是數十齣的大手筆，因此《鈞天樂》劇文詞的變化多端自不待言，尤其在對話方面，頗能細緻地表露出劇中人的口氣與神情，就是曲文也頗多佳作。本節即依前章探討雜劇文詞的例子，分文字運用的特點及語言表達的技巧來說明。

一、文字運用的特點

　　戲曲要引人入勝，必須新奇而富巧思，以尤侗的文學造詣，及其喜好文字遊戲的特性，在這方面可算是駕輕就熟了。此處將舉出造語新奇、情景交融及遣詞機趣三項特點以爲管窺之見。

（一）造語新奇

　　傳奇忌在老實，貴在尖新，但須注意的是：有些劇本的曲詞雖然高妙，卻有規模可循，要在自創新意，而又能眞情流露、毫無矯造，始稱妙手。《鈞天樂》第九齣〈悼亡〉生扮沈白孝服上唱引子〔破齊陣〕，其中有一句「淚眼幾曾晴麼？」

　　得知所缺曲子之數目，即使統計有誤差，亦不致超出一支以上。

以淚水比雨水，原很常見，但以晴天比喻無淚，則雖隔了一層，卻因易懂，而饒富趣味。同齣〔泣顏回〕換頭有「琵琶怎抱，行不得也哥哥」句，此種以杜鵑啼聲做爲雙關語的用法，元代即有，如石君寶《秋胡戲妻》：「你待要諧比翼，你也曾聽杜宇？他那裏口口聲聲，攛掇先生不如歸去。」鄭德輝《倩女離魂》：「只聽得花外杜鵑聲，催起歸程。」清代梁廷枏的《了緣記》亦有：「聲喚不如歸，恰似孤燈枕畔，寒風窗裏，怯聽子規啼。」因此立意不算新巧，但以「行不得也哥哥」一句嵌入曲中則很少見，必須詞意、音律均能契合才行，尤侗此語，倒也新奇、自然。同齣尾聲：「早築起半塚鴛鴦還待我」、下場詩：「歸家不敢高聲哭，只恐猿聞也斷腸」，均是用巧妙的筆法表達哀戚之情。十二齣〈哭友〉以「九齡誰續顏回壽，萬戶難封李廣侯」（〔解三酲〕）說明楊云命短、數奇，這是典故反用的巧妙。十九齣〈天宴〉蘇軾唱：「筵開東壁，酒斟北斗，欣對文章列宿」（〔梁州新郎〕），此淵源自《楚辭・九歌・東君》：「援北斗兮酌桂漿。」宋代張孝祥亦有「盡吸西江，細斟北斗，萬象爲賓客」（〔念奴嬌〕）之詞，尤侗更進一步以文章比列宿，蓋詩酒本一家也。類似此種脫胎於詩詞者，尚有二十九齣〈再訪〉沈白、楊云上場所唸之〔踏莎行〕：「月上瑤臺，花開閬苑，花膚月貌何時見，人言路遠是三山，佳人更比三山遠。瘦損詩腰，啼殘妝面，枕函同結相思串，人言弱水幾多深，算來不抵相思半。」此闋詞四、五句源自歐陽修〈踏莎行〉之九、十句「平蕪盡處是青山，行人更在春山外」，而九、十句則與歐陽修同首詞之四、五句「離愁漸遠漸無窮，迢迢不斷如春水」異曲同工，其餘各句亦頗富巧思。另外還有套用詩詞成句以表意者，如二十二齣〈地巡〉沈白在地獄找不到妻子寒簧時唱道：「春風不度鬼門關。」（〔北清江引〕）、二十五齣〈仙訪〉沈白問許飛瓊瑤宮中有沒有魏寒簧時唱〔懶畫眉〕：「仙姝環珮滿崑崙，飛燕輕盈有箇人……此地明妃可有村？」不論是歪用、借用，均可造成新奇的效果。

（二）情景交融

在文學技巧中，情景交融是最美、最能引人遐思的一種，尤侗對此頗爲擅長，如十二齣〈哭友〉：「暮雲春樹懷樽酒，落日寒冰憶舊遊。」此等句子屢見不鮮。三十齣魏寒簧在月宮中苦害相思時所唱：

> 〔小桃紅〕卻原來瓊樓玉宇碧澄澄，一樣的淒涼境也。似空閨、藥煙
> 影裏煮孤燈，小立倍伶仃。則見那雨零零，露冷冷，風井井，都助我傷秋病
> 也。伴空床數點殘星。（白）不要說是奴家（唱）便嫦娥禁不得冷清清，獨
> 睡也睡難成。

高處不勝寒的「瓊樓玉宇」，助長了寒簧的孤寂與妻涼，而雨露風星也造不成良辰美景，只是徒增感傷罷了。另外「藥煙影裏煮孤燈」、「伴空床數點殘星」，都是很精采的情景交融的句子。同齣〈下山虎〉：

> 昔日個瑤宮萬里，遠隔蓬瀛，今日裏月殿程途迴，又隔瑤宮幾層？（白）
> 那牛郎織女，也是仙家，七月七日已經嫁娶，偏我寒簧呵（唱）小扇輕羅，
> 畫屏燭冷，臥看牽牛織女星。（內鼓吹介）何處笙歌競。多又是小霓裳舞廣
> 庭，（白）待我假寐片時，（作睡介）夢度梅花嶺，（作醒介）無人自驚。（又
> 睡介）（白）今後呵，（唱）敲遍欄杆喚不應。

這是寒簧感嘆人間天際、咫尺天涯時所唱的，昔日瑤宮離人間甚遠，無由得見，今日月殿又離瑤宮甚遠，仍無法見，此層映照頗佳。而當「臥看牽牛織女星」時，又感於二者已於七月七日嫁娶，一己仍孤伶伶的，愈顯凄涼。此雖引用杜牧詩句，而意思卻不同，但點綴得很恰當。吳梅曾言〈下山虎〉一曲拗折難填，作時須多讀數遍，然後下筆，才能文氣順適，而尤侗竟利用其拗折處，以一會兒睡、一會兒醒的方式表達，巧妙地度過了難關。

（三）遣詞機趣

在三十二齣、二百二十幾支曲中，尤侗難免技癢，於適當之處做一些遊戲詼諧的俳優體文字。這種情形非常普遍，如周憲王《香囊怨》第一折在曲中嵌入幾十齣雜劇名稱、鄭瑜《鸚鵡洲》〔青哥兒〕曲之四字句一律為「○世○○」……等。《鈞天樂》第七齣〔三字令〕：

> 酒雙勸，宮花賞，妝臺傍，彩旗兒正飄蕩，紅衫兒又搖漾，恁麻郎，
> 恁麻郎，醜奴兒恰相向，謁金門，謁金門，太師引席上，剔銀燈，剔銀燈，
> 少年遊牀上，合笙簧，合笙簧，排歌五供養，醉扶歸，錦衣香，打毬場，
> 打毬場，滾遍銷金帳。

此為集曲牌名而成，元明戲曲如《荊釵記》、《鳴鳳記》、《精忠記》、《天香圃牡丹品》……等均有。此為逞才之作，偶一為之尚感新奇，生湊則無趣。尤侗也會玩數字遊戲，如第十六齣〈送窮〉，雜扮五鬼跳上唸：

> 吾等窮鬼，非六非四，在十去五，滿七除二，各有主張，私立名字。

「非六非四，在十去五，滿七除二」皆是指五，不直接說明，而用這種方法，可加深大家的印象、消除語句的平淡。十九齣〈天宴〉末扮李賀唱〔梁州新郎〕第四支，其中有三句為「乘箕張翼角，上奎婁，萬丈光芒射斗牛」，這三句連用了二十八宿中的八宿名稱，分別是箕、張、翼、角、奎、婁、斗、牛，此須具備天文常識，方能

運用。除星宿外，還有以鳥名組合而成的曲詞，如二十齣〈瑤宮〉旦扮寒簧所唱之〔二郎神〕換頭：

> 虛題，燕兒生小，鸚哥作對，蝶粉蜂黃渾未退，妬花風雨，那堪曉夜
> 相催。盼斷天涯文鳥配，畫眉嬭舉案同誰。紅絲脆，問何日鸞膠重接門楣。

以燕兒、鸚哥、蝶、蜂、文鳥、畫眉、鸞等蟲鳥疊用，因其間尚有引伸義，所以不會予人堆積之感，反而自然有趣。而花名的組合也很有意思，同齣〔猫兒墜玉枝〕一曲：

> 折花傍輦，莫學寶兒癡，紅紫春秋女史宜，海棠列傳世家梅，敢誇花
> 藥夫人隊，載金莖仙家舊規，主芙蓉芳卿姊妹。

由於寒簧為散花女史，自然海棠、梅花、芙蓉、金莖等都歸他掌管，堪比花藥夫人了。二十一齣〈蓉城〉中〔白練序〕一曲：

> 錦芽繡種，再試楊家一捻紅，臨秋水、鬙鬆暗香浮動。（白）曼卿兄（唱）
> 你花神百里封，似一隊霓裳寶粟宮，群芳擁，賽羅浮梅國，天台桃洞。

雖非每一句都有花名，但句句都在講花，令人彷彿感到香氣氤氲撲鼻，姹紫嫣紅在眼。除此之外，地名也是可以加以運用的，尤侗在二十三齣〈水巡〉中便有表現他在這方面的知識，如小生扮楊云與淨扮黃河神對白：

> （小生）請問河伯，河道有幾？（淨）有九河。（小生）那九河？（淨）
> 太史、馬頰、覆鬴、徒駭、胡蘇、簡潔、鬲津、鉤盤，其一乃經流也。

由此可知，上知天文、下知地理，以及多認識草木蟲鳥魚獸之名，對豐富戲曲的內容很有幫助。

在《鈞天樂》傳奇中，還有一個很有趣的現象，即作者常有意無意地戲謔嫦娥。沈白上梁詞最後幾句：「上梁下，玉樓盡覆鴛鴦瓦，他年重造合歡宮，免教嫦娥嘆早寡。」第二十六齣〈入月〉眾人唱此上梁詞後，小旦扮嫦娥笑介：「狀元之言，近乎謔矣。」嫦娥自己似乎對此玩笑不以為忤。二十九齣〈再訪〉，沈白得知寒簧在月宮後，意欲去會寒簧，而楊云卻說：「哥哥，我想廣寒宮乃嫦娥所處，他少年獨處，與老王母不同，吾輩男子，未便排闥直入，小弟當令弟婦去走一遭……」仙家本不用拘此小節，而尤侗卻一再強調嫦娥單身，所以眉批云：「不云嫦娥愛少年乎？」可知亦有戲謔之意。三十一齣〈奏婚〉之下場詩，王母言：「月姊，你孀娥作伐身難保，怕有旁人說短長。」這又是尤侗藉王母之口嘲弄嫦娥。其實嫦娥作媒本是古道熱腸，實不應如此小題大作。「嫦娥應悔偷靈藥，碧海青天夜夜心。」自古文人頗會揣測嫦娥的心意，而尤侗如此戲謔嫦娥，不知是否承襲歷代文人的心態，抑或對人世間自命清高者予以諷刺？

二、語言表達的技巧

　　戲曲文詞，固然可以如一般文學作品儘量發揮，但必須建立在一個基礎上，即適合劇中人的口吻。又傳奇的規模大、人物多，由於每個人的個性、身分、心情不同，在對話之間便產生各種形態。這些都是本綱目所要探討的。

（一）語氣肖似

　　「俗角不可唱雅詞，俊角不宜作儂語，文不粗口，武不文言」〔註9〕是傳奇作者所該注意的，若使女僕役、販夫走卒皆用駢四儷六之句，便完全沒有戲劇的意味在了。就《鈞天樂》而言，我們可以從生角及淨丑角得到狀元赴宴時所唱的曲子做一比較。賈、程、魏三人（淨、副淨、丑扮）胸無點墨，賈中狀元後赴瓊林宴途中唱道：

　　　　〔紅繡鞋〕杏花十里紅塵、紅塵，狀元歸去飛奔、飛奔，騎大馬，出

　　　　前門，柏樹下，換儒巾，瓊林宴，別餛飩。

其口吻莽撞、動作粗俗、氣息卑鄙，毫無狀元氣度。而沈、楊、李（生、小生、末扮）三人中試後，於赴天宴前更衣、首途時唱道：

　　　　〔香柳娘〕繞龍麟帝顏，繞龍麟帝顏，雲開羽扇，香飄合殿春風轉，

　　　　見昭容近前，見昭容近前，紫袖引貂蟬，韋帶添宮線。跨金鞍玉鞭，跨金

　　　　鞍玉鞭，白馬翩翩，天街踏遍。

此雍容、高貴、俊雅的氣象，自是不同。另外，由魏寒簀及魏母出場時所唱的引子，可以比較出不同年齡之人面對相同景色的不同心境。魏母出場時：

　　　　〔點絳唇〕鸞鏡春殘，空梁乳燕，渾無主，重重屏戍，門掩梨花雨。

充分表現出一個孀居老婦對年歲消逝的無奈感傷。而寒簀出場則唱：

　　　　〔換頭〕午夢驚回，日影紗窗暮，閑行去，畫欄凭處，搓手團風絮。

寄青春少女，無憂無慮，自在生涯，安適甜美之情景，以午睡、醒時凭欄搓揉風絮作清閒的表徵，其韻致與前者有天壤之別。這些都是尤侗在塑造人物上技巧之處：他能以不同的文詞描繪不同腳色的性格，非常符合作劇的原則。自《香囊記》開南戲典雅之風後，戲曲漸走向案頭，這一部分往往被忽略，而尤侗能注意到，值得一提。

（二）科諢自然

　　插科打諢，是傳奇情節進行中的潤滑劑，也是結構上的緩衝，爲的是博人一笑，以沖淡嚴肅、悲苦的氣氛，或者用在大段唱工後予以喘息。但是有些作者卻用一些

〔註9〕見張師清徽《明清傳奇導論》。

淫辭藝語或陳腔濫調，惹人厭煩。上乘的科諢要能寓意有味、託喻曲折，令人感受無窮才好。尤侗在科諢方面，利用了淨丑腳色，把胸無點墨、唯利是圖的小人行徑，化為幽默的語言文字，令觀眾發噱。例如第三齣〈命相〉賈斯文上場唱完引子後的白口：

> （笑介）學生非別，乃當朝一品、特進光祿大夫、中極殿大學士、少
> 師兼太子太師、吏部尚書都察院左都御史賈、嫡嫡親親的令郎公子大爺、
> 賈斯文便是。

前面一長串的頭銜，必會令觀眾瞠目結舌，唸到最後，始知那是他父親，而自稱令郎、公子、大爺，更使人覺是不曾讀書的草包之可笑。這段話須一口氣唸下，不能有所停頓、閃失，發揮丑角「耍嘴皮」的技巧，若能說得「溜」，便可獲得「滿堂彩」了。同齣副淨扮程不識、丑扮魏無知上場時有段對話，也會令人捧腹：

> 〔前腔〕（按：〔字字雙〕）秀才名棍姓兒光、強橫，衙門鑽刺跪公
> 堂、名望，之乎者也了三場、轄闐，打雄吃食睡他娘、亂放。
> （副拍介）老魏，放的是什麼？（丑）是屁。（副）是你的文章。（丑）
> 只怕你的文章，屁也不值。

這是以互相調侃來取悅觀眾。第四齣〈場規〉中糊塗試官與皂隸們有一段戴鬼臉面具起舞，以示自己昧良心行事的場面，其唱詞為：

> 〔麻婆子〕魁星魁星花碌碌，是俺主司的化身。小鬼小鬼黑出出，是
> 你巡場的替身。（白）喜時節（唱）深圍密點臭時文，（白）惱時節（唱）
> 橫又倒豎古詩韻，一卷一卷胡廝混，攪做麵糊盆。

這段則是以胡鬧來製造笑料，是典型的科諢性質。同齣中賈（淨）、程（副）、魏（丑）考試的經過更是令人忍俊不住，甚至融合了雙關語、詩學常識及四書語句，製造了俗中帶雅的詼諧。引錄如下：

> （丑上）生員詩就。季孫家裏鼓冬冬，四個西來四個東，開場舞了齊
> 天樂，煞尾唱支滿江紅。（末笑介）這生詩似月明之下，魚跳一聲。（丑）
> 怎麼說？（末）不通。（丑）生員詩似匠人鋸土地祠。（末）怎麼說？（丑）
> 絕妙！（末）閒說，待我細看。

所謂「不通」，是「撲通」的諧音，而「絕妙」，是「截廟」的諧音，若非聯想力強的人，恐怕還無法理解，然而一旦意會，又覺高妙無比。何圖雖然糊塗，魏無知雖然無知，但終還有一些「歪才」！再看程不識的：

> （副上）他們詩是七才子體，生員詩是竟陵派，善用虛字。（末）念
> 來。（副）一里行來又一里，仁厚之人斯為美，德不孤哉必有鄰，所以孟

母常三遷。（末）失韻了。（副）如今中試，只要時運，誰要詩韻。（末）
常言道雖不成詩，叶韻而已。我與你改一改。（念前三句）所以孟母常三
徙。（副）大宗師果是一字師，點鐵成金。（末）點鐵成金。

所謂「竟陵派善用虛字」，這是賣弄，而「失韻」、「時運」、「詩韻」又是諧音，交錯
運用，且含諷刺意味，非常巧妙。至於將「點鐵成金」說成「點金成鐵」，是證明不
讀書的人，對成語的意思也不通，所以顛倒以博人一笑。此段所採用的科諢方式，
較前一段更為豐富。第三段：

（指淨）這生為何不交卷？（淨上）生員後來居上。（末）念來。（淨）
公冶長，公冶長，南山底下一隻羊，你吃肉，我吃腸，出得監門做新郎。
（末）為何句法長短不齊？（淨）生員詩是古風。（末）南山底下一隻羊，
是何出？（淨）這是鳥說。（末笑背介）這就是賈公子了，不免奉承他幾
句。（向淨作圈點勢介）此卷博古切題，可以冠場。（淨）不敢欺，生員苦
思力索，血也吐下幾口。

這一段諷刺效果似勝過科諢，「博古切題」四字令人拍案叫絕，而「出得監門做新郎」
竟呼應了第七齣「癡福」賈斯文娶婦，這也證明了尤侗布局的縝密。以上三段相連，
是全劇科諢最集中、最精采之處。尤侗對於科諢的運用，頗為出奇、自然，充分發
揮了腳色的功能，達成生動活潑的效果。

（三）其 他

尤侗在語言表達方面，運用了許多技巧，由於較為瑣碎，不便一一列目，故統
統歸於一類，但仍分條舉例說明，以清眉目。

1. 襯托心境

以對同樣事物所發的不同感慨，來襯托各人不同的心境。第八齣〈嫁殤〉中寒
簧與侍兒的對話：

〔懶畫眉〕……（內作鶯聲）（貼白）小姐，你聽楊柳枝上，黃鶯兒
恰恰啼哩。（旦唱）你道春風鼓吹流鶯囀，我聽是夜月催歸哭杜鵑。

不知憂愁的小丫頭，聽到鶯兒的叫聲，感到輕快、雀躍，而懨懨成病的小姐，卻把
它當成淒涼的鵑聲，只因萬念俱灰的心境，空對好景也無法欣賞。這種筆法脫胎於
宋代李清照的〈如夢令〉：「昨夜雨疏風驟，濃睡不消殘酒，試問捲簾人，卻道海棠
依舊，知否，知否，應是綠肥紅瘦。」同樣是侍女與小姐的對話，由於兩人心境的
不同而感受各異。戲曲中這種方式運用得很成功的，有《琵琶記》二十一齣〈琴訴
荷池〉，伯喈藉彈琴訴怨，牛小姐卻不知其怨為何。而二十七齣〈中秋賞月〉，同樣

面對澄霽月色，一個讚賞其皎潔，一個慨嘆其常缺。可知這種方法很適合在戲曲中表達。

2. 嘲弄諷刺

沈、楊、賈、程、魏五人一起去相命，而無論算命或相面，均言沈楊高中，賈程魏無望，三人十分憤怒，但因早用公錢打點妥當，故有恃無恐，反而藉此嘲弄沈楊二人：

> （揖二生介）二位老兄恭喜，穩穩高中了。（二生）休得取笑。
> 〔前腔〕（按：〔駐雲飛〕）新貴雙雙，馬上爭看白面郎，（副白）沈兄就是狀元了（唱）台號題紅狀。（丑白）楊兄就是榜眼了（唱）尊諱填黃榜。（二生白）自古道文章無價，況命相有何憑據，三兄何必認真？
> （淨眾白）我也是這樣說（唱）嗏，賣弄好文章，葫蘆依樣，若沒金錢，休想傳臚唱。（白）今日且休誇口，直等揭曉，自見高低。（笑介）（唱）看待來朝笑一場。

三人分明在取笑二生，二生老實不解，還半謙讓、半安慰道：「自古道文章無價，況命相有何憑據，三兄何必認真？」結果三人非但不領情，還搶白了一陣，等待來日笑他們一場，令沈楊二人深感「蛟龍橫受魚蝦侮，燕雀安知鴻鵠飛」。由這一段對話，可以看出諸人的性格、德行及語氣，比機械化一問一答的進行方式靈活得多。

3. 指桑罵槐

十三齣〈逐客〉，扶風太守魏無知吩咐不准鄉親求見，然而沈白硬是闖入，產生了以下的對白：

> （生敲梆皂奪介）（內）何事傳梆？（副）有帖在此。（傳介）（丑上）官如天上坐，客向地頭來。喚把門皂隸過來，我怎麼樣吩咐你，又放什麼鄉親傳帖。（皂）不干小的事，是他自己闖進來的。（丑）你為何不攔阻？重責五十板。（打介）（生搶上，丑不理介）沈兄何來？（生）魏兄，小弟北上，便道相訪，你當面打人羞辱我，是何道理？

魏無知重責皂隸五十板，其實是打給沈生看的，表示沈生是個不受歡迎的人，放他進來的人竟有這樣大的罪過。另一方面，魏無知可藉機逞逞威風，並羞辱沈生，這種指桑罵槐的行為，比直接責難沈生，或冷眼相向更加令沈生難以忍受，這樣可以加強戲劇的衝突性。

4. 裝模作樣

同樣是第十三齣，魏無知羞辱沈白後，沈白很生氣，只是質問他一番，並無提及資助盤纏之事，不料魏無知竟欲以些小銀錢打發他走：

〔耍孩兒〕嚴禁游徒懸板榜，（白）就是學生在此做官，不過吃得一口水而已。（唱）兩袖清風揚。（白）況這扶風郡呵（唱）小所在，地面荒涼。（沈吟介）（白）門子走來。（唱）我與你商量。（白）你去庫上取程儀一兩，送沈相公。（雜應取送介）（丑白）這還是學生俸金。（唱）薄程儀奉敬惟台亮。（生白）誰稀罕你的。（丑白）兄若不受，也不敢強。（唱）只別的閒事難容講，活太歲休胡撞。

魏無知說自己「兩袖清風揚」，但據此齣其上場白言他有個做官經：「……庫內製頭號天平，十分火耗，宅門做頂大轉桶，百樣抽頭，屬下州官縣官，送來表裏，一概全收，城中紬店布店，賒取東西，分文不發，那有家私的圖書里長，便是我養性命的爹娘。」可知其貪贓枉法，作威作福，如何稱得上「兩袖清風」？他不過是裝模作樣，故作姿態罷了，「士可殺，不可辱」，沈白的骨氣使之不肯接受這顯有輕蔑意味的施捨，這也是該有的態度。以上「裝模作樣」的表達方式，可令觀眾對反派人物更加咬牙切齒。

結　語

吳梅曾在《中國戲曲概論》中稱讚《鈞天樂》的文詞「戛戛生新，不襲明人牙慧，而牢落不偶之態，時見於楮墨之外。」今觀其詞句，確如吳梅所言，能時出新意。限於篇幅，本節未能將劇中各類詞采一一列舉，只能就有特色之處加以勾勒，但由這些技巧的精妙表現看來，其詞藻的卓絕時流，是可想而知的。

第五節　腳　色

傳奇的排場，和腳色的關係非常密切，因為它是推動各場故事發展的原動力。張師清徽在《明清傳奇導論》中曾闢一章專門討論「傳奇的分腳和分場」，敘述甚詳，而其要點可歸納為五項：

（一）腳色的重複連續上演，會影響場景的效用，使場面陷於沈悶，而且腳色的勞逸也不平均，必須尋求變化，或唱作易位，或文武間用，方能豐富場景。

（二）場面的組合，在傳奇中，向來是以生、旦為主角的，但是其他腳色，未嘗不可充作中心，但看各人的慧心運用而已。

（三）各場的文武靜鬧等形式，須賴腳色的分工決定，而分腳之主副，是以唱作分量為依據的。

（四）歷來傳奇所用正式腳色的名稱，有十二門，除主角及第一副主角須在

三折以內點出外，其餘腳色必須在十二折前次第出場。假使爲情節所限，沒有辦法逐一出齊，則在數折以內，設法安排眾或雜的腳色以概括他。

（五）腳色的分配，須符合劇中人的身分，以便選調選詞。

就《鈞天樂》傳奇而言，關於第一項腳色的重複及勞逸問題，已於第三節排場的結語中說明，第三項腳色的主、副也在第二節布局中提及。而第二項主角問題，從《鈞天樂》的主題、結構看來，並非以一生一旦爲主，而是以生（沈白）、小生（楊云）爲主。這種不以生旦爲主角的情形在明代傳奇中不少，如《鳴鳳記》、《八義記》、《精忠記》、《邯鄲夢》等，這些皆是作者的別出新裁，獨搆奇境，不必拘守古人成法。至於出腳色，《鈞天樂》大致符合主要腳色儘早出場的原則，但因分爲天上、人間，難免有些腳色要下半部才能出現。那麼，本節所要討論的，就只是純粹的腳色分類和運用了。在明代，以劇藝及性格爲主的腳色分工尚未發展完成，如生與小生是以戲份的多寡及主從來分，與年齡、劇藝無關，到了明末清初，表演藝術已達全面均衡的發展狀態，而特別突出表演藝術的折子戲也已逐漸盛行，因此腳色的分工日益明確，腳色對於人物性格的象徵作用也日益清晰。〔註10〕有鑑於此，本節在討論腳色分類時，必兼及一些主要腳色及特殊腳色的人物性格刻劃，而條目則以張師清徽於《明清傳奇導論》中所言之生、旦、淨、末、丑五總綱（連同細目共十二門）爲準。

一、生　綱

生綱之下分正生、小生兩種。正生是傳奇中的主角，與小生原是以在劇中地位之主從來區分，至明末清初後，正生確定爲莊重儒雅之中年人士，小生則爲風流瀟灑的少年。在《鈞天樂》劇中，沈白和楊云均是弱冠之齡，沈白年長一歲，但沈白是主腦人物，楊云居次，故沈白由正生扮演，楊云則由小生扮演。不過顯然沈白不能戴髯口，而其與楊云的唱作表演又當如何劃分呢？這就要看作者尤侗對他們的性格塑造了。另外，小生還在第廿二齣〈地巡〉中扮演曹丕一角。

關於沈白，在尤侗筆下，他是個「年方弱冠，體不勝衣」之人，可見體型瘦削。他的學識頗佳，「能讀五典三墳，解賦九歌七發」，不幸宦途坎坷，「屢敗公車」，然而這些都是人謀不臧的結果，若依其本命看來，不至於有如此的下場。據算命者言，沈白「祿馬同鄉，命主朝君拱太陽」，「祿馬同鄉」即「祿馬交馳」，祿存星與天馬星同坐命宮，主掌大權，名利雙收，因天馬星主動，可帶動主財的祿存星，

〔註10〕參見王安祈《明代傳奇之劇場及其藝術》。

使祿存星的財能盡其用，形成萬事亨通的良好現象，至於太陽星則主貴，是好命的徵兆。而相面的也說他「火色珠光，燕頷鳶肩必發揚。」，只是後天運勢不佳、環境惡劣，這些榮耀直到成為神仙後才顯現出來。在《鈞天樂》中，還透露了他性格上強烈的自信心及正義感的特質。如第十三齣〈逐客〉，他向魏無知的皂隸說明鄉親求見，皂隸言「是鄉親麼，你不見老爺新出告示，正要拿鄉親哩」，他卻說：「不妨，我與別人不同，你傳帖進去，自然出來。」其實魏無知是什麼樣的人，沈白應該清楚，何況寒簧已死，二人又未成婚，並無實質的親戚關係，求見只是自取其辱而已，此即沈白不曉人情世理，而又過於自信的緣故。至於寫下萬言書，干謁皇帝、痛陳時弊，這是他正義感的表現。他「見王室艱難，民生塗炭，那班肉食鄙夫，竊位弄權，保身杜口；無一直言敢諫之人，為此造下萬言書，直干天聽」，當內官要他指名實奏時，他則說「臣見內外官員，人人如此，安能更僕而數」，後來甚至連宦官、皇上都一一數落，其耿直雖值得喝采，卻因毀謗朕躬而遭拷打，可知沈白是一個執著、但懷才不遇之人。

　　楊云，比沈白小一歲，長得像紅粉女郎，相面的說其「冠玉陳丞相，好女留侯像」。但他體弱多病，很早就亡故了。算命的稱其「月朗天門上，身坐文昌旺」，文昌星主有深厚的文學素養，而且才學出眾，旺是指廟旺，主參加考試必能順遂，登科及第，不過和沈白一樣，這些言語直到天上才應驗。沈白和楊云二人雖然年歲相仿，但楊云由於多愁多病，似乎顯得較為老成，如第二齣〈歌哭〉中，沈白感嘆錢神有力、文鬼無權，頗為無奈，楊云便比較豁達，他說：

> 哥哥，大廈將傾，非一木能支，杞人憂天何益？士君子得時則大行，不得時則龍蛇，遇不遇，命也，但吾兩人胸中塊壘，須以酒澆之，不如開懷痛飲，少解牢愁，意下如何？

而在第六齣〈澆愁〉中，楊云也對沈白做了同樣的寬慰與建議：

> （生）兄弟，我與你明珠暗投，良玉被刖，窮途逆旅，觸目無聊，正是氣味如中酒，情懷似別人。怎生是好？（小生）哥哥，我兩人雖遭白眼，尚在青年，桑榆可收，何必楚囚對泣？且去新豐市上，沽十千錢呼盧浮白，一掃愁腸何如？

可見楊云的識見往往勝過沈白一籌。第二十七齣〈世巡〉中，楊云又對沈白做了一番開導：

> （生）兄弟，我與你二十年吳下措大，今奉帝命，巡歷人間，雖有晝錦之榮，未免夜臺之感。（小生）哥哥，我看世上蝸角虛名，蠅頭微利，金骨未變，玉顏已凋。吾輩幸脫五濁界中，得登大羅天上，俯視一切，真

如夢幻泡影，盡付達觀，此中感慨，從何説起？（生）賢弟所言，頓開茅
塞⋯⋯

由於沈白遭遇了人世間太多的不幸，雖至仙界得以平反，仍無法弭平胸中怨氣，
而楊云這番話，可算得眞正超脱了，這大概是他比沈白先昇天的緣故吧！綜合而
言，沈白是個比較情緒化的人，而楊云則穩重、富於理智。這與正生、小生的劇
藝分工似不甚相合，我們只能從明代以降依劇中主次地位劃分的情形來解釋。而
明瞭二者在個性上的差異後，便能對這兩個在造型上近似的腳色有所區別，演出
時方可各具風貌。

二、旦 綱

旦綱分爲正旦、貼旦、小旦、老旦四種。正旦本也是劇中的主要人物，但《鈞
天樂》是以生及小生爲主角，所以劇中的正旦扮演了許多腳色，包括魏寒簧（第
五齣〈嘆榜〉、第八齣〈嫁殤〉、第廿齣〈瑤宮〉、第廿六齣〈入月〉、第卅齣〈閨
晤〉、第卅二齣〈連珠〉）、金童（第十六齣〈送窮〉）、宮女（第十八齣〈天榜〉）、
仙女（第十九齣〈天宴〉）、芳卿（第廿一齣〈蓉城〉）、瑤英（第廿一齣〈蓉城〉）、
甄宓（第廿四齣〈地巡〉）、霍小玉（第廿二齣〈地巡〉）、洛神（第廿三齣〈水巡〉）。
其中魏寒簧是第一女主角，出現了六次，每次的唱作都非常繁重；而金童、仙女、
宮女、芳卿、瑤英戲分均不多，但也各有至少一段的歌舞表現。甄宓和霍小玉雖
同於一齣出現，但前後相隔甚遠，應來得及趕扮，只有芳卿和瑤英，劇中註明「二
旦」，然而似乎不可能均由正旦扮演，因爲二人是同時出現的，此處當存疑，僅暫
列於此。貼旦和小旦，在傳奇中均是次於正旦的女角，二者的差別並不很明顯，
只是小旦不僅地位居次，年紀亦較輕，貼旦則可老可少，所扮的人物以邊配腳色
居多。在《鈞天樂》中，貼旦扮演了寒簧的侍兒（第五齣〈嘆榜〉、第八齣〈嫁殤〉、
第九齣〈悼亡〉）、虞姬（第十五齣〈哭廟〉）、玉女（第十六齣〈送窮〉）、內官（第
十九齣〈天宴〉）、戚氏（第廿二齣〈地巡〉）、許飛瓊（第廿五齣〈仙訪〉、第廿九
齣〈再訪〉），而小旦則扮演了齊素紈（第十齣〈禱花〉、第十一齣〈賊難〉、第廿
一齣〈蓉城〉、第卅齣〈閨晤〉、第卅二齣〈連珠〉）、楊玉環（第廿二齣〈地巡〉）、
漢皐女（第廿三齣〈水巡〉）、嫦娥（第廿六齣〈入月〉、第卅一齣〈奏婚〉）、織女
（第廿八齣〈渡河〉）。我們可以發現小旦所扮演的腳色，平均唱作均要比貼旦重，
這也證明了二者仍有區別。老旦，原來不必如字面要飾演年紀較大之人，大抵端
莊、穩重之配角即可，但後來劇藝劃分日漸細密，凡年長婦人當以老旦扮飾。《鈞
天樂》中老旦扮演了寒簧之母趙氏（第五齣〈嘆榜〉、第八齣〈嫁殤〉）、杜女（第

七齣〈瘋福〉)、內官（第十四齣〈伏闕〉）、捧旨官（第十六齣〈送窮〉）、仙界黃門（第十八齣〈天榜〉）、王母（第廿齣〈瑤宮〉、第廿六齣〈入月〉、第廿九齣〈再訪〉、第卅一齣〈奏婚〉）、郭女（第廿二齣〈地巡〉）、湘夫人（第廿三齣〈水巡〉）、女官（第廿八齣〈渡河〉），其中趙氏、王母均屬老年，正和劇藝分工相符。

在《鈞天樂》的旦角中，以魏寒簧及齊素紈份量最重。齊素紈為楊云之妻，是個典型的柔順女子，據楊云的形容，素紈「芳姿如畫，秀色可餐，兼且放誕風流，聰明冰雪」，可知她美貌異常、善體人意。當楊云對一己之「清羸善病、春風失意」愁眉不展時，她勸慰道：「相公才華無匹，榮貴有時，況且少年珍偶，正如翠鳥文鴛，視人世浮名，猶塵土耳。妾已沽得斗酒，為君撥悶，幸勿介懷。」這種體貼的話語，使楊云直誇其為「女中相如」：「司馬相如脫鸕鷀裘沽酒，為文君撥悶，卿乃女中相如也。」素紈不僅殷殷勸酒，為夫解愁，而且因其夫體弱多病，常恐不得壽終，她竟誓言與夫同日而死：

> 〔月上海棠〕割臂盟，封侯尚悔空閨另，正玉樓雙舞，珠樹重行，便道四愁詩一往深情，怎做十離曲三生薄命。（淚介）（白）妾與相公生則同衾，死則同穴，相公倘有不測，妾豈能獨生乎？（唱）若有絲兒病，這一縷魂靈，敢向夜臺先等。（〈禱花〉）

纏綿旖旎，至情可感。後來楊云病故，素紈果以身殉，其貞烈之性，實令人動容。

魏寒簧是個才貌雙全之人，她的母親形容她「天姿國色，趙燕崔鶯，豔思清才，班風謝雪」。她對未婚夫沈白的功名看得和自己的性命一般重要，在她得知沈白落榜後，不禁嘆道：

> 咳！古來才子數奇，佳人薄命，同病相憐，世間多少女郎，七車香，五花誥，享受榮華，偏我寒簧，寂寞深閨，香消粉褪，也似下第秀才一般，好傷感人也。（〈嘆榜〉）

比較特殊的是，寒簧頗有「慧根」，不像沈白牢騷滿腹，她反而有著出世的思想，她說：

> 我想人生世上，如輕塵棲弱草耳，奴家當此芳年，青春虛度，一旦深深葬玉，鬱鬱埋香，絕代紅顏，總成黃土，不如游仙學道，與雙成紫玉，同住蓬萊，妾之願也。（〈嘆榜〉）

由於悲傷過度，寒簧慊慊成病，既而得知她兄長將她改配程不識後，更是一病不起，臨死前夢見青鳥一隻，飛向窗前，似有相招之意，應證了其有鳳緣，最後終於仙去，其時年僅十五歲，令人惋惜。寒簧既是一位悲劇性人物，又有慧根宿緣，演出時必當掌握其楚楚動人之姿及出塵脫俗之氣，不能過於憔悴淒苦。

三、淨　綱

　　淨綱分爲淨、副淨、中淨三種。在《鈞天樂》一劇中，並未用到中淨一門。以淨扮演者爲賈斯文（第三齣〈命相〉、第四齣〈場規〉、第六齣〈澆愁〉第七齣〈癡福〉、第廿七齣〈世巡〉）、魁星（第四齣〈場規〉、第十七齣〈天試〉）、馬踏天（第十一齣〈賊難〉）、項王（第十五齣〈哭廟〉）、閻王（第廿二齣〈地巡〉）、陳元禮（第廿二齣〈地巡〉）、黃河神（第廿三齣〈水巡〉）、東海龍王（第廿三齣〈水巡〉），其中閻王及陳元禮，黃河神及東海龍王，是於同一齣中趕扮出現的。副淨扮演的則有沈白之童（第二齣〈歌哭〉、第九齣〈悼亡〉、第十齣〈禱花〉、第十二齣〈哭友〉、第十三齣〈逐客〉）、程不識（第三齣〈命相〉、第四齣〈場規〉、第六齣〈澆愁〉、第七齣〈癡福〉、第廿七齣〈世巡〉）、朱衣神（第十七齣〈天試〉）、判官（第廿二齣〈地巡〉）、西海龍王（第廿三齣〈水巡〉）。明傳奇之淨所飾演的人物類型可大致分爲兩種：一是正派之英雄豪俠或反派之奸相權臣，甚至可如《鳴鳳記》之嚴嵩、《一捧雪》之嚴世藩般飾主要腳色。這類須講求唱工、氣派，《鈞天樂》中的馬踏天、項王、閻王等屬之。二是扮詼諧滑稽之市井或奸險猥屑之小人，屬於次要腳色，注重念白及做表。《鈞天樂》之賈斯文即是。至於副淨，爲淨之副腳，今分析《鈞天樂》之副淨腳色，發現大多伴隨著淨角出現，如程不識伴隨賈斯文出現、判官伴隨閻王出現、西海龍王伴隨東海龍王出現等，可知副淨確爲屬於淨類的次要腳色，無年輩、身分之意義。

　　雖然淨角在《鈞天樂》劇中扮演了不同類型的腳色，但尤侗主要是以淨角做爲反襯及插科打諢的人物，所以賈斯文及程不識，是他著力描寫的對象。賈斯文是個紈袴子弟，生活富裕：

　　穿的綾羅錦繡，吃的鵝鴨雞豬，騎的駿馬雕鞍，嫖的粉頭窠子。可也受用不盡了。（〈命相〉）但是他並不學好向上，只知吃喝玩樂，且用錢買個狀元：

　　　　〔字字雙〕區區閣老令公郎、官樣，賭錢吃酒養婆娘、肥胖，中庸大
　　學兩三行、沒帳，荷包繫住狀元郎，停當。（〈命相〉）
因此相面者說他「外貌也堂堂，牛羊茁壯」，十分傳神。而程不識則是個富商巨賈之子，同樣是不學無術、賄賂功名：

　　　　〔前腔〕（按：〔字字雙〕）祖傳木客與鹽商，典當，招財利市走蘇
　　杭，興旺，偶然學舌弄文章，走樣，拼將錢鈔買經房，只要舉榜。（〈命相〉）
至於長相則似「獼猴狀」。二人在劇中以科諢爲主，所製造的笑料已於前節中詳盡介紹，可知這兩個淨角，基本上是符合丑角形態的。

四、末 綱

末綱分為末、外兩種。凡是劇中稍微年長的男子均由末角擔任。在《鈞天樂》劇中，以末扮演者包括開場者（第一齣〈立意〉）、水鏡先生（第三齣〈命相〉）、何圖（第四齣〈場規〉、第廿七齣〈世巡〉）、人間黃門（第十四齣〈伏闕〉）、李賀（第十七齣〈天試〉、第十八齣〈天榜〉、第十九齣〈天宴〉、第廿四齣〈校書〉、第卅二齣〈連珠〉）、石延年（第廿一齣〈蓉城〉）、李益（第廿二齣〈地巡〉）、北海龍王（第廿三齣〈水巡〉）、捧旨官（第廿五齣〈仙訪〉）、土地（第廿七齣〈世巡〉）、牛郎（第廿八齣〈渡河〉）。而以外扮演的有半仙子（第三齣〈命相〉）、賈公（第七齣〈癡福〉）、文昌（第十七齣〈天試〉）、蘇軾（第十九齣〈天宴〉、第廿四齣〈校書〉）、司馬遷（第廿二齣〈地巡〉）、黃衫客（第廿二齣〈地巡〉）、南海龍王（第廿三齣〈水巡〉）、城隍（第廿七齣〈世巡〉）。末和外的區別，並不十分明顯，若說末是戴黑鬚口的，外是戴白鬚口的，又不完全相符，如《長生殿》中的郭子儀戴黑鬚（〈疑讖〉齣），但卻是以外來扮。我們只能大概地說，外所扮演的腳色，偏向官員、長者、老漢等年紀較大或較穩重老成者，而末有時還可扮一些次要的閒雜人物，如《鈞天樂》中的試官何圖，其性質就頗類似淨丑之流了。至於劇中其他腳色，較年輕者確實均以末來扮，像李益、牛郎即是。另有一些，則是因同齣中須同類腳色數人同時出現，因此一以末扮，一以外扮，無特殊身分、地位、年齡的意義，只是屬於分配性質，像水鏡先生和半仙子、土地和城隍，蘇軾似也是因和李賀同時出現，而以外來扮；還有東、西、南、北四海龍王，便分由淨、副淨、外、末扮演，純粹是以搭配組合的方式出現。

五、丑 綱

丑綱下只有丑一種。《鈞天樂》中的丑角不多，有楊云之童（第二齣〈歌哭〉）、魏無知（第三齣〈命相〉、第四齣〈場規〉、第六齣〈澆愁〉、第七齣〈癡福〉、第十三齣〈逐客〉、第廿七齣〈世巡〉）、吳興地方守將（第十一齣〈賊難〉）、呂雉（第廿二齣〈地巡〉）、高力士（第廿二齣〈地巡〉）。不過值得注意的是，尤侗在塑造丑角時，不僅承襲其滑稽詼諧的調劑場面功用，以及突梯猥瑣的小人模樣，更付與諷刺、反襯當時普遍現象的使命。如魏無知，他是搭配賈斯文、程不識出現的，除了和賈程二人一樣有著公子哥兒的惡習之外，還多了一份貪官污吏的嘴臉和淫威。第三齣中相面的說他一付「豺狼狀」，算命的則說他像個學霸，而在他母親的口中，是「生性頑劣，遊蕩無常」，且「竊去金銀，鑽營科第」。當他成為扶風太守時，其官風又是如何呢？第十三齣〈逐客〉其上場所唱之曲子告訴了我們：

　　〔好孩兒〕纏徵倖士進榜黃，又高擢守太堂皇，升堂擂鼓退敲梆，詐

　　民良、窩盜強，無錢相送便吃棒，無錢相送便吃棒。

昏庸試官所選中的昏庸進士，又變成昏庸官吏壓榨人民，這就是作者塑造魏無知這
個腳色的目的——反應當時社會現狀，而此腳色正好與主角沈白有正面衝突，使得
沈白受到這些事實的迫害，引發一場悲劇。另外有一個丑角，與沈白沒有直接關係，
對劇情亦無影響，只是作者藉以反襯朝政腐敗、諷刺朝廷命官而已，此即吳興地方
守將。當他與流賊馬踏天混戰失敗後，說了這麼一段話：

　　諕殺我也，諕殺我也，我乃吳興地方守將，聞得流賊攻城，嚇得戰戰

　　兢兢，如發擺子一般，躲在櫃裏，三日三夜，今聞他去，好意送他一程，

　　把我殺得片甲不回，幾乎送了這顆好頭頸，這賊好生利害，如今借此名色，

　　把逃難的百姓割下幾個首級去請功罷。正是兵來篦汝賊來梳，一將功成萬

　　骨枯，但聽沙場風雨夜，冤魂相喚覓頭顱。

多麼黑暗的場面！以沈白如此正直之人，焉能不牢騷滿腹、上書建言？此角雖是科
諢性質，但卻有其嚴肅和發人深省的一面！可知尤侗在丑角的運用上，是於嘻笑怒
罵中透出主旨，而不只純粹是調劑冷熱的甘草人物而已。

　　除了這五綱十二門腳色外，另有一種可兼抱淨、末兩色的稱作「雜」，這門腳色
用的地方很多，因為一些零碎的雜役、跟班等均須由其扮演，有些侍女、隨從等雖
未寫明是雜色扮的，但依其腳色性質來看，均可歸入雜類。《鈞天樂》中雜所扮演的
腳色很多，有賈府小廝（第三齣〈命相〉）、何圖之皂隸（第四齣〈場規〉）、報子（第
五齣〈嘆榜〉）、酒家（第六齣〈澆愁〉）、擡轎（第六齣〈澆愁〉）、提燈（第六齣〈澆
愁〉、卅二齣〈連珠〉）、執事（第六齣〈澆愁〉、第十六齣〈送窮〉）、長班（第七齣
〈癡福〉）、儐相（第七齣〈癡福〉）、馬踏天之手下（第十一齣〈賊難〉）、魏府皂隸
（第十三齣〈逐客〉）、門子（第十三齣〈逐客〉）、校尉（第十四齣〈伏闕〉）、五鬼
（第十六齣〈送窮〉）、文昌之隨從（第十七齣〈天試〉）、四天王（第十八齣〈天榜〉）、
蘇軾隨從（第十九齣〈天宴〉）、騎鶴仙人（第十九齣〈天宴〉）、王母侍女（第二十
齣〈瑤宮〉）、沈白隨從（第廿二齣〈地巡〉、第廿七齣〈世巡〉）、黃河神隨從（第廿
三齣〈水巡〉）、楊云隨從（第廿三齣〈水巡〉、第廿七齣〈世巡〉）、李賀之童（第廿
四齣〈校書〉）、蘇軾之童（第廿四齣〈校書〉）、嫦娥之侍女（第廿六齣〈入月〉）、
工匠（第廿六齣〈入月〉）、雷公電母（第廿七齣〈世巡〉）、值日功曹（第廿七齣〈世
巡〉），另外，第廿八齣〈渡河〉中有「生旦淨丑雜扮男女」，此處的「生旦淨丑」恐
亦由雜色裝扮，而非生旦淨丑色擔綱，因雜色可扮男、亦可扮女，且均屬無足輕重
的腳色。

結　語

　　尤侗在《鈞天樂》中對腳色的安排及運用，包含了兩大特色：一是主角非一生一旦，而是一生一小生。且角雖不少，多為曇花一現，即便如魏寒簧、齊素紈，亦僅出現了五、六齣，而生出現了二十一齣，小生出現了十五齣，這在全劇三十二齣中比例相當高，可以說大部分的唱作均集中在生角身上，《鈞天樂》實是一部以男角為主的傳奇。二是善用淨丑腳色。吳梅在《中國戲曲概論》中言：

　　　　文人作詞，偏重生旦，不知淨丑襯托愈險，則詞境益奇。

而張師清徽在〈論淨丑角色在我國古典戲曲中的重要〉一文中，對此也有深刻精闢的剖析。尤侗對於淨丑腳色的安排頗為恰當，既有逗趣的表演，亦有諷刺的意味，極其自然而不顯得多餘，的確是烘托甚奇。只可惜大多集中在上本，若能分布均勻則更佳。

第六節　音　律

　　音律包括平仄和韻協。平仄方面，雖然不必每一個字悉數遵守，但在主旋律處絕不能有差錯，尤其是句尾更要注意，因為此處音樂旋律停留較久，使人印象深刻，若有不當之，必定破壞全曲的和諧與優美，當然，句末韻腳的使用，也就格外重要了。另外，本節將嘗試對音樂作一分析，因戲曲之所以能打動人心，音樂佔了很重要的地位。腔調的製訂，離不開平仄，若平仄不合規律，唱出來就會走音，使得平上去入錯雜乖謬；反過來說，譜腔時亦得根據字音調整工尺，方能完全表達聲情。筆者並非精通樂理，僅就一己所能、據其所知加以分析，希望能引出端倪，走出一條研究戲曲的新路線（事實上是很重要的一條路），這是在此處不得不聲明的。

一、音律諧美處

　　根據現有的《南詞新譜》、《北曲新譜》、《南北詞簡譜》、《九宮正始》、《九宮大成》等曲譜，檢視出《鈞天樂》二百二十五支曲子之平仄、句法用得最恰當之處，列舉如下：

　　（一）第二齣〔鳳凰閣〕末句末兩字須用去平，此「暮鐘」正合。

　　（二）第二齣〔遶池遊〕末句末兩字須用去平，此「漢宮」正合。

　　（三）第三齣〔字字雙〕第五、七句應叶平聲，此齣三支曲子「行」、「郎」、「章」、
　　　　　「房」、「娘」合。

　　（四）第四齣〔麻婆子〕第一、三句用疊字格為正體，此「魁星魁星花磊磊」、

「小鬼小鬼黑出出」正合。

（五）第五齣〔點絳唇〕與北曲有別，南曲第四句仄平平仄，此「重重屈戍」正合；南曲可以有換頭，此亦有；至第三句方用韻，此亦合。

（六）第五齣〔畫眉序〕第七句首字去聲妙，此「漢」正合。

（七）第五齣〔川撥棹〕首句須用三字，此「愁何許」正合，三、四句須疊，此「空想著飛燕留仙」兩句正合。

（八）第六齣〔漿水令〕首兩句須對，此「韵悠悠簫兒吹徹，响多多鼓兒未絕」合。末兩個三字須疊，此「秦樓下」、「巫山上」均疊。

（九）第七齣〔一撮棹〕有六個五字句，前三句五字應作平平仄平平，此「輕輕解珠璫」、「低低喚玉郎」、「新添桂枝香」除「玉」字外均合。第五句五字句用平平仄平仄，此「衾衣翻紅浪」合。第四、六個五字句用仄仄仄平平，此「半面助嬌妝」合。

（十）第八齣〔浣溪紗〕首句「蓮」用韻妙。第四句當用仄平平仄平平仄，此「他年誰立紅綃傳」合。第七句宜用仄仄平平仄平平為妥，此「誰向畫圖喚眞眞」合。

（十一）第九齣〔破齊陣〕第六句末字「雪」、末句四字「也」上聲妙。

（十二）第九齣〔長拍〕第十句須仄仄平平平仄仄，此「洞口桃花流幾朵」正合。

（十三）第十齣〔川撥棹〕首句須用三字，此「簾櫳靜」正合。第五句末四字須平平仄平，此「淒涼四星」正合。

（十四）第十一齣〔清江引〕首韻須上，此「要」正合。

（十五）第十二齣〔唐多令〕第四句第六字以去聲發調，此「健」正合。

（十六）第十二齣〔解三酲〕首二句須對，此「正可愛青春月柳」、「驀相捐華屋山丘」亦對。

（十七）第十三齣〔粉孩兒〕末二句應對，此「弄虛脬假撇清腔」、「翻涎臉喬做模樣」亦對。

（十八）第十四齣〔入破一〕第七句末二字及十二句二、三字作去上，妙，此「頓首」、「厝火」正合。

（十九）第十四齣〔鮑老催〕首句第一字「婆」去聲妙極。

（二十）第十五齣〔出隊子〕，末韻宜上，此「小」正合。第四句五、六字「舞佩」上去，合。末二字「不小」去上亦合。首末兩韻用仄，餘俱用平，此亦合。

（二十一）第十五齣〔四門子〕第四句末三字應平去平，此「沒下稍」正合。末句

末二字去上，此「父老」亦合。

（二十二）第十六齣〔江兒水〕第四句首四字當用仄仄平平，此「陌巷簞瓢」正合。

（二十三）第十六齣〔玉交枝〕五、六句須對，七、八句亦須對，此「郊寒島瘦總堪哀，潘江陸海爭相怪」、「冷落他山顛水涯，辜負他歌樓舞臺」正合。首句三字必用平聲，此「維靈詩」正合。

（二十四）第十六齣〔玉抱肚〕第三、四句應對，此「霎時間灰飛烟滅，又何須烈火乾柴」正合。

（二十五）第十六齣〔三學士〕首句叶仄韻較妥，此「蓋」正合。三、四句能對尤佳，此「湘靈鼓瑟游蘭渚，秦女吹簫下鳳臺」對。五句亦宜叶，此「來」叶韻。

（二十六）第十六齣〔川撥棹〕二支五句末四字須平平仄平，此「閬風帝臺」、「天門廣開」正合。

（二十七）第十七齣〔卜算子〕第三句五、六字「擁絳」上去妙。

（二十八）第十七齣〔桂枝香〕四支第五句用平平仄平，此「天香散花」、「張騫泛槎」、「瑤臺白華」、「相逢會家」均合。

（二十九）第十八齣〔香柳娘〕三支首句二字「星」、「龍」、「層」平聲甚妙。

（三十）第十九齣〔節節高〕第一句三、四字「散彩」去上妙，二句一字「飾」上聲尤妙，末句首四字「宮門又聽」平平去平亦妙。

（三十一）第廿一齣〔燕歸梁〕第三句末三字用仄平平，妙，此「鏡芙蓉」，正合。

（三十二）第廿一齣〔白練序〕第六句五、六字上去妙，此「寶粟」正合。

（三十三）第廿二齣〔北新水令〕第二句上三字仄平平起調，此「顫陰風」正合。末句不可用平韻收，此「案」為仄韻。

（三十四）第廿二齣〔雁兒落〕末句須收去韻，此「篡」正合。

（三十五）第廿二齣〔南僥僥令〕第三句首四字用去去平平妙甚，此「跋扈將軍」正合。

（三十六）第廿二齣〔北收江南〕末句用平韻，此「綿」合。

（三十七）第廿二齣〔南園林好〕首二句須對，此「只指望誓海盟山，倒變做雨覆雲翻」。

（三十八）第廿二齣〔太平令〕短柱以俱協平韻為佳，此「頑」、「奸」、「乾」、「寒」俱平。

（三十九）第廿五齣〔懶畫眉〕第四句二、三、四字須仄平平，此五支「客休相」、「响雙環」、「頸吹雲」、「字絪縕」、「被東風」、「取雙鴛」均合。

（四十）第廿六齣〔桂枝香〕五、六句用平平仄平爲是，此「王孫漫折」正合。

（四十一）第廿七齣〔滿庭芳〕末句二、三字「色滿」去上妙！

（四十二）第廿八齣〔降黃龍〕三句須仄仄平平，此「淡月新交」合。六句須平仄平平，此「七夕迢迢」合。九句末四字平平平仄，此「爲他人作」，合。

（四十三）第廿八齣〔降黃龍換頭〕四句須仄平平仄，此「重遇雲翹」合。第五句末須仄，此「洗」正合。

（四十四）第卅一齣〔鷓鴣天〕首句一、二字「碧水」去上妙。

二、失律處

一本劇作，若希求完美無失律處，似不可能，尤侗才力不弱，揮寫任情，自不免有出律之處，茲將《鈞天樂》失筆各條例舉如下：

（一）第三齣〔字字雙〕第五句應叶平韻，此「場」爲仄韻。

（二）第五齣〔皂羅袍〕第四句須仄仄平平仄平平，此「玉臺不選燕鶯書」，二、四字不合。

（三）第五齣〔川撥棹〕第五句末四字須作平平仄平，此「離魂倩女」，末字不合。

（四）第八齣〔劉潑帽〕第四句作四字不合句法，此二支均作「剪紙招魂」、「遙指三山」四字。

（五）第九齣〔泣顏回換頭〕首句第二字應用韻，此曲「金」無。

（六）第九齣〔長拍〕第十一句第五字不可用平，此「流」爲平。

（七）第十齣〔江兒水〕第四句首四字當用仄仄平平，此「花身一捻」平平仄仄，是爲敗筆。

（八）第十二齣〔紅衲襖〕二支第五句倒數第二字須用仄，此「文」、「金」均爲平。

（九）第十二齣〔解三酲〕二支第四句應爲六句折腰體，此「連牀風雨綢繆」、「何妨蝶化莊周」均不合句法。

（十）第十三齣〔粉孩兒〕第四句應平平仄平平仄平，此「從來憲體重關防」，四、六字不合。

（十一）第十四齣〔滴溜子〕末句須平仄仄平，此「得陳便宜」，二、三字均不合。

（十二）第十四齣〔鮑老催〕第八句末宜上聲，此「罿」爲去聲。

（十三）第十五齣〔醉花陰〕，末句末三字須平去上，此「藏古廟」爲平上去。

（十四）第十五齣〔喜遷鶯〕第五句五、六字須上去，此「虛畫」爲平去。

（十五）第十五齣〔煞尾〕首句末三字須仄平上，此「神衣落」爲平平去。（落字北曲入聲作去聲）末句末五字須去平平去上，此「送我江上棹」爲去上平去去。

（十六）第十六齣〔園林好〕首二句應對，但此「睹青天雲披霧開，散幽寒春生敝齋」末對。三句末字不可用去聲，此「快」爲去聲。

（十七）第十六齣〔玉交枝〕第五句不宜用平平仄仄仄平平，此「郊寒島瘦總堪哀」卻正是如此。應作平平仄平仄平。

（十八）第十八齣〔香柳娘〕三支末二句須平平仄平，平平平仄。此除第三支末句合律外，其餘「恭聽爐傳」、「宮花賜宴」、「白馬翩翩」、「天街踏遍」、「驚破人間」皆不合。

（十九）第廿二齣〔北新水令〕末句第三字「三」平聲壞調不可從。

（二十）第廿二齣〔北折桂令〕第四、五句協韻不宜從，此「山」、「漢」均協。

（二十一）第廿二齣〔沽美酒〕末句協平聲「還」不甚美聽。

（二十二）第廿二齣〔北清江引〕末韻須上，此「寒」爲平聲。

（二十三）第廿六齣〔桂枝香〕第一句第三字用仄聲非，此第一支用「粉」不合。

（二十四）第廿八齣〔降黃龍〕第四句末用平聲，此「脈」爲仄聲。末句須平韻，此「擣」爲仄韻。

（二十五）第廿八齣〔降黃龍換頭〕第七句須平平平仄，此「簾幕霞標」爲平仄平平。

（二十六）第廿八齣〔滾遍〕二支末韻宜去，此「巧」、「了」皆爲上聲。

《鈞天樂》的失律處，平均一齣一條，並不能算多，可見尤侗還是非常謹守格律的。

三、誤韻處

清代傳奇普遍較明代守韻，因爲清代已有南曲韻書《韻學驪珠》出現，但是據張師清徽於《明清傳奇導論》中的統計，得知明人從無將魚模、齊微、蕭豪以洪細或開合分爲二韻者，而這些正是《中原音韻》與《韻學驪珠》不同之處。可見大部分傳奇作者仍是依《中原音韻》的韻部分類。李笠翁說：「塡詞之家，即將《中原音韻》一書，就平上去三音之中抽出入聲字，另爲一聲，私置案頭，亦可暫備南詞之用。」此正道盡了明清傳奇作者作南曲的方法。此處便依《中原音韻》韻目，檢視《鈞天樂》的用韻，並將誤韻韻腳列表如下：

齣　目	曲　　牌	誤韻韻腳	應叶之韻	誤入之韻
三	字字雙（二）	橫	江陽	庚青
四	撲燈蛾	金	眞文	侵尋
六	黑麻序（二）	歌	車遮	歌戈
	錦衣香	抹	車遮	歌戈
	尾聲	割	車遮	歌戈
八	懶畫眉（三）	懶	先天	寒山
	東甌令	單	先天	寒山
	劉潑帽（二）	伴	先天	桓歡
		山	先天	寒山
九	破齊陣	雪	歌戈	車遮
十	川撥棹	雲	庚青	眞文
十四	點絳唇（換）	事	齊微	支思
	神仗兒	事	齊微	支思
		耳	齊微	支思
	入破一	事	齊微	支思
廿一	醉太平（換）	葬	東鐘	江陽
廿二	南步步嬌	賤	寒山	先天
	北雁兒落帶	瞞	寒山	桓歡
	得勝令	鍛	寒山	桓歡
		桓	寒山	桓歡
	北收江南	寬	寒山	桓歡
		綿	寒山	先天
	南園林好	斷	寒山	桓歡
	北沽美酒帶	叚	寒山	桓歡
	太平令	斷	寒山	桓歡
	北清江引	喧	寒山	先天
		斷	寒山	桓歡
廿五	水紅花（二）	興	眞文	庚青
	紅衲襖（二）	影	眞文	庚青

廿七	滿庭芳	凡	廉纖	寒山
		幨	廉纖	監咸
		衫	廉纖	監咸
		南	廉纖	監咸
	榴花泣	岩	廉纖	監咸
		銜	廉纖	監咸
	榴花泣（二）	千	廉纖	先天
	漁家燈	婪	廉纖	監咸
		慚	廉纖	監咸
		減	廉纖	監咸
		堪	廉纖	監咸
	漁家燈（二）	憨	廉纖	監咸
		三	廉纖	監咸
		南	廉纖	監咸
	尾聲	憾	廉纖	監咸
廿九	風入松	姓	侵尋	庚青
三十	尾聲	嬬	庚青	侵尋
卅一	二犯江兒水	士	齊微	支思
	二犯江兒水（二）	史	齊微	支思
		爾	齊微	支思
卅二	山花子換頭（二）	伴	先天	桓歡

　　總計犯韻共五十處，其中廉纖、監咸相混者十三處，寒山、桓歡相混八處，齊微、支思相混七處，先天、寒山相混六處，車遮、歌戈相混四處，庚青、眞文相混三處，先天、桓歡相混二處，侵尋、庚青相混二處，其餘江陽、庚青相混，眞文、侵尋相混，東鐘、江陽相混，廉纖、寒山相混，廉纖、先天相混，各有一處。相混的原因，如主要元音相近或相同（如廉纖與監咸、車遮與歌戈、齊微與支思、先天與寒山或桓歡）、開口與閉口（如眞文與侵尋、廉纖與先天）、半鼻音與鼻音（如眞文之與庚青、侵尋）等，也有少數因作者習於鄉音而有意爲之（如東鐘與江陽），這些都是明清劇作家常犯的毛病，所以，綜合尤侗雜劇、傳奇用韻的情形，可知其犯韻不算太嚴重。

四、音樂的表現

　　《鈞天樂》的宮譜，至今只存留一齣，即《集成曲譜》中的〈訴廟〉（此爲俗名，劇本中則作〈哭廟〉）。此齣一開始由淨扮項羽、且扮虞姬同上唱〔點絳唇〕引子，此曲爲常用的散板曲牌，以嗩吶或笛子伴奏，嗩吶音色高亢明亮，此處註明用雙嗩吶伴奏，頗能符合項王的英雄氣概。本曲淨唱兩句、且接唱一句，然後二人合唱，點出壯志未酬身先死的憾恨。北曲〔點絳唇〕屬仙呂宮，而仙呂宮所屬曲牌所用的笛色爲小工調或尺調，此處即用尺調。至於以下〔醉花陰〕一套爲黃鐘宮，笛色當爲六調或凡調，不過北曲且角間或用正工調，此處雖是以小生唱，但小生的聲調與且角相接近，因此用正工調是可行的。小生沈白上場唱〔醉花陰〕散板曲，唱之前先嘆口氣，一開始便將人帶入愁苦的境界，這隻曲子主要是以郊野的荒涼景象與自身的孤伶流落相映照，因此特別強調蕭索的氣氛，如「戰西風木葉蕭條」的「戰」字第一章６（五）竟比前一字「皐」５·（合）高九度音，甚至還以豁腔〔註11〕上揚，充分表現出與環境抗爭的艱辛與毅力。這是行路時所唱，所以「過野店渡溪橋」節奏較快，以配合圓場身段及程途千里的詞情。沈白入項王廟後先唱一段〔喜遷鶯〕，表達其拜項王的心態，曲調十分細膩，屬一板三眼，譜曲時首句與末句均重複一次，末句的重複句還要加上「得這」二襯字。此曲音域極寬，從６：（四）到５（六），共十四度，對演員的嗓子是個很大的考驗。在「虛畫描」及「圖醉飽」之間有「噯呀」二字，「噯」字起音５（六）比「描」字！（上）高十二度，而曲情也從景物的描述變爲情緒的發洩；噯呀二字的翻高，帶出了激動的心情，「圖醉飽」婉轉的腔調亦如泣如訴。另外「飄搖」的「飄」字，「醉飽」的「醉」字，「嘆息」的「息」字均長達四拍，「畫栴」的「栴」字更長達六拍，其在轉腔及強弱的控制上，均須純熟，方可耐聽。接著沈白求項王憐念自身，唱〔出隊子〕，曲調之細膩，與喜遷鶯相仿；起板後開始三板的旋律，與〔喜遷鶯〕的第四至第六板完全相同，是前後呼應〔註12〕；「冤不小」的「冤」字

〔註11〕豁腔是工尺譜的腔格之一，凡所唱之字屬去聲，於唱時在出口第一音之後加一工尺，較出口之第一音高出一音，使音可向上遠越，不致混轉他聲者爲豁腔，符號爲ｖ。

〔註12〕喜遷鶯四至六板爲：　　　　出隊子一至三板爲：　　　其間除了去聲

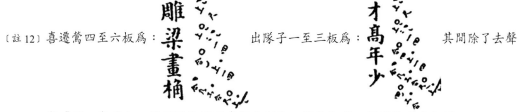

字「畫」與「少」用了豁腔因而有所差別外，其餘板式、腔譜均完全相同。

音符不多,卻佔了六拍,並有撒腔〔註13〕,應是最須放入感情,並加以發揮之處。唱完這段後,發現神像沒反應,本欲捶打,既而驚覺石人木偶不能談笑,頗感懊惱,不過仍然哀求項王顯靈,這段由嗔怒至醒悟至懇求的情緒變化,完全融合在〔刮地風〕一曲裏。〔刮地風〕為一板一眼,節奏跌宕,曲中有兩段夾白,使全曲有停頓之處,又「何法推敲」及「可知你心暗焦」之間的「想大王畢竟是靈的」原是唸白,但須頂著板唸,屬有板無腔處,唸時必須拿捏得準才行。唱完這段後,想起自己雖淪落不遇,項羽不也是英雄失路?於是唱〔四門子〕,替項王打抱不平。此曲亦是一板一眼,曲調激越豪放,把項羽那股垓下被圍、走投無路、悔怨交加的心情表露無遺。在替項王發洩之後,神像居然感動落淚,於是沈白也跟著痛哭,並唱〔水仙子〕一曲。水仙子有一個特色,即每句第一個字均重疊三次,此處重疊的字為呀呀呀、看看看、嘶嘶嘶、啼啼啼、聽聽聽、恨恨恨、剩剩剩及歎歎歎,這在音樂上有加強效果的作用,不僅如此,還可表現出內心的焦慮與憂愁。這支曲子為一板一眼,其中「啼啼啼,啼濕了美人舞草」一句音階下降,句首及句末的音符均較前後的連接處低八度,使得全句低迴委婉,但「剩剩剩,剩三尺空祠背漢朝」句第一音又較前一音翻高十一度。充分表現出心理的不平衡。

綜合而言,全齣曲調由散板、一板三眼、一板一眼、散板的形式組合,這是合乎聯套規律的,而經過上述的分析,讓我們感覺到聲情與詞情的完全吻合,有助於增進感人的深度,而戲曲的好壞,也完全在於能不能達到此種境界。《鈞天樂》的全譜雖未能保存下來,但從僅存的〈訴廟〉一齣看來,頗能發揮戲曲音樂的特質。

第七節　景　觀

抽象虛擬表演是中國古典戲曲的藝術特點,再結合砌末、妝扮、音樂,便能形成優美的畫面。在第二章第六節中,已將戲曲的寫意特質加以敘述,此處不再重複,不過由於傳奇的齣數較多、情節複雜,所以一本傳奇可以比一本雜劇有更豐富的景觀變化,而虛擬手法的運用也會更加強調,以擴大舞臺空間。在前章討論尤侗雜劇的景觀時,是從妝扮服飾、砌末運用、身段變化、語言意象及音響效果五方面著手,這對缺乏佈景、只有簡單桌椅的空曠舞臺來說,應足以概括一切影響景觀的因素了。本節討論《鈞天樂》的景觀,也不出此範圍,唯獨將身段變化中的歌舞加以分出,

---

〔註13〕一腔中為求唱來宛轉動聽,常於原有腔格中別加三工尺以搖曳其音,稱為「撒腔」,符號為「ㄡ」或「ㄟ」。如尺音加一撒腔符號,則須唱尺工尺尺,其中「工尺尺」即為撒腔,並須輕輕地唱,不可唱實。

使得份量均等。又爲了避免重複，標目將簡化爲妝扮、砌末、歌舞、科介、意象及音效六項。

一、妝　扮

此處的妝扮包括面部化妝及衣著飾物。在劇本中，通常不會很詳細的將演員妝扮一一介紹，但在特殊場合、主要腳色出場時，仍會略爲提及；另外，經由劇中人的敘述，也是我們了解的途徑之一。

就面部化妝而言，魁星出現兩次，在妝扮上不盡相同。第四齣淨扮魁星上場時，未說明臉部妝扮，但在第十七齣上場時：「淨素面持筆上」，可知此處爲俊扮，而在白口中則言：「可笑世人，把我臉兒畫得花斑斑的，失卻本來面目。」如此第四齣的魁星即爲花面了。俊扮的淨，在戲中很少見，這大概是爲了區別下本以花面出場的緣故。第十七齣朱衣神上場爲：「副淨紅面紅袍上」。紅面，當是如京劇中關公、趙匡胤的臉譜般，屬於紅色整臉，而紅面紅袍的妝扮頗爲特別、也合乎朱衣神的名稱。

服飾方面，尤侗標示的很簡明，如第七齣〈癡福〉中，賈公、程不識、魏無知均著「吉服」，因爲這是在婚禮上，自然是穿代表喜慶的衣服，另外十九齣〈天宴〉，蘇軾也是吉服上場，因爲是參加玉帝所賜的藥珠宮之宴。所謂的「吉服」，應是指花色較爲鮮豔、參加正式歡宴時所穿的衣服。而與吉服相反的，就是孝服了。第九齣〈悼亡〉，生即是穿孝服上場，不過此孝服恐非全身穿孝，因死者爲其未婚妻，繫白布爲代表即可。第十八齣〈天榜〉文昌、沈白、楊云、李賀出場的妝扮爲：「外袍笏捧卷引二生末巾笏伏介」，袍即是蟒，巾是帽子，但是軟面的，不是如帽或盔般爲硬殼的。笏則是面聖時所執的牙笏。當時沈楊李三人尙未得中，應是戴文生巾，至第二十一齣〈蓉城〉，已有了官位，於是變成「冠帶上」，冠冕堂皇、玉帶圍腰，身分地位自是不同。第十一齣〈賊難〉，楊云和齊素紈逃難時的穿著，楊云是「小帽」，齊是「兜帕布衣」，裝束十分簡便。

尤侗對穿戴的記錄非常簡單，或許在當時，服裝的種類及名稱尙未完全統一，如紗帽，今日有長翅、方翅、圓翅、尖翅之分，而十三齣魏無知出場時則爲「大翅紗帽」，大翅究爲何種翅，便不得而知了。

十九齣〈天宴〉中，有精彩的歌舞，其曲文更顯示出舞者美麗的服飾，如散花天女「荷衣蕙帶丁香紐，翠盤白紵翻紅袖」、騎鶴仙人「玄裳縞帶黃冠瘦」（以上分別出自〔節節高〕首二兩支）及二十五齣〈仙訪〉許飛瓊「阿嬌初著淡黃裙」等，把衣服的顏色、圖案、質料都說了出來，足以爲演員妝扮時的依據，也增添了全劇服飾的美觀。

二、砌 末

關於《鈞天樂》的砌末，有招牌、帳（〈命相〉）、鬼臉面具（〈場規〉）、題名錄（〈嘆榜〉）、馬鞭（〈澆愁〉、〈天榜〉）、轎、花燈（〈澆愁〉）、禮單（〈癡福〉）、鏡子（〈嫁殤〉）、幕位、篋（〈悼亡〉）、瓜傘（〈天榜〉）、花（〈蓉城〉）、蟠桃（〈入月〉）、金蓮燈（〈連珠〉）、錠、斗（〈場規〉）、筆（〈天試〉）等。半仙子開算命鋪所設的招牌，雖應「掛起」，但舞臺上無法表現，只是將招牌放在椅子上以爲代表。何圖及其皂隸戴鬼臉面具跳舞，頗爲特殊，京劇中王魁負桂英的〈活捉〉折，桂英恢復鬼身時亦有戴鬼臉面具出場，其表演方式當其來有自。第七齣程不識贈賈斯文「金花二樹、彩緞二端」，魏無知則送「胭脂一百片，白粉一百匣」，由於數量龐大，當是以禮單代替。第二十一齣〈蓉城〉中作者曾有「場上設花，眾作登城介」的指示，此處若擺設眞實盆景，似不可能，而眾人對這些花的讚美是「一望錦宮，兩行紅粉，炳如列繡，爛若蒸霞，不殊香陀曼國，豈滅仙家旌節」，若仿《牡丹亭‧驚夢》的堆花，情景便能配合。第二十八齣〈渡河〉，有「內飛烏鵲造橋介」，此處是否有砌末輔助，劇本當中未說明，但烏鵲必由人披上鳥羽圖型的服裝於場中飛舞，而其手中若持有旗幟之類，則不僅可增加歌舞畫面的美觀，也可作爲搭橋的象徵。《長生殿》的〈密誓〉也有搭鵲橋的景觀，分別爲「扮烏鵲上繞場飛介」、「前場設一橋，烏鵲飛止橋兩邊介」，此段雖點出前場設一橋，但也未說明橋爲何物所搭，據京劇《長板坡》及《挑滑車》二齣，其劇中之橋爲場上桌椅所搭，由此得知《鈞天樂》中的鵲橋當非虛構空想，而是有所象徵的。

綜觀《鈞天樂》在砌末的使用情形上，大都是順應劇情的需要而設，做爲身段、舞蹈工具的並不多，所以砌末在《鈞天樂》中沒有很特殊的作用。

三、歌 舞

劇曲中的身段，由於已加以美化，也可算舞蹈中的一種，然而這些都是唱唸的附屬，是爲了增加唱唸的效果，使演員所要表達的訊息更直接地傳給觀眾，而此處的「歌舞」，則是以純粹舞蹈方式表現，注重場面的整體性，舉手投足較爲誇張，歌唱反而成爲陪襯的音樂。《鈞天樂》中的舞蹈有第二齣〈歌哭〉沈白、楊云酒酣耳熱之際，以隨身之竿木，仰天歌呼，頓足起舞，唱〔黃鶯兒〕一曲，並由小奚打鼓助興，唱完後「作舞跌、副丑扶起介」，可知舞時已帶醉意，當是豪氣中略顯感傷的姿態。第四齣〈場規〉，魁星上場「踢出舞介」，邊舞邊唸上場詩：「斗大黃金印，財高白玉堂，十千進士第，百萬狀元郎」，這是一種很誇張的身段，有如跳加官或鍾馗出場時的舞蹈。同齣試官何圖及皂隸戴起鬼臉同舞，並唱〔麻婆子〕一曲，此與北齊

蘭陵王「代面」之舞類似，不過何圖戴鬼臉是指昧著良心做事，蘭陵王戴假面則有使面貌威嚴之意。第十九齣〈天宴〉有天女散花之舞及仙人騎鶴之舞，前者必有柔美輕盈之姿，後者有凌空飛躍之勢，造成目不暇給的景觀。第二十六齣〈入月〉嫦娥跳霓裳羽衣之舞，唱〔對玉環帶清江引〕，這是一首舞曲，舞來須「翩如飛燕，婉若遊龍」（王母白口）。這些歌舞中，天女散花、仙人騎鶴、霓裳羽衣是刻意安排增加場面的熱鬧、美觀，並營造仙境氣氛的；而魁星之舞及鬼面之舞是穿插滑稽的趣味；至於沈、楊二人的「醉舞」，則是作者模仿古人高致，如蘇武李陵酒酣起舞、劉琨祖逖聞雞起舞等，有惆悵失意，也有壯志豪情，從他們邊舞邊唱的〔黃鶯兒〕，更能深深體會：

　　　　〔黃鶯兒〕沈醉倚東風，玉山頹、燭影紅，秦箏趙瑟嗚嗚詠，長歌惱

　　公，短歌懊儂，柘枝舞遍江南弄，壯心同，聞雞夜半，百尺臥元龍。

作者加入這一舞，使得沈白楊云的形象較為鮮活，而不會有「老頭巾」之態，這也是歌舞的另一大作用。

四、科　介

　　科介，包括表情和身段，這是戲曲表演中非常重要的一環，倘若演員不能掌握其精髓，演出效果將大為降低。當然，要使演員揣摩得當的基本條件，即是劇本曲白設計的巧妙，如果身段指示明確，且曲白不甚艱澀隱晦，演員在模擬時便能事半功倍。

　　《鈞天樂》中有許多特殊身段，頗能讓演員發揮，首先介紹一些細膩的作表：第二齣〈歌哭〉，沈白、楊云在一起飲酒，因有感而發，於是藉著幾分醉意忽哭忽笑，以傾吐牢騷——

　　　　〔金絡索〕雙飛琥珀鍾，一吸珍珠甕，讀破離騷，搗斷漁陽弄，舣船

　　百棹空。（生大哭介）（小生白）哥哥為何大哭起來？（生唱）我哭蒼穹，

　　十載青春負乃公，黃衣不告相如夢，白眼誰憐阮客窮。（小生亦大哭介）

　　真懞懂，區區科目困英雄，一任你小技雕蟲，大筆雕龍，空和淚銘文冢。

　　（生）兄弟，你看長安道上，車如流水，馬如游龍，好不熱鬧人也。

　　　　〔前腔〕瓊樓十二重，珠履三千眾，狗尾羊頭，白馬青絲籠，滿朝金

　　穴銅。（生大笑介）（小生白）哥哥為何又大笑起來？（生唱）我笑天公，

　　顛倒兒曹做啞聾，烏猧生奪將軍俸，綠蟻平分太守封。（小生亦大笑介）

　　成虛閧，今人唯愛孔方兄，博得個頭腦冬烘，眼角朦朧，判取青錢中。（作

　　醉介）

生有感於氣憤無助，於是以哭作為發洩，小生問明原因後亦有同感，於是也傷心淚垂，然而當生看到長安大道上車水馬龍時，又覺得人們為了蠅頭小利而汲汲鑽營，十分可笑，便又大笑起來，這從哭到笑的心理轉變，演員們必須拿捏得準，而生和小生雖同哭同笑，但轉變的層次不同，一要念頭暗轉，讓人困惑訝異，另一則要恍然明白，若有所悟，因此這段曲白的安排，頗能考驗演員的功力。第十齣〈擣花〉中有一段描寫楊云夫妻情深，素紈折花宥酒的情景：

> （小旦）相公，庭中秋海棠盛開，此花中神仙也，妾手折一枝，再奉
> 一杯。（送酒介）
> 〔尹令〕我把酒兒一杯相敬。（折花與小生介）再把花兒一枝相贈。（近
> 小生介）還把肩兒一行相並。（小生白）此花可以助嬌，插卿鬢側。（插介）
> （小旦白）此花可以銷恨，佩卿帶間。（佩介）（唱）親卿愛卿，我不卿卿
> 若個卿。

從送酒、折花、靠肩到互相佩花，充分表露出了妻子的溫存體貼，以及丈夫的無限愛憐，尤其楊云為素紈佩花，願其更加嬌媚，素紈卻把花送予楊云，為其消憂解愁，細語生香、纏綿旖旎，此段全靠細緻的手勢與眉眼表達，精微之處均不能放過。第三十齣〈閨晤〉寒簧寂寥感嘆之際昏昏睡去：

> 〔下山虎〕……（内鼓吹介）何處笙歌競，多又是小霓裳舞廣庭，（白）
> 待我假寐片時（作睡介）（唱）夢度梅花嶺，（作醒介）無人自驚，（又睡
> 介）（白）今後呵，（唱）敲遍欄杆喚不應。

先是假寐——並未熟睡，魂夢猶清，於無聲息的情況下自然驚醒，發覺無動靜後便又沈沈睡下。這三個連續動作，由於必須邊唱邊作，不易察覺，所以必須稍微強調一下，並注意兩次睡下應有不同程度的表現。以上這些細膩身段的展現，有功於表演藝術的提昇。

另有一些配合劇情的特殊身段，大可觀賞。如第六齣〈澆愁〉沈、楊二人於酒樓飲酒，而樓下先有新科狀元簪花騎馬遊街，後有迎親花轎經過，這兩段均由上場門出，邊唱邊作，再由下場門入，飲酒之人仍自飲酒，但觀眾必須想像成有樓上樓下之分，《長生殿》之〈疑讖〉（劇場中俗稱〈酒樓〉）亦有此景，飲者郭子儀以站在椅子上代表位於酒樓之上，不過一個人爬上椅子究竟方便得多，《鈞天樂》的〈澆愁〉當省略之。第十五齣〈哭廟〉，全齣霸王、虞姬二神，只能在沈白未入廟及於廟中睡著時二人方能有身段表情，其餘半時間均端坐不動，以表其為泥塑木雕之神像，但在流淚時應可有拭淚的身段，否則無法表達。第十六齣〈送窮〉有五鬼出現，並跳上啖祭品，其身段應如精靈之頑皮雀躍。同齣還有焚稿的身段，不知是否須要撒火

彩。第二十六齣〈入月〉中廣寒宮大興土木，劇中工匠邊唱邊作活，此類身段並不
多見，頗為新奇。第二十七齣〈世巡〉賈斯文被罰作卑田院乞兒，程不識則被罰雙
目失明，故有「雜持破衣與淨穿，擦副淨眼，瞎介」的身段，甚具象徵性，但身段
並不複雜。第二十八齣〈渡河〉有「末扮牛郎冠帶鼓吹上，過橋介」，這裏有過橋的
身段。從以上的例子，我們可以明白戲曲科介的虛擬性可將各種情況表現得維妙維
肖，豐富了舞臺的景觀。

　　《鈞天樂》全劇仍少不了較激烈的打鬥場面，但有的是較無章法的亂打，有的
則是武戲的場面。前者如第三齣〈命相〉賈、程、魏三人不滿算命及相面者之言，
便「打斷你的脊筋」、「挖他眼珠，搶他帳房去」，這種打的身段，不須招式，只須虛
晃一下，而被打者即刻抱頭鼠竄地下場。又如第十四齣〈伏闕〉，聖旨命錦衣衛亂棒
將沈白打出，而雜扮校尉打時還唱一段〔滴溜子〕：

　　　　〔滴溜子〕笑狂瞽，笑狂瞽，不知忌諱，枉饒舌，枉饒舌，妄陳利弊，

　　午門幾曾召對，相公疏不題，書生著甚急，扯破爛衫，一齊打出。（打下）
由於打人眾人還要唱，因此身段必較多，而不只是虛應故事而已。至於後者，在十
一齣〈賊難〉中有馬踏天和吳興守將混戰的場面，而且吳興守將慘敗，不過陣前對
壘，在舞臺上仍須過合套招的，所以這是比較正式的武打身段。無論是細膩的作表
或粗魯的打鬥，在《鈞天樂》劇中，都能有深刻的表現。

五、意　象

　　曲詞中的意象，是戲劇的無形佈景，優美的語句加上細膩的身段，大地山河、
亭臺樓閣，盡收眼底。《鈞天樂》中意象鮮明的語句不勝枚舉，如「半捲珠簾裊藥煙」
（〈嫁殤〉〔懶畫眉〕）、「俺只見雕梁畫栱，閃靈旗香火飄搖」（〈哭廟〉〔喜遷鶯〕）、
「望黃河一涯，貫青天九垓」（〈水巡〉〔朝天子〕）、「六斗雕欄，三階列砌，八窻結綠」
（〈入月〉白口）等。除了這些片段的景物描述外，尚有以整支曲子表達意象情趣者，
由於情景不同，韻致也各有千秋，以下便分別敘述：

（一）閨中閒情

　　第五齣〈嘆榜〉旦唱〔點絳唇〕換頭——

　　　　〔換頭〕午夢驚回，日影紗窗暮，閒情去，畫欄凭處，搓手團風絮。
魏寒簧午覺醒來，見紗窗上已有日影，隨意步行至欄杆旁，以手玩弄著飄在空中的
飛絮。這隻曲子的進行，是由屋內至屋外，觸目所及，先是紗窗上的影子，後是室
外景致，此空間的移轉，經由語言意象的表達，毫無阻滯，充分顯露了寒簧的閒適
之情。

（二）花前盟誓

第十齣〈擣花〉小旦唱〔川撥棹〕——

〔川撥棹〕簾櫳靜，驚飄桐敲石井，且休題滯雨尤雲，且休題滯雨尤雲，怕今夜淒涼四星，斷腸花爲甚生，斷腸人作麼生。

簾櫳、飄桐、石井，襯托出夜靜更深，此時生生世世爲夫妻的誓言，令齊素紉感泣不已。由於楊云多病，恐不久於人世，而素紉願與他生同衾、死同穴，所以此誓言並非甜蜜歡愉，而是淒美動人。此曲所選用的意象，便是能表達此種哀情的，透過這些文詞，使我們更能掌握當時的氣氛！

（三）郊道感慨

第十五齣〈哭廟〉生唱〔醉花陰〕——

〔醉花陰〕可嘆我萬里孤身常流落，恨悠悠天荒地老，重策蹇返江皐，戰西風木葉蕭條。又聽得趁斜陽烏鴉叫，過野店，渡溪橋，早見一座青山藏古廟。

這隻曲子所顯示出來的意象有江水、枯木、斜陽、野店、溪橋、青山、古廟，當然戲臺上不可能有這些佈景，完全靠演員的手勢、眼神及走圓場等身段表現，務使觀眾能精確地想像出荒郊的景象，並與劇中人的心境相互配合。

（四）陰森地府

第二十二齣〈地巡〉生唱〔北新水令〕——

〔新水令〕纔離了九天閶闔彩雲間，顫陰風黃埃撲眼，鞭笞飛白雨，劍戟立青山，點鬼登壇，俺待片言勘破三生案。

天堂和地獄的差別，一在彩雲絢爛的境界中，一在陰風黃埃的籠罩下，氣氛完全不同，詩意的白雨，都是鞭笞，美麗的青山，竟爲劍戟，要表現陰森鬼魅的感受，便必須點出這種令人不寒而慄的意象，此曲的確如「天風海濤，驚心動魄」。

（五）浩浩黃河

第二十三齣〈水巡〉淨唱〔普天樂〕——

〔普天樂〕注天潢連滄海，山崑崙環岳岱，百川長，百川長，汝漢江淮，捲雲濤，浩蕩無涯。駕龍驂荷蓋，朱宮貝闕開，待趁長風千里，千里破浪歸來。

要形容黃河的浩蕩無涯，就必須強調其氣勢，「連滄海、環岳岱」便是這個用意，充分表示出了黃河的長遠寬廣。「捲雲濤」，顯示了澎湃洶湧的水勢，「龍驂荷蓋，朱宮貝闕」則是河神出現的排場，這原非實景，但觀眾也不妨與作者共同幻想一個神仙

世界。

（六）水晶龍宮

第二十三齣〈水巡〉眾唱朝天子——

〔朝天子〕水晶宮大開，木蘭舟列排，聽天風鼓盪聲澎湃，燃犀一照，見蝦鬚蚌胎，水仙謠、水夷拜，剪蓴羹繪鮭，拍酒池持蟹，快哉快哉快快哉，桂綸竿漁歌欸乃，漁歌欸乃，水腸兒真瀟灑。

此曲中的意象，除水晶宮、木蘭舟、火把、綸竿、漁船外，其餘皆為水中動物，有蝦、蚌、鱠、鮭、蟹，這些水族，必是由人加以妝扮，然後出場隨曲歌舞，造成很熱鬧的景觀。崑曲《雷峯塔》中的水鬥一折、京劇「廉錦楓」等亦有水族出現。

（七）清虛仙境

第二十五齣〈仙訪〉中有兩支〔懶畫眉〕把仙家景致描述得引人遐思，分別由許飛瓊及沈白、楊云唱（白略）——

〔懶畫眉〕碧天映水靜無塵，萬點桃花鋪紫茵，雲和吹徹月如銀，鴻都羽客休相問，恐驚瑤華帳裏人。

〔前腔〕丹城絳闕望如雲，楊柳青青渡水人，巡簷鶯雀舞繽紛，推敲扣响雙環韻，為甚斜日梨花深閉門。

前一支是仙子自己的描述，著重在仙境的寧靜，水碧天青，桃花遍地，月色如銀，都是靜態的景觀。而後一支是沈楊二人前往仙境時一路所見，有遠望的丹城絳闕，有渡水時的青青楊柳及到達門前所見的飛舞鶯雀，這些景致所包括的空間較大，因此在作表方面，必須在舞臺上循環來回的移動，方能表達遼濶的景象。

（八）碌碌紅塵

第二十七齣〈世巡〉二生唱〔滿庭芳〕——

〔滿庭芳〕風伯隨車，雨師除道，馳驅又到塵凡。關山千里，明月照帷幨，驚見纍纍白骨，問何人紅粉與青衫。傷情處，玉鞭雲外，春色滿江南。

此段以仙人眼光看世俗，竟是纍纍白骨，沈楊二人舊地重遊，非但不興奮，反倒想起在人世間所受的苦難，感到十分傷心，因此這支曲子所呈現出的意象，是令人心驚的。

六、音　效

在戲曲中，製造景觀、增加氣氛還有一個方式，即是音樂的襯托。所不同的，

這是以聽覺刺激想像，形成景觀，而非靠視覺。以音響製造效果，又可分為兩種，一是以樂器模擬聲音，一是以人口發出聲音。前者如第五齣〈嘆榜〉「內鵲噪介」、八齣〈嫁殤〉「內作鶯聲」、十五齣〈哭廟〉「鴉叫介」、十六齣〈送窮〉「內作樂介」、十八齣〈天榜〉「內鳴鞭介」、十九齣〈天宴〉「內金奏介」、「內細樂介」、「內十番介」、三十齣〈閨唔〉「內鼓吹介」、「金鈴聲」。此種又可分為兩類，一是以樂器模仿動物叫聲，另一類則是樂器的伴奏。鵲噪與鶯聲當是笛子模擬，鴉叫應是嗩吶，其餘作樂、鼓吹等均是純粹的配樂。而在配樂中，金奏指的是金屬打擊樂器的合奏，十番是吹打曲，細樂則為絲竹之樂。至於三十齣的「金鈴聲」，劇本中並未註明，但曲文中有所提示：

　　〔蠻牌令〕……待頻呼鸚鵡，偷揭金鈴。（旦醒介）

　　〔五般宜〕莫不是打茅簷鐵馬鈴釘……

可見金鈴聲指的是簷前的風鈴。這是樂器伴奏部份。

　　再談人口發聲。由人發出的聲音，最能製造氣氛的，莫過於哭和笑，哭有啜泣、哀號，笑有大笑、冷笑、苦笑等等，各種類型均可產生各種不同的效果。《鈞天樂》中，除第二齣〈歌哭〉中有大哭大笑的情形外，第十三齣〈逐客〉中尚有冷笑：

　　〔粉孩兒〕……（丑唱）從來憲體重關防，你秀才家未識官方。（生冷笑介）（白）什麼憲體，什麼官方，（唱）可笑你弄虛脬假撒清腔，翻涎臉喬做模樣。

冷笑是生對丑的不屑、齒冷，足以令觀眾心寒，亦令丑心虛，所以後來便將責任推得一乾二淨：「這也不干本府事，是上司行文來的。」這種冷笑，須靠演員深厚的功力才能達到效果。京劇《三堂會審》及《群英會》，小生王金龍和周瑜即是以各種笑聲表達內心的情緒，觀眾也可根據不同的笑聲調整欣賞的角度與層次。另有一種聲音，令人不忍聆聽，即是鞭笞哀號聲。第二十二齣〈地巡〉：

　　〔清江引〕難道春風不度鬼門關，珠魄隨雲散。（內吆喝介）（判白）地獄拷打哩。（生唱）這是鼓吹一部諳。（內叫苦介）（判白）囚犯叫苦哩。

　　（生唱）這是猿狄三聲斷，咳，幾時把煖律吹開陰谷寒。

此曲中的吆喝及叫苦聲，是由後台發出的，其中必還夾雜棍棒聲，在觀眾看不到的情況下，必須以較為淒厲的聲音激發觀眾深一層的想像，使得人們腦中呈現的是一幅悲慘的景象，如此更能加強動人的力量。

結　語

　　適當的調配，在中國戲曲中十分重要，如腳色不可重複，排場切忌一成不變等，

尤其是景觀的佈置，除了順應情節外，更要注重其調劑性，如歌舞的穿插不宜過密、砌末的仗用不宜過繁。至於可擴大想像層面的語言意象及音效等，則不妨妥善運用，以期景觀的呈現更豐富。

第四章　《西堂樂府》的特色

　　前兩章已將《西堂樂府》——尤侗的六本劇作仔細地分析，其在各方面的優劣亦均點明。然而如此並不足以說明其成就，必須將它擺在整部戲曲史中作全面的關照，方能明瞭其特色，且指出承先啓後的意義。劇本原有反映社會現象、發抒人民心聲的積極作用，但是隨著時代變遷及作者本身際遇的不同，所要傳達的意念便有差異。《西堂樂府》在思想上有個特色，即「翻案補恨」，這並非尤侗首創，不過在運用的手法上比較特殊，值得提出探討。另外，在選材方面，由於與同時代的作品多有重複，恐非巧合，而是一種共同的趨向，因此必須深究，方能對作品做出正確的評價。除了上述兩項，本章還要綜合前兩章的分析，提出《西堂樂府》在劇曲藝術上具有繼往開來作用之處，以確立其價值。最後，還要說明西堂樂府演出的情形，因爲劇本的成功與否，必須經過舞臺上的試驗才能下定論。本章所述，或許會有部分內容在前兩章已略微提及，但是本章偏重在影響，與前兩章重在引前例爲證不同，所以並不會重複，只希望能夠儘量客觀。

第一節　翻案補恨思想的巧妙運用

　　人總是不希望有遺憾的感覺，除非心存報復而幸災樂禍！即便報復，也是因爲自身遭受不平，而寄望看到天理人情報應昭彰，以尋求心理的補償。人們在讀到一個悲壯慘烈的故事時，由於情緒會被感染，難免對不圓滿的結局產生遺憾。清焦循在《劇說》卷六曾引了四則觀眾在看《精忠記》時，衝上舞臺將飾演秦檜的演員毆打成傷或至死亡的事件，這就是欠缺心理距離的移情作用〔註1〕。爲了避

〔註 1〕「心理距離」是指面對藝術時，超脫切身的情感，而以客觀的態度欣賞。「移情作用」則是在聚精會神地觀賞一個孤立、絕緣的意象時，由物我兩忘走到物我同一，進而物我交注。詳見《文藝心理學》。

免這種不舒服的情緒，作者常在主人翁遭到不幸後，給予一線光明，或者以團圓結局，例如《竇娥冤》的沈冤昭雪、《趙氏孤兒》的孤兒報仇、《長生殿》的蟾宮相見、《祝英台》的雙蝶飛舞等，而古希臘的劇作家埃斯庫勒斯（Aeschyles）的悲劇三部曲，第三部亦是由逆境轉入順境〔註2〕，這就是一種變通的方法。基於這種心態，文人們在看到一個故事結局不圓滿時，便思改寫，以臆造一個皆大歡喜的收場，如有江淹的〈恨賦〉，就有尤侗的〈反恨賦〉，有《紅樓夢》，就有使寶、黛終成眷屬的《續紅樓夢》。十八世紀英國劇場演莎士比亞的《李爾王》，都把它的悲劇結局完全改過，讓 Cordelia 嫁了 Edgar，帶兵回來替李爾王報了仇。可見這種情形中外都有。既然這是一種普遍的心理需求，為什麼西方比較容忍極端悲慘結局的「悲劇」存在，而中國已經很少有這種大悲結局了，還要加以改寫呢？我想，其原因可以歸納為以下幾點：

（一）戲劇理論的確立與否

西方的戲劇理論，向來以亞里斯多德的《詩學》最具權威性，自從他在理論上明確提出悲劇以逆境為結局後，很少有人再逾越此規。反觀我國自始至終都未有一套完整的文學理論，遑論戲劇理論，唯有李漁《閒情偶寄》的「詞曲部」及「演習部」尚具規模，然而他在「格局」中提到傳奇結尾的一齣要有「團圓之趣」，如此一來，結局不圓滿的便不合格了。所以淒涼悲慘的下場在西方會被歸為「悲劇」一類，而在中國就不太被容許了。

（二）善有善報、惡有惡報的觀念

自從佛教傳入我國後，因果報應及輪迴之思想便在人民心中根深蒂固，而且漸漸成為民族性中樂觀的本質。一些俗諺像「皇天不負苦心人」、「善惡到頭終有報」、「好心有好報」、「天無絕人之路」……等，都是據此而來。王國維在《紅樓夢評論》中言「吾國人之精神，世間的也，樂天的也，故代表其精神之戲曲小說，無往而不著此樂天之色彩，始於悲者終於歡，始於離者終於合，始於困者終於亨。」天理昭彰，報應不爽，即便一時無法突破困境，只要積有陰德，總有轉運的一天。為了符合人民心中這種由來已久的觀念，戲曲便成了輪迴果報的縮影，不僅可以寓教於樂，也可獎善罰惡，達成多項戲曲的功效。所以必須彌補憾恨之事，以免有所誤導。

〔註2〕不過這種論點被認為不符合西方的悲劇精神。亞里斯多德在《詩學》第十三章中說悲劇的結局不應由逆境轉入順境，而應相反，由順境轉入逆境。中國所謂的悲劇，似乎較符合埃斯庫勒斯，因此本節儘量避免提到「悲劇」、「喜劇」的字眼，只注重結局的圓滿與否，以免混淆。

（三）作者自身的動機

我國戲曲作家，一向以未經科第、沈抑下僚的文人爲主，明以後雖不乏進士參與，但一直享有高官厚祿的並不多，因此，他們常會爲了「逞才」或「洩恨」而寫出一些翻案補恨的作品〔註3〕。就逞才而言，由於改編故事，在關目佈置與排場處理上已有所依憑，所以可以省下很多精力，專門在文辭上下工夫，而觀眾因爲對故事內容已熟悉，便可專注於文采方面的欣賞，作者的目的也就達到了。因此文人只須順應民情，帶點遊戲心態地改寫一下，就能有新奇的效果，何況又不須對歷史負責，也沒有「著作權」的問題。周樂清在《補天石傳奇》自序中言：

> ……余既非太史公世掌典章，亦非柳屯田善謳風月，知我者有以諒
>
> 之。倘必欲事事考其正僞，則有通鑑、二十一史在，無庸較此戲場面目也。

這就是隨意翻案的最好藉口。

至於洩恨，有些是文人情不自禁地替古人抱不平，有的則是自身遭遇坎坷，深與某位古人同病相憐，於是藉改變古人的命運聊以自慰。薛旦《昭君夢》第一折睡魔神白口云：「……天地間有許多憾事，女媧煉石，補不滿離恨天，莫邪鑄劍，斬不斷相思網……」，可知「恨」是文人們最不能接受的。毛聲山評《琵琶記》云：「予嘗曠覽古今，事之可恨者正多，今作雪恨傳奇數種，總名曰《補天石》。」尤侗亦嘗云：「著《補天石傳奇》，以彌天地之憾。」〔註4〕周樂清作《補天石》傳奇以「寄情抒恨」、而張欠夫評夏綸《南陽樂》更言：「人心未死，固應作如是之觀，天道有知，合自悔當時之錯。」既然「恨」意如此之深，自然當以「補恨」來「洩恨」了。

（四）戲曲演出的場合

中國戲曲的戲班組織可分爲三類，即宮廷內府承應的戲班，營利的戲班以及私人家樂。內廷演劇常在逢年過節及萬壽日，以爲應景之用；而營利戲班除在勾欄、戲園固定公演外，每逢秋收、廟會、作壽、生子時也常應召演出；至於家樂則常用在喜慶筵會作爲點綴。由此可見我國古典戲劇演出主要是爲了喜慶妝點、筵會助興及日常娛樂。在這些場合中，大部分都不太適合極端悲苦之劇的演出，即便情節哀傷，結尾亦必團圓美滿，像傳奇的尾聲嘗改爲〔慶餘〕、〔十二紅〕等名稱，都是爲了討個吉利。在這種情況下，純粹的悲劇演出的機會就減少了，所以改個圓滿的

〔註3〕所謂「翻案」，未必是「補恨」，也有改圓滿結局爲悲慘結局的，如碧蕉軒主人的《不了緣》張生知鶯鶯嫁鄭恒，便皈依佛門。又徐石麒的《浮西施》，把范蠡「浮西施於五湖」寫成將西施沈於江中。這不在本節討論範圍之內，因此本節所指的「翻案」，一定是與「補恨」連在一起的。

〔註4〕以上兩種《補天石》劇本均未得見。

結局，也是必要的。

從以上四點，我們便可以知道中國古典戲曲多以「大團圓」爲結局，以及常有翻案補恨作品的原因。其中「以大團圓爲結局」的劇作，通常有內容上的必然性，並非刻意爲之，如竇娥冤、趙氏孤兒……等。而「翻案補恨」則不同，不論是戲曲小說，或者歷史故事，只要結局令人遺憾，就會引起作者更改的動機，如《紫釵記》改蔣防〈霍小玉傳〉，而以李益、小玉重逢收場……等。關於翻案補恨作品的表現方式，可以分爲好幾種，由作者不同的改寫或添加手法中，能讓人感受不同層次的補恨意念，以及得到不同的補恨效果。以下概括歸納，分爲四類加以敘述：

（一）畫蛇添足式

這是一種較爲「取巧」的方法，全劇大部分的情節都與原故事無異，只有在最後添加一個結尾，使得全劇於憾恨之餘，尚可有所彌補。如清張堅之「玉燕堂四種」之一《懷沙記》，全本寫屈原一生經歷，均合於史實，尤其寫至屈原投江時，盪氣迴腸，然而卻於劇末添寫屈原登仙一事，顯然有意減輕觀眾的遺憾。這種結尾，讓人覺得有些多此一舉，效果未必是很好的。

（二）空中樓閣式

有些作者補恨的方法，是透過夢中、陰間或天上來達成的，也就是說，劇中人的現實生活仍很悲慘，但卻藉著虛幻的空間求得了滿足。如清薛旦的《昭君夢》，敘述睡魔神入昭君夢中引她回漢宮與漢主相見。這是從夢中稍事彌補。而嵇永仁《續離騷》之一《憤司馬夢裏罵閻羅》及徐石麒之《大轉輪》，均是寫貧士司馬貌苦學無成，作怨天詩，夢中忽至閻羅（大轉輪改爲天帝）前，閻羅命其判漢四百年疑獄，司馬貌先後判了項羽、韓信、彭越等案，最後才被送還人間。嵇劇著重在司馬貌窮途落魄，醉後憤罵閻羅，直吐胸中不平，牢騷激烈。而大轉輪則偏重斷獄，並添加燕太子丹、高漸離、荊軻佐其併吞三國的情節，這些都是屬於失意書生的空中樓閣，另外像徐渭《四聲猿》中的狂鼓史、唐英《清忠譜》正案，都是陰司審判的模式。《昭君夢》中睡魔神的白口云：「須知富貴的，要與他一個惡夢，貧賤的，要與他一個好夢，這便世界均平了。」這正可以代表「空中樓閣式」補恨作者的基本心態。

（三）改頭換面式

在翻案補恨的劇作中，此種最爲常見，即將故事全面改寫，以成喜劇收場。此處列舉一些較有名者，如元石君寶《秋胡戲妻》改劉向《列女傳》中秋胡妻投河而死爲夫妻團圓；明葉憲祖《易水離情》令荊軻挾持秦王使其歸還燕地；明王玉峰《焚香記》將王魁負桂英歸諸誤會，使桂英復活、二人重圓；明清之際張大復之《如是

觀》傳奇，又稱《翻精忠》、《倒精忠》，將岳飛屈死改為岳飛功成，而秦檜受戮；清顧彩《南桃花扇》改結局，令李香君、侯方域當場團圓；清夏綸「惺齋六種曲」之一《南陽樂》則為孔明補恨，以孔明不死於五丈原，而滅卻吳魏，使天下歸蜀；清裘璉《旗亭記》令王之渙狀元及第，亦頗大快人心。而集翻案補恨之大成者，要算清周樂清的《補天石》傳奇了。周樂清作此劇的動機是根據毛聲山評《琵琶記》中有「欲撰補天石」戲曲之語，但只是條目，不見其書，所以仿之寫成了八種：《宴金臺》（燕太子丹亡秦事）、《定中原》（諸葛亮滅吳魏二國使蜀得一統天下之事）、《河梁歸》（李陵得自匈奴歸漢，遂滅匈奴之事）、《琵琶語》（漢王昭君得自匈奴再歸中國事）、《紉蘭佩》（投汨羅而死之楚屈原回生為楚王所用事）、《碎金牌》（宋秦檜伏誅，岳飛滅金立功事）、《紞如鼓》（晉鄧伯道失子復得事）、《波弋樂》（魏荀奉倩之妻不死，得夫婦偕老之事）。如此一來，這些歷史事實均得改頭換面了。

（四）寓言象徵式

另外有一種補恨之作，並未改寫什麼事實，而是藉著某種傳說，以寓言方式寫出，其用意即是「補恨」。如清舒位的《酉陽修月》，演吳剛奉嫦娥之命，督促諸仙修治月中缺陷，修成之後，玉帝封賜嫦娥。這是用吳剛伐桂的傳說寫成的。「月如無恨月常圓」，月之所以會有缺陷，就是恨事太多的緣故，因此月缺若可補治，人情世事便應能使之無憾了。這齣戲著重在補恨意念的表達，言外之意、絃外之音，非有心人不能領會，是一種比較特殊的表現方式。

在敘述完補恨的思想背景、心理因素及補恨作品的類型後，不禁令人想到這類作品的價值。常言道，人生不如意之事十常八九，悲劇的意義就是讓我們認清這個事實。再者，人都有七情六慾，這些情感須得到均衡的發洩，悲劇正足以發抒哀憐的情緒。更進一步來看，有些戲劇的產生是為了反映現實社會的黑暗面，因此必須有悲慘的結局，才能增加控訴的力量。基於這些理由，結局不圓滿的戲曲仍有存在的必要。而翻案補恨之作，雖可使作者逞一時之快、讀者貪一時之奇，但因為削弱了探討問題的深度，有些又更改了傳頌已久、悲壯感人的史實，因此顯得空泛淺俗、乏善可陳，令人無意再讀。鄭振鐸在《清人雜劇初集》序中言：「補天八劇，強攖陳蹟，彌其缺憾，未免多事，更感索然。」青木正兒亦云：「……古來恨事，固人人為之飲恨者，然飲恨之處，即有悲壯之美，存悲劇之趣味，及翻之為喜劇團圓，雖或可稱一時之快，然再顧之則淡然無餘味。」可知這類作品並不能有很好的效果。當然也有一些成就很高的補恨作品，如將唐人小說中不美滿的戀情改為團圓的《西廂記》及《紫釵記》，由於文采精妙、刻劃細膩，在戲曲史上享有很高的地位，然而仔

細探討起來，我們發現其令人擊節讚賞之處仍是在悲情表達的部分，如《西廂記》最膾炙人口的〈長亭送別〉：「碧雲天、黃花地……」歷來傳頌不已，至於結局，反倒不太引人注意。由此可知，有些劇作的團圓結局並不掩蓋該劇的悲劇特質，因為遺憾已然造成，結局只是稍微彌補不快、悲痛的情緒，且大部分的觀眾著重故事發展的過程，主角受苦或遭遇不平才是觀劇者注視的焦點。明白此點後，我們應可對翻案補恨的作品作一番評估，如改頭換面式的補恨作品，完全抹煞了原故事的悲劇情味，若曲詞亦無甚可觀，就顯得索然無味了。因此若要翻案補恨，最好不要太露痕跡，並且仍須費心經營排場、曲詞、人物刻劃及音律，使其藝術成就突出，如此翻案才有意義。

擁有補恨思想的文人很多，而尤侗是較為強烈者。有計劃作十種雪恨傳奇的毛聲山，在尚未動筆前讀到好友尤侗的〈反賦恨〉，大有「先得我心」之感。尤侗之所以會有強烈的補恨意念，完全是本身遭遇的緣故。由於數十年的蹭蹬場屋，使得他對古人之命乖運舛者深表同感，如屈原、荊軻、李陵、太史公、諸葛亮、岳飛、昭君、宋玉、賈誼、曹植、戚夫人、甄后、綠珠、張麗華、楊貴妃、霍小玉……等，都曾在尤侗的筆下「起死回生」、改變命運，文章中有此意念，戲曲亦然。《西堂樂府》所透露的補恨思想，在前兩章的「主題」一節略有提及，但較為零星，此處將就六個劇本做一總整理，分析其意念的表達與運用的方式，並對其在翻案補恨作品中所佔的地位作一評價。

1. 《讀離騷》

尤侗藉屈原的作品，發抒一己之牢愁，至屈原投水後，金童玉女奉洞庭君之命，請屈原為水仙，又從宋玉之口得知「楚王因此悔悟」，這些都是為屈原補恨。又宋玉與巫山神女相見，即以美人得幸於君象徵屈原見用於君王，這也是一種象徵式的彌補。事實上這些彌補，要不就是兩句話帶過，要不就是以另一事件作比喻，而屈原成仙後也僅上場唱一支曲、唸一段白，表明一下身分而已，並沒有刻意強調，而且最後是以招魂作結，也沒有絲毫的讚美，僅留給後人無限的哀思，所以雖有彌補之意，卻不明顯，只覺本劇能巧妙地結合屈原的作品，予以新的詮釋與發揮，因此仍能使人將之當作史實一般信服。

2. 《弔琵琶》

在馬致遠的《漢宮秋》中，就有昭君在元帝夢中與之相見的情節，《弔琵琶》承襲之，昭君回宮與元帝傾訴離情，並求取庇蔭，二人夢中相遇是一個彌補，恩蔭施及家人也是對昭君心理上的補償，雖是不切實際，但也聊勝於無。比起《漢宮秋》，

《弔琵琶》的人情味較濃，因爲《漢宮秋》只是強調元帝的哀思而已。《弔琵琶》第四折蔡琰弔昭君，藉蔡琰之口爲昭君抱不平：「他又不是霍嫖姚班定遠，沒來由把一個女裙釵邊庭應選。」（〔沈醉東風〕）、「偏教你骨葬綠江邊，魂斷黑山顛……吞氈，比持節蘇卿遠，沈淵，似懷沙屈子冤」（〔得勝令〕），把她的身世和屈原相比，焉能無恨？蔡琰又說：「昭君，你投水而亡，生爲漢妃，死爲漢鬼，後人乃云，先嫁呼韓邪單于，復爲株絫單于婦，父子聚麀，豈不點污清白乎？」所以安排昭君投水而亡，正是爲歷史翻案，雖然失去生命，卻保存了清白。自古文人，對待王昭君，總不忍使其下嫁番王，因此結局雖仍是恨，似乎已沖淡許多了。

3. 《桃花源》

在第二章腳色分析中，曾說明陶淵明亦有用世之心，並未眞正超脫，尤侗又常在曲文中提及《離騷》，可見陶淵明亦有恨。陶淵明悟道仙去，恢復桃源洞酒仙的身分，正是因其眞正超脫之故。仙界原予人無欲、無爭、擁有一切美好的形象，而淵明能成仙，脫離了人世間的苦難，豈不應轉悲爲喜？這一層補恨之心，細膩婉轉，不易爲人察覺，其實這正是空中樓閣式的補恨，藉虛幻來彌補現實的不滿。

4. 《黑白衛》

刺客劍俠，常替人民打抱不平，但如荊軻、聶政一流，頭璧俱碎，怎不令人惋惜？文人爲此每感浩歎，隱隱有隱娘、紅線一輩人在，使人低迴神往。尤侗撰《黑白衛》，惝怳離奇，頗令天下惡徒心悸。尤侗的好友彭孫遹爲《黑白衛》題詞云：「僕常私謂世間不平事，如聚塵積埠，未易消除。能消除者，唯酒與匕首二物。然拍浮酒海，放浪醉鄉，可以澆磊塊，不可以行胸懷；終不若三寸芙蓉，差強人意」，的確，飲酒只能暫時解愁，不若匕首洩恨來得乾淨俐落、痛快淋漓。尤侗安排聶隱娘身懷絕技、「替天行道」，殺盡「人間禽獸」，然後飄然隱去，留與世人無限懷念，實爲劍俠行徑的最高境界，亦爲天下蒼生之最大祈願。

5. 《清平調》

一名《李白登科記》，由劇名可知，這是一篇典型的翻案補恨之作，而且是「改頭換面式」的全面改寫。李白是中國有名的詩人，卻未能發揮其治國安邦之才，姑不論李白願不願意、適不適合做狀元，但才華洋溢的尤侗卻是始終與功名無緣，因此李白登科、孟浩然、杜甫亦皆高中，誠能撫平他胸中不平之氣。曲中李白洋洋得意，痛打安祿山、令高力士脫靴，不僅作者吐盡怨氣，觀劇者亦感酣暢快意。考場失意已三十年的杜濬，本以爲已超越悲喜之外，但讀了《清平調》後竟亦笑亦泣，百感交集，可見此劇並不至於乏味無聊。從第二章的探討，得知其在排場及曲詞方面的成就頗高，焦循稱其「立格甚奇」，梁清標讚其「蔥蒨幽艷」，杜濬則言「命意

既高，布采復卓」，可見此劇已突破翻案補恨的窠臼，而以精湛的藝術技巧取勝了。這類劇作不少，如周憲王的《踏雪尋梅》寫孟浩然得官、袞璉的《旗亭記》寫王之渙狀元及第等。值得一提的是，《清平調》一劇不僅為李白補恨，還替楊貴妃補恨。蓋高力士曾就李白〈清平調〉將貴妃比趙飛燕之事挑撥離間，認為有譏訕貴妃之意，但楊貴妃卻不這麼想，她說：「俺正要學飛燕新粧，一洗肥婢之辱也。」充分顯現了貴妃慧心通達的一面，比起史事中貴妃真的因此而疏遠李白要高雅大量得多了。這可說是尤侗所翻的「案中案」。

6.《鈞天樂》

　　《鈞天樂》傳奇，是為劇中人沈白夫婦及楊云夫婦補恨的，事實上也就是為其所影射的尤侗、葉小鸞及湯傳楹夫婦補恨。除了此四人在人世間不平的遭遇於仙界獲得補償外，還在第二十二齣〈地巡〉中為戚夫人、楊貴妃、甄后、霍小玉補了恨！而第二十六齣〈入月〉的大興土木，頗有舒位《酉陽修月》的補缺之意；二十八齣〈渡河〉的牛郎織女解除禁令、永結夫妻亦具十足的象徵意義。此本傳奇可謂用盡了各種補恨的方式來表情達意。

　　尤侗的補恨思想如深厚，難免引人反感，梁廷柟在《藤花亭曲話》中就認為他寫李白登科太多事了。但是，就本節前半部對翻案補恨類型的分析而言，尤侗並沒有使作品落入補恨的淺俗境地，如《讀離騷》、《弔琵琶》、《桃花源》、《黑白衛》皆是蜻蜓點水般輕巧無痕，而將主力擺在關目的布置、曲調的配搭、人物的刻劃及曲詞的修潤。至於《清平調》及《鈞天樂》，雖然有意為之，但卻沒有因此而削弱了劇情的感染力。我們讀《清平調》，彷彿李白活生生地出現在眼前，其浪漫灑脫之處、俊逸高雅之致，均能掌握得恰到好處，而中狀元似乎只是引出李白這個人的手法罷了，一般補恨作品的平庸乏味，在《清平調》中是感受不到的。至於《鈞天樂》，尤其是前半段，體味不出一絲快慰，因為這本戲的補恨未曾影響到悲劇的特質，從〈歌哭〉到〈送窮〉，齣齣均是血淚交織，尤以〈哭廟〉最令人斷腸。下本雖是補恨的開始，但並非齣齣好運，而是悲喜交雜，作者安排了沈白於十九齣功成名就，卻在婚姻上好事多磨，直到三十二齣才真正的大團圓。尤侗雖也曾計劃寫《補天石》傳奇，但終究沒寫出來，今觀《西堂樂府》，比起直接改寫歷史或小說故事，是要高明很多的。

第二節　寫作動機及題材的時代性

　　戲曲作品的內容，與作者本身的遭遇、心態及時代的背景、趨向有著密不可分的關係。由於尤侗作品的取材，常與同時代的劇作家重複，如桃花源的故事、屈原

的故事⋯⋯等，這絕非無由的巧合，因此有必要將促成這些作品產生的大環境加以熟悉。

清代，是三千年來各種文學、文體的總結時代，無論詩、詞、文、戲曲、小說等均有豐富的作品產生，不過除了戲曲小說，一些屬於較舊的文體均已流於僵化，無法再創佳績，即便是戲曲，在質的方面也遠遜於元明兩代，當然，這是指較有文學價值的雜劇傳奇而言。清朝是個異族統治的時代，統治者對士大夫和文人採取了恩威並施的政策，一方面籠絡利誘，使他們死心塌地為清朝統治者服務，一方面又對他們濫用嚴刑峻法，大興文字獄，進行嚴厲的思想控制。在這種情形下，以抒情為主的文學，較容易被引申、曲解而獲罪，因此讀書人便轉而向章句訓詁之學下工夫，於是經術較為昌明，曲學反成末藝。再者，明代的戲曲已漸轉入貴族和文人之手，曲詞也典雅華麗，失去了通俗活潑的趣味，形成所謂的文人劇，而清代更是這種文人劇的發揚光大，超脫凡蹊、屏絕俚鄙，成為精緻的案頭文學。基於這些理由，戲曲多為文人學士的天下，且內容趨向於消極的逃避。

在這種背景之下，劇作者作劇的動機及作品所呈現的風貌便較為狹隘。大抵而言，清代文人寫劇，一以抒憤寫懷，一以表現個人的風雅和享樂，一以申訴亡國之痛。藉題發揮，一向是文人的專長，明代這種情形就已經很多了：如王子一《誤入天臺》，在歌詠隱居閒適之樂外，流露了對現實的憤慨；康海的《中山狼》諷刺時人；王衡《鬱輪袍》寫王推假王維得秀才；另外徐渭、沈自徵等的作品均是。到了清代，這種情形更多，尤侗、嵇永仁、張韜、桂馥⋯⋯，都是以戲曲寄託個人的憤慨和牢騷，其牢騷的來源不外懷才不遇、對現實不滿，也有替別人抱不平的，如《吟風閣雜劇》的《新豐店》一折，其小序云：「敷陳其事，聊慰夫懷才未試者。」這是一種類型。另外取歷史上名士美人的風流韻事來敷演，可使劇作成為一本雋雅小品，如裴鉶《明翠湖亭四韻事》、石韞玉的《花間九奏》、洪昇的《四嬋娟》等，這些劇多半以文詞取勝，劇情較為薄弱，情感亦屬空泛，完全是文人逞才之作。至於有故國黍離悲情的，像王夫之之《龍舟會》，吳偉業之《臨春閣》、《通天臺》，這是清代特有的形態，增添了作劇的新素材，不過也得是清朝這種特殊的異族統治狀況下才能產生。

尤侗是一個失意文人，其作劇動機與作品內容較接近寄寓感慨、發抒牢騷這一類型。王士祿在尤侗《讀離騷》的題詞中有這樣一段話：

> 屈大夫執履忠貞，被放行吟，離騷以作，其詞支離紆鬱，托喻抒情，後世幽憂之士，率于此流連而三復焉。吾友悔菴，以談天之才，屈首佐郡，久之直道不容，復投劾以去，其所撰述，至流聞宮掖，世廟嘗嘆其才，若

漢武之于司馬，將官之禁近，會龍馭上賓，其事遂已，是其受知遇主，雖
視左徒有殊，至懷才而不得申，則實有同者，此讀離騷之所由作也。

時運不際，徒呼奈何？這是尤侗作《讀離騷》的由來。《弔琵琶》則是藉美人遠嫁，寫一己之寂寞牢愁，未能得志於明君、施展抱負。《桃花源》中的陶淵明，以酒澆熄胸中憂思，最後終於澈悟仙去，尤侗或以年紀老大、功名未就，而有淵明之志吧！《黑白衛》，雖是一傳奇故事，但是由開場老尼之賓白，亦可見其旨在「剷除人間不平」。《清平調》寫玄宗皇帝殿試三人，命楊貴妃品定作品，貴妃以李白的《清平調》為壓卷，賜宴曲江；尤侗才名甚著，而未登科，便作此劇聊以自慰。由杜濬為《清平調》的題詞，可以知道尤侗此作頗得失意文人的共鳴。至於《鈞天樂》傳奇裏的〈地巡〉等折，發洩不平，儼然與天問互為呼應。尤侗因屢試不進所產生的不滿情緒，均放入了他的劇作中，因此《西堂樂府》應是寄託個人的憤慨與牢騷之作〔註5〕。

既然訴怨之作在清代很盛行，尤侗的作品又多屬這一類，所以常被清人取材的古代失意文人，也出現在尤侗的筆下，形成了題材重複的情形。根據《西堂樂府》的選材，再與清代的劇作相比較，可以發現尤侗所用常與他人重複的故事有以下數種：

（一）桃花源的故事

清代以此為題材的劇作，除尤侗的《桃花源》外，尚有石韞玉《花間九奏》之一——《桃源漁父》及楊恩壽「坦園六種曲」之一——《桃花源》。石韞玉的《桃花源》，為一折南曲，以四支中呂〔滿庭芳〕（後三支為換頭）及四支仙呂〔甘州歌〕（後三支為換頭）組成，敘述陶淵明辭官歸隱，於重陽佳節採菊花釀酒，遇太守王宏攜酒在旅亭等候，便對斟對飲。適武陵漁父前來報告無意間闖入桃花源之事，太守便命陶淵明為文記之，以傳於後世。全劇以檃括桃花源記的四支甘州歌為主，曲詞清麗脫俗，但內容並無深意，只是把桃花源寫成了仙境：「小人三月裏去的，沒有住得幾日，不想回來已是深秋了。」（丑扮漁父白）陶淵明在聽了漁父的敘述後表露了不勝嚮往之情。綜觀《花間九奏》，均是文人逸事，況且石韞玉本人亦是一甲一名進士，雖然因事被劾革職，引疾而歸，並無憤懣之意，所以《桃花源》劇沒有寄託情懷在內。值得一提的是，此劇以老生扮陶淵明、外扮王宏、丑扮漁父，前兩者各唱二支曲，後者唱四支曲，顯然以丑角為主，這在我國古典戲曲大多以生旦為主的情況下顯得十分特殊，只是這個丑角並無風趣幽默的特性。楊恩壽的《桃花源》，則

〔註5〕曾師永義《明雜劇概論》第一章總論中言：「清代雜劇仍舊操在文人學士的手中，內容仍是文人的雋雅之事，也常常寄託個人的憤慨和牢騷，前者如尤侗《弔琵琶》、《讀離騷》、《桃花源》、《清平調》……」筆者以為，尤侗這些作品應是屬於「後者」的。

是六折南曲，完全根據桃花源的故事，加以添枝添葉，敷演而成。六折分別爲〈漁唱〉、〈農歌〉、〈逢源〉、〈假館〉、〈訊古〉、〈餞賓〉，有漁父們相處時的情景，有源中人耕種的實況，有進入桃花源的景色描述，有漁父受源中人款待及餞行的情形。此劇亦將桃花源寫成仙境，頗有仙凡兩界比較的意味，因爲劇中穿插了許多史實的描述。在第一折〈漁唱〉中，由漁父口中道出了秦王苻堅南犯以及淝水之戰的經過，頗有漁樵閒話世間興亡之勢。第五折〈訊古〉藉源中人詢問秦以後之事，道出了漢魏各朝盛衰的經過，第六折〈餞賓〉更由秦遺民以所見所聞之秦朝歷史編成四段曲子演唱出來，如此超凡的題材，竟要花一半的篇幅記錄盛衰興亡戰亂民禍的史實，明顯可知是凡間災苦與仙界閒樂的對比。楊恩壽是一個「少有大志、運蹇不遇」之人，因此《桃花源》一劇，多少是有某種寄寓之情的。尤侗、石韞玉、楊恩壽三人的《桃花源》劇，題材雖同，但文字表現則各異其趣。這個故事如此受到文人們的青睞，當是桃源仙界正能滿足文士天馬行空想像能力的緣故。

（二）杜默哭廟的故事

杜默哭項王廟的本事見《和州志》及《山堂肆考》，敘述宋人杜默下第夜歸，宿於項王廟，便以文章質問於神前，痛哭曰：「千古如大王，不能得天下，有才如杜默，而見放於有司，豈非命哉？」神像因此而流淚，滿面是泥。最先將此事譜成戲曲的，是明沈自徵《漁陽三弄》之《霸亭秋》，到了清代，以此爲題的戲曲就多了，計有嵇永仁「續離騷四種」之一──《杜秀才痛哭泥神廟》、張韜「續四聲猿」之一──《霸亭廟》、唐英「古柏堂傳奇」之一──《虞兮夢》、廖燕的《醉畫圖》以及尤侗《鈞天樂》傳奇第十五齣〈哭廟〉。嵇永仁《泥神廟》一折，以生扮杜默唱〔北新水令〕一套，以及一支由淨扮楚霸王、旦扮虞姬、雜扮鬼判合唱的〔天下樂〕組合而成，其布局與尤侗《鈞天樂》的〈哭廟〉相同，但並未專著眼於秀才落第、傷心自哭，主要是描述項羽當年的事蹟，藉以憑弔項王，惜其不能成大事。嵇永仁原爲吳縣生員，被福建總督范承謨延入幕中，後耿精忠反，執承謨，脅永仁降，不從入獄，逾三年承謨被殺，永仁自縊死。《續離騷》雜劇是他在獄中所作。永仁於范承謨《和淚集》敘中言：「閩難之作，或者議之：謂公粉飾太平則有餘，勘定禍亂則不足。此語似是而非。」永仁爲他的參謀，或許爲承謨遭致誤解感到不平，因而寫了這篇《泥神廟》，其立意與沈自徵《霸亭秋》、尤侗《鈞天樂·哭廟》均不相同。不過嵇永仁以〔掛玉鈎〕、〔川撥棹〕二曲批評項羽不用韓信，誤信項伯，顯然也爲其行事的偏差感到惋惜，所以此劇在杜默的感懷上不如沈、尤之作激烈（尤作以沈白代杜默），在氣魄上也不如同題材的其他作品雄壯。張韜的《霸亭廟》，爲北套雙調〔新水令〕

一折，僅正末扮杜默一人上場，敘述自己作文章所花費的心力，也回憶項王當年的事跡，其布局與沈自徵《霸亭秋》相似，但沈自徵安排了廟祝、奚童、項王在場上，間以科諢調劑場面，是一本很成功的劇作，反觀張韜的《霸亭廟》，僅由杜默當場，便顯得冷落淒清了。張韜的生平事蹟不可考，無從得知其寫出此作的可能背景，但他在「續四聲猿」的題辭中言：

> 猿啼三聲腸已寸斷，豈更有第四聲，況續以四聲哉，但物不得其平則鳴，胸中無限牢騷，恐巴江巫峽間，應有兩岸猿聲啼不住耳，徐生莫道我饒舌也。

可見其作劇動機，是有意效法徐渭，發抒胸中的牢騷、不平。只是專在文詞上逞才，不注意排場的冷熱，是典型文人劇的缺陷。唐英《虞兮夢》，為北曲二折，首折禱廟，敘述烏江渡口百姓禱於項王廟，以祈豐年；次折哭廟，寫江南秀士王訥對項王神像痛哭，發抒懷才不遇的牢騷，此處的哭廟與尤侗的哭廟有一點相同的地方，即二者均將杜默的姓名改換，前者為王訥，後者是沈白，但其悲壯的特色是無異的。唐英一生經歷順遂，授內務府員外郎兼佐領，歷任淮關、九江關、粵海關監督，而在替張堅的《夢中緣》傳奇所作的序中自稱「余性嗜音樂，嘗戲編《笳騷》、《轉天心》、《虞兮夢》傳奇十數部。」可知其作劇動機為「性嗜音樂」，並不以發牢騷為主要用意，因此他的劇作有改編小說的、有諷刺時人的、有補闕翻案的、也有敘古人事的，雖然包羅萬象，關目的安排卻嫌平板，賓白失之繁複，文詞亦只平實穩妥而已，大概是缺乏真性情的緣故。不過就《虞兮夢》的哭廟而言，尚見風力，當是以此為題材的劇作不少，因而有所依憑吧！至於廖燕的《醉畫圖》，並不是以杜默事為主要內容，只是其中的一部分。此劇為南曲一折，敘述廖燕（以作者自己的名字為劇中人，是本劇的一大特色。）心事滿腹，藉酒澆愁，卻苦於一時找不到知心朋友共飲，忽然想起二十七松堂有四幅壁畫，分別為杜默哭廟圖、馬周濯足圖、陳子昂碎琴圖、張元昊曳碑圖，於是便把杜默、馬周、陳子昂、張元昊當作訴求的對象，勸酒自飲，醉態畢露。廖燕有《二十七松堂集》，內容多迂濶駭俗之論及自傷淪落之情，因知《醉畫圖》所表露出來的亦是一個不第舉子的心聲。由以上五種劇本的分析，可知杜默成了清代失意文人藉題發揮的新寵。

（三）清平調的故事

這是指李白醉寫〈清平調〉的韻事。清代以李白事蹟為題材的戲曲有尤侗的《清平調》、張韜「續四聲猿」之一——《清平調》及楊潮觀「吟風閣雜劇」之一——《賀蘭山謫仙贈帶》，後者為李白救郭子儀事，與清平調無關，此處略而不談。張韜的《清

平調》，北曲一折一楔子，敘述明皇、貴妃遊賞沈香亭，有感於舊樂不足以陪襯，便命高力士找李白來作新詞，力士將酒醉的李白由酒樓帶進皇宮，明皇親自調羹與之醒酒，命李龜年呈五色金花箋、貴妃捧紫英端溪硯、高力士脫靴，倍極禮遇。此劇的立意與尤侗的《清平調》同，不過尤侗重在李白登科，〈清平調〉反成考試之作。張劇寫雅人雅事，文字自然清綺，頗具風骨。前面曾提過《續離騷》是作者自寬自慰之作，此劇當不例外。

（四）屈原的故事

前面提過王士祿在尤侗《讀離騷》題詞中言：「離騷以作……托喻抒情，後世幽憂之士，率于此流連而三復焉。」因此清代也少不了有關屈原的劇作。除了尤侗的《讀離騷》外，尚有張堅「玉燕堂四種」之一──《懷沙記》。此劇是以《史記‧屈原本傳》及唐沈亞之之外傳，更合楚辭各篇，用《戰國策》為背景結撰而成的。上本演楚王耽於酒色，張儀受秦王命來楚，並插入上官大夫靳尚及楚王寵妃鄭袖紊亂內政等事，描寫時代背景過多，主人翁屈原登場反甚少。下本十六齣中僅三齣無屈原登場，曲辭多本楚辭原文，匠心有餘，豪爽不足。《懷沙記》是傳奇，故其隱括貫串比尤侗《讀離騷》更要細膩，梁廷枏激賞為「曲海中巨觀也」。張堅是一個屢應鄉試不第的秀才，乾隆初年，朝廷設樂，開音律館，命大臣為總裁，募海內知音時，或有勸之應召者，張堅辭而不就。可見張堅心中也是對自己考場失利耿耿於懷的，《懷沙記》之作，當有懷古慨今之味。另外還有一些與屈原相關的，如嵇永仁的著作名為《續離騷》，楊恩壽的《桃花源》中亦有好幾段集騷的文字。嵇永仁《續離騷》自序云：「《離騷》乃千古繪情之書，故其文一唱三歎，往復流連纏綿而不可解。所以飲酒讀離騷，便成名士。……」清代作劇者既多文人，當然不會放過成為「名士」的機會。

清代戲劇多屬文人劇，故以意境為主，或者發牢騷，或者歌詠古代韻事以自娛，而不以劇情曲折來吸引觀眾。中國戲劇的取材，始終跳不出歷史或傳說故事的範圍，憑空結撰、自出機杼的劇作並不多。尤其是清代，自編之劇容易被指為影射，一不小心即會觸犯大忌，因此蹈襲前人題材較為省事。況且，文人總有逞才爭勝的欲望，以同一故事發揮，較能分出高下。但是由上面的整理，我們歸納出了一個現象，即桃花源、杜默、清平調、屈原這些常被重複的題材，均是屬於寄寓牢騷感慨這一類，作者的動機也多是有所假託的（除石韞玉外）。這種情形，或許可從比例上來解釋，因為文人劇多，相對的牢騷亦增加，重複題材均屬此類也就沒什麼特別了，但是，文人的不滿來自懷才不遇，之所以會懷才不遇，就是拔擢人才的管道──科舉制度

的問題了。科舉制度原是眾人公平競爭以求取功名仕宦的方式，但歷來總有一些金錢賄賂、徇私舞弊的醜聞出現，許多有才情的士子文人即會成為弊案的犧牲品，這時的失意憤慨，不言可喻。明萬曆以後，政治腐敗，科場黑暗，賢能遭妒，進身無由，若有一人加以筆誅，必定引起境遇相同者的共鳴，因此這種作品在清初以後不斷出現，是很容易理解的。不過如果我們再深入探討，便可發現這並非唯一的理由。因為科場弊案，在政治混亂的明末或許是一大問題，但在清朝極盛時期，無論是在懷柔或高壓政策下，舞弊都是一項非常嚴重的罪惡，甚至禍及九族，因此雖有弊案產生，卻不室於完全破壞其公平性。倒是明清兩代科舉制度所規定的文體——八股文才是令士人們感到頭疼的事情。所謂八股文是由破題、承題、起講、入手、起股、中股、後股、束股八部分組成，題材和內容須根據宋代朱熹的《四書集注》，如此一來，不許有作者自己的思想，扼殺了文人的才情，多少才華洋溢的士子無法適應這種方法，因而落第，此等束縛知識分子的手段，應該是造成怨恨的主因。顧炎武認為八股文之害，甚於焚書，實是不假，習八股文者專從八股文討生活，以至不讀其他的書，焉能稱得上博學多聞？張庚在《中國戲曲通史》中認為清代戲曲同一題材重複出現的情形是因為科場黑暗、埋沒人才所造成的普遍性現象，但他卻沒有想到八股文的問題。事實上，八股制度所造成的浩劫不容忽視。

題材沿襲、重複，原會使戲曲缺乏時代意義，然就清代而言，這種現象竟成了反映這個時代的一面鏡子，其「時代意義」卻也是足以發人深省的。

第三節　情節的出奇制勝

中國古典戲曲的內容雖有上千上百種，但是由於一些故事的進行有一定的模式可循，因此往往產生了類似情節。何況人情事理，古今一同，作者選用的題材又常重複，那些關鍵性的情節，自然常常出現，如考試、算命等。再者，若某劇某齣的關目特別精采，也會引起後人的仿效，因此，舉出類似情節的單齣加以比較，便可明白作者處理題材時的各種手法。《西堂樂府》（特別是《鈞天樂》）中的一些情節，或是因襲、或是自創，頗有出奇制勝之處，本節將列舉數種，以見其對戲曲情節方面的突破或啟發。

（一）考試情節

考試在中國古典戲曲中，常是男女主角分合的關鍵，或因考取而結束逆境（如《繡襦記》）、或因考試而產生悲情（如《琵琶記》）等。雖然考試是個決定性的關目，但畢竟不是主角人物須要發抒感情的所在，因此，作者往往視劇情所需，做暗場、

過場或調劑性的場次處理。歷來傳奇安排考試情節，通常都是以一位主考官及數位考生出題、作答組場，有時先上試官、有時先上考生，有時考生只有主角一人。一般對考試場面的安排，可以歸納爲以下數種類型：

1. 以「考試照常科」數字帶過

因爲考試情節常常在各劇本中出現，若只是交待性質，沒有必要在這齣上做太大的變化，依照一般形式內容演出均可，因此有些作者便省略不塡，而以「考試照常」、「照例開科」等字眼標明。如《尋親記》第二十八齣「選場」齣目下註「考試照常科」、《幽閨記》三十三齣無齣名，只註明「照例開科」，又《霞箋記》第二十四齣「春闈首選」則註「考試隨做」。

2. 以暗場處理

既然考試情節可依例而作，可見其內容並不重要，只須獲得一個結果，因此有些作者便乾脆予以省略，僅由白口中透露，以精簡場次。如《紫釵記》第十八齣〈黃堂言餞〉中長安縣京兆府府尹送李益至洛陽參加殿試，第二十一齣〈杏苑題名〉時文武百官上場即言李益中狀元，其間並無考試的齣目，然而卻讓觀眾清楚地得知考試結果。

3. 以試官一人、考生一人組場

這是最簡單的形式，通常以一生或一丑（有時是淨）組成，並多少有輕鬆的科諢作爲調劑。如碩園改本《還魂記》第三十一齣〈耽試〉、《玉環記》第四齣〈考試諸儒〉等。不過前者除了考試外，尚有其他劇情，而後者名實不符，因齣名爲「諸儒」，事實僅主角一人而已。

4. 以試官一人、考生數人，並有科諢組場者

此種排場的考生人數通常是二至四人，超過四人的很少，且其中一爲丑（或淨）角，專以俚俗詼諧之語穿插調劑，使得這平淡的場次生動活潑。如《荊釵記》第十七齣〈春科〉，外扮試官，生、末、淨扮三位考生，其中淨於試中所作之詩爲：「橘子生來耀日光，又酸又澀又馨香，後來結成一個大疙瘩，剖開來倒有七八囊。」又如《三元記》第二十七齣〈應試〉，丑扮試官，小生、淨扮考生，丑淨二人插科打諢，增加不少笑料，如丑依淨的外貌出題：「麻面蒼鬚，好似羊肚石倒栽蒲草」，淨也以丑的容顏對句：「歪唇白眼，猶如海螺杯斜嵌珍珠。」而《鸞鎞記》二十二齣〈廷獻〉則是以末扮試官，生、小生、外、丑四人扮考生。

5. 以試官一人、考生數人組場，但無科諢

如《雙珠記》三十五齣〈廷試及第〉、《荊釵記》第四齣〈堂試〉均以試官一人、考生三人組場，卻是一派正經，而無插科打諢。

　　除了這五種基本形式外，還有一些例外的情形，如《玉簪記》二十五齣〈奏策〉中沒有考試時當場問答的內容，而是繳卷後考生們互相的討論。又如孟稱舜《英雄成敗》第二折劉允章因爲令狐滈買中狀元，而與試官大吵，這些都已把一定模式的考試情節加以變化了。《鈞天樂》的考試情節有兩齣，分別是第四齣〈場規〉及十七齣〈天試〉。前者以末扮試官，生、小生、淨、副淨、丑五人扮考生，比一般考試情節要熱鬧許多，而且末、淨、副淨、丑四人之間的插科打諢，不僅逗趣，表現淨丑三人的愚昧俚俗，更有試官攀權附勢的醜惡嘴臉，因此在《鈞天樂》中，這一齣絕不是可以省略的情節，而是作者積極用心的所在。至於〈天試〉，結構便相當精簡，試官一人、考生三人，以絕佳的曲文應答，本齣有提綱契領的功用，但在考試情節方面，沒有什麼特殊表現。《鈞天樂》的主題原本就圍繞在考試上，因此考試情節較多，也都各有特色，尤其〈場規〉一齣，亦莊亦諧，精彩處令人捧腹，試官何圖避重就輕、趨炎附勢的說詞更令人搖頭，這在明清傳奇的考試情節中，是較爲突出的。（詳細內容見上章文詞一節中）

（二）算命情節

　　中國人在命運未知、前途未卜的情況下，往往以算命求取心裏的平靜，因爲無論算命結果如何，均可使當事人做好迎接命運的心理準備。在戲曲中，算命的情節不少，只是這種內容並不容易寫，須有命理方面的常識才可。不過古代文人對占卜之術多少有所涉獵，寫來不至於太困難，如「師卦九二爻，詞曰在師中吉，王三錫命，蓋九二在下，爲眾陰所歸，是有多人輔助，不至爲害。」（《懷香記》二十九齣〈問卜決疑〉）、「你印堂昏暗，驛馬發動，必有遠戍之苦。」（《雙珠記》第三齣〈風鑑通神〉）、「上火下澤，是睽卦，睽者乖異也，上九爻動，應在冬後，有非常之災，又主夫婦分離，有先睽後合之象，料終無事。」、「這兩年咸池進宮，桃花相犯，該落在娼流之門，喜貴人爲主，目下孤辰寡宿相侵，有迷胸掩肚之災，這個倒不打緊，若交秋末冬初，正是白虎喪門臨井，大限小限相衝，流宇進宮，歲君入命，著實難過，要死的。」（以上二則出自《焚香記》十六齣〈卜筮〉）、「大人卜的是雷地豫卦，象云，豫利建侯行師，況兼卦書有云，殺值空亡，漢主脫平城之難，貴逢生旺，蘇秦受六國之封，如今貴人祿馬俱逢生旺，異日必以戰績封侯。」（《運甓記》十七齣〈問卜決疑〉）。這是作者將卦理、斗數、面相等知識運用在戲曲中，使得內容豐富許多。另外也有些作者雖在劇中安排了算命情節，或是本身不懂命理，或是不願加入太多的解釋，所表現出來只是算命的結果，而沒有推命過程的敘述，如「只待要功名仗著這筆尖兒，一任你墨淋漓灑灑鳳闕，策光芒燦燦虎墀，只落得到處逢人忌。」

（《龍膏記》第四齣〈買卜〉）、「（丑）先生，再與他卜一家宅。（淨）呀，不好不好，早晚卻有天翻地覆，這等一頭橫禍。」（《香囊記》二十三齣〈問卜〉）諸如此類，即使不具備命理知識也可寫得出來，這種知其然不知其所以然的寫法，是缺乏說服力的。《西堂樂府》中的《讀離騷》、《鈞天樂》均有占卜情節，其中《讀離騷》鄭詹尹並未替屈原占卜，可以不論。而《鈞天樂》第三齣〈命相〉，內有算命及相面情節，這種算兩次的情形較少見，只有焚香記十六齣〈卜筮〉，桂英先自卜一番，然後再找個人算命。《鈞天樂》的〈命相〉也是重要關目，作者頗為費心安排，「祿馬同鄉，命主朝君拱太陽，相公是今科狀元了」、「月朗天門上，身坐文昌旺，相公也是狀元」、「火色珠光、燕頷鳶肩必發揚」，一些命理的專業知識均用上了，由於是五個人去算命，有好有壞，惱羞成怒者匝招牌、打卜者，場面十分喧鬧，與其他各劇中的算命情節不同。又明清劇曲中的算命情節，均是劇情發展的預言，絕不會有算不準的情況發生，《鈞天樂》則為例外，卜者之言，未曾在人世間兌現、直至仙界方得彌補，這也是尤侗的刻意安排，反襯現世天道不彰。

（三）冥追情節

　　所謂「冥追」，即是劇中人死後的鬼魂前往會見或托夢某人時翻山越嶺的經歷及心境所衍生出的情節，這種情節注重氣氛、景觀的營造，尤其是淒清幽渺的情境，若表現得不好，便無法令觀眾震懾、感動，畢竟這種情節是以抒情為主的。《西堂樂府》中的《弔琵琶》第三折，從〔集賢賓〕至〔勝葫蘆〕七支曲子，把昭君鬼魂在回到上苑找漢元帝的心情，以淒涼的景色、哀怨的文詞表現出來，如「則下得望鄉臺鬼火青熒夜，早見那一點點斗橫斜，莽蕭蕭風低曠野，靜慘慘月上平沙」（〔集賢賓〕）、「剛趁著唧蘆雁，恰隨了繞樹鴉，這影兒屍屍閃閃費周遮」（〔梧葉兒〕），陰森恍忽，若置身鬼境。魂魄悠悠，經歷關山，心驚膽戰，無限淒涼，由於本折刻劃得哀切感人，頗具示範作用，《長生殿》的二十七齣〈冥追〉即由此來。貴妃後鬼魂追隨聖駕，其間穿插的不只是煙障林阿、霧塞山河，還得閃避冥途野鬼，四下裏愁雲慘霧，氣氛更顯渺寒。在元明清三代的戲曲中有許多的鬼魂戲，如《竇娥冤》第四折的竇娥魂、《牡丹亭》二十七齣〈魂遊〉的杜麗娘魂等，前者為報冤而出現，沒有太多冥路時的描述，後者則魂靈游蕩，雖無固定去處，但尤侗《弔琵琶》第三折，未嘗不可能取意於此。至京劇裏的《烏盆計》、《王魁負桂英》、《烏龍院》等，其鬼魂已不只是消極的哀嘆感慨，而是積極的從現實中討回公道了。

（四）冥判情節

　　尤侗《鈞天樂》二十二齣〈地巡〉，是很特殊的一齣，敘述沈白在地獄為歷史翻

案，就內容而言，應是脫胎自《牡丹亭》二十三齣〈冥判〉。不過〈冥判〉是由閻羅王親自主持，也沒有翻案，所判的均是虛構人物，只是在地獄的景觀及酷刑上做了極多的描述，至尤侗才藉以翻案補恨。就形式而言，〈地巡〉中尤侗將歷史上的冤獄加以分類、整理，而在所斷的四個案件中，以原告、被告、干證三人為一組分別上場，並輪流敘述事件發生的經過，再由沈白宣判，不僅讓當事人發表了意見，也使觀眾對整個案件的來龍去脈有所了解，增加了判案的信服力。至於文詞方面，有令人傷心的悲愴語，也有令人快慰的絕妙語，精彩處可浮一大白，這是〈地巡〉的佳處。後來有人模仿此齣的關目，如徐石麒《大轉輪》第三折，司馬貌判楚漢相爭時的七宗案件，分別為韓信告劉邦呂雉一宗、彭越英布告劉邦一宗、戚氏告呂雉一宗、項羽告項伯雍齒一宗、韓信陳豨告屬下舍人一宗、項羽告呂馬童等六人一宗、韓信告蕭何陳平一宗。而楊恩壽《再來人》第六齣〈宣滯〉亦是冥判情節。《再來人》是敘述陳仲英七十未第，困窮幽憤終身，投生為季毓英，十五舉鄉試，十七成進士，授編修，頓悟前生事，乃拜陳仲英墓，並撫恤其老妻。全劇的用意頗與《鈞天樂》相類，故亦有同於〈地巡〉的〈宣滯〉一齣，此齣敘述陰司判官欲使辱在下僚未得超遷的循吏、有功不賞未得封拜的武臣、及懷才不遇潦倒終身的才子獲得好結果，於是漢淮陽太守汲黯轉生為二十年太平宰相，一歲九遷、青年入閣；漢前將軍李廣託生邊將，二十封侯，世襲罔替；唐羅橫轉生連捷南宮，狀元及第；陳仲英則降生積德之家溧陽季府、早登科第。若以《大轉輪》、〈宣滯〉與〈地巡〉比較，由於前二者為北曲組套，受北曲一人主唱的限制，被改判者出場只能作口頭敘述，事實上又大多為主唱者司馬貌、判官自說自話，場面顯得十分單調，沒有冤情與平反二者的對比，並不會激起觀眾補恨的快感，又所翻的案子不是太集中一時代就是太冷僻，無法顯現波瀾壯濶的大手筆，因此周貽白在《中國戲劇發展史》評〈宣滯〉一齣為「意味索然。才情天賦，自難勉強」。尤侗的〈地巡〉，仍是足為表率的。

（五）出塞情節

京劇中的《昭君出塞》，是一齣唱作並重的好戲，它是崑腔戲，以曲牌組場，因而令人聯想到其與明清以來昭君戲出塞情節的關聯性。陳與郊的《昭君出塞》、無名氏的《王昭君出塞和戎記》二十九折、尤侗《弔琵琶》第二折及京劇《漢明妃》中的昭君出塞一場，均有出塞情節（《漢宮秋》雖也有，但昭君不是主唱，沒有發揮之處，不予討論），以下便分別探討其結構，以觀承襲的軌跡，並說明尤侗《弔琵琶》在出塞演變過程中所佔的地位。陳與郊《昭君出塞》，元帝派中常侍四人、中涓二十人、羽林將領送昭君出關，昭君換新裝、上馬唱〔北新水令〕、〔折桂令〕，敘述

舊恨新愁，然後彈琵琶，唱〔雁兒落帶得勝令〕、〔望江南〕，唱出滿腔哀怨，其間並穿插眾人演唱南曲。無名氏的《王昭君出塞和戎記》二十九折，旦扮昭君騎馬上，唱〔小桃紅〕、〔下山虎〕、〔蠻牌令〕、〔亭前柳〕、〔一盆花〕、〔浣溪紗〕、〔馬鞍兒〕、〔勝葫蘆〕，敘述自己的心情，接著昭君欲摒退眾臣，但眾臣堅持再送，昭君唱〔點絳唇〕，然後彈奏琵琶，再唱〔後庭花〕便結束。尤侗《弔琵琶》元帝於玉門關下場，昭君出關唱〔小桃紅〕，更衣後唱〔禿廝兒〕、〔聖藥王〕，接著下車上馬，唱〔麻郎兒〕二支，然後彈琵琶解懷，唱〔絡絲娘〕及〔東原樂〕。京劇《昭君出塞》旦先上場唱〔梧桐雨〕，上輦、挽琵琶後唱〔山坡羊〕，換乘馬後唱〔楚龍吟〕、〔望家鄉〕、〔里麻序〕。以上四種，陳與郊劇隨從眾多，熱鬧非凡，沖淡了不少別離的情緒；無名氏劇，場上有末淨丑三人，文詞十分冗長，並非理想的表現方式。尤侗之劇開始先乘車、後上馬，仍於馬上彈琵琶，全齣文詞渲染佳妙。至於京劇，乘輦時靜坐彈唱，配以丑扮御弟王龍的逗趣身段，換馬後昭君、王龍、馬夫三人載歌載舞，過漢嶺、分關及撥轉馬頭望家鄉，各有不同的心理變化，加以三插花、小圓場等身段，使得這齣戲精緻可觀。值得注意的是：前兩種不是場上人太多，就是文詞不夠精簡，無法配合騎馬身段做適當的演出，到了尤侗《弔琵琶》，改為先乘輦、再更衣、後換馬，把出關漸入番地的路途狀況均顯現出來了，編排合情合理，表演方式也有變化，京劇的《昭君出塞》即承襲此種模式，可知《弔琵琶》一劇在出塞情節的安排上具有突破性。而京劇《昭君出塞》把馬上彈琵琶的情節改為輦上挽琵琶，實為明智之舉，因為又執馬鞭、又抱琵琶，則身段施展不開，不若純粹的馬上身段表演，靈巧活潑，這也是舞臺藝術日益進步的表現。

（六）議論情節

　　作家常在自己的作品中有意無意地透露出他對某些事情的看法，劇本也不例外。尤侗在《讀離騷》第二折及《鈞天樂》二十四齣〈校書〉中即有議論的情節。《讀離騷》第二折，是關於九歌的內容及作者問題。由於《楚辭》中的「九」歌有十一篇，因此歷年來常有人對九歌的內容及篇章分合作揣測，事實上從王逸《楚辭章句》及朱熹《楚辭集注》，和我們仔細探究其內容後，可以得到一個結論：《九歌》為巫覡的祭歌形式，楚地產生的《九歌》，是楚人祭祀神靈祈福，一整套儀式中的祭神曲。至於《九歌》的作者，有人以為是屈原，有人認為不是，不過《九歌》既然具有宗教色彩，修辭又如此美化，因此大家較趨向於朱熹的說法，即九歌是沅湘的民歌，屈原曾加以刪改。尤侗也是持這種說法的。《讀離騷》第二折男女巫覡白口言：

……因這南郢之地，沅湘之間，其俗信鬼好祀，每祀必使我兩人歌舞作樂，倒也忙個不了。只是一件，這幾首曲兒，鄙俚淫褻，唱來唱去，可也舊了，我聞得有屈原大夫，文才絕世，他常行吟澤畔，閒暇無聊，不免請他別撰新詞，重翻雅調，管教神歡人喜。

這顯然襲用王逸《楚辭章句》：「屈原放逐，竄伏其域，懷憂苦毒，愁思沸鬱，出見俗人祭祀之禮，歌舞之樂，其辭鄙陋，因為作九歌之曲。」以及朱熹集注：「屈原既放，見而感之，故頗為更定其詞，去其泰甚。」的說法，也可以看出尤侗在這個問題上的主張。至於《鈞天樂》第二十四齣〈校書〉，是藉李賀與蘇軾之口，道出尤侗自己的文學意見，其中包括「六經」以下沒有全才、《昭明文選》選了真偽未辨的〈李陵答蘇武書〉而忽略淵明〈閑情賦〉、時人作詩只顧模擬卻忽略格律以及詩文與其博而不精、華而不實，不如專於一藝、樸實無華等，這些並非蘇軾或李賀的主張，完全是尤侗的本意。這種議論的情節，不宜多用，總要不露痕跡才好。《西堂樂府》會有這種議論情節，我想與「文人劇」不無關係，尤其當時流行家伶演劇，尤侗自家與友人也常作此種演出，因此在劇中透露自己的文學意見，不正可與在座的其他文士們共同切磋討論嗎？

結　語

由於觀劇的品味、劇本的長短及演出的時間等因素，使得「折子戲」逐漸形成。所謂「折子戲」，是選取傳奇作品中最精彩的齣目來演出，現今曲譜如《集成曲譜》、《納書楹曲譜》、《遏雲閣曲譜》、《綴白裘》等，均是折子戲的選本。欣賞折子戲，並不是看故事情節如何發展，因為來龍去脈根本無法演全，而是看演員如何藉曲文、音樂、說白、身段來刻劃劇中人的性格、交代劇中人的心理變化及情緒反應，因此演員的表演藝術和觀眾的欣賞水準便相對提昇。本節即是依據這層意義所寫，探討尤侗在單齣之內的成就，以配合戲曲演出發展的趨勢。

第四節　實際演出的情形

一本劇作若未曾於舞臺上搬演，便不能算完成，必須經過實際演出的考驗，才是真正的戲曲作品。清代戲曲最為人所詬病的即是失之案頭供奉，抹去了戲曲的真正價值。所幸尤侗《西堂樂府》有不少的演出紀錄，包括文字的記載、弊案牽連的「因禍得福」以及曲譜的保存，證明了尤侗的劇作擁有戲曲的全部面貌。當然，「紀錄」是演出的直接證據，但終究無法把實況呈現在我們眼前，還須經由曲學的知識加以剖析，才能真正看出其特色。

一、《西堂樂府》的演出紀錄

在任訥所輯錄的《曲海揚波》中曾提到「如西堂樂府、湖上傳奇，莫不朝成稿本，夕布管絃，皆文人之幸遇矣。」可知尤侗之作被認為幸運的獲得演出的機會。明代以來劇團的類別大致有宮廷劇團、職業戲班和私人家樂等，而《西堂樂府》，根據記載曾在宮廷中及由私人家樂搬演，因此我們可以分為兩部分來說明——

（一）演於內府

《西堂樂府》中的《讀離騷》一劇，曾經在順治年間上達天聽，如其自序云：

> 予所作《讀離騷》，曾進御覽，命教坊內人裝演供奉，此自先帝表忠微意，非洞簫玉笛之比也。

而在他自著的《悔菴年譜》中亦曾提及：

> ……有以予《讀離騷》樂府獻者，上益讀而善之，令教坊內人播之管絃，為宮中雅樂，聞者豔之。

所謂「教坊內人」，是宮中負責演劇之人。明代內廷演戲屬「鐘鼓司」執掌，另外還有「教坊司」承應樂舞。不過「教坊司」除以歌舞侍觴陪宴外，也職司戲劇搬演，因此宮中便有「鐘鼓司」（偏重宮廷戲劇）、「教坊司」（引進民間戲劇）共同在御前獻演。到了清初，沿襲明代舊例而有內廷樂部，康熙年間遷入南長街改稱南府，至道光七年，裁汰冗員，改為「昇平署」，此名稱遂沿用至清末。內廷演劇的砌末、行頭，不僅不虞匱乏，而且異常考究，力求華麗新奇，此風傳入縉紳巨室的家樂，自然也競相仿效，影響所及亦至民間，間接推動了戲曲藝術的發展。因此能進入內廷的劇本，會最先獲得較佳的演出條件，從而成為其餘作品的表率。順治皇帝非常欣賞尤侗的《讀離騷》，將之比成唐代李白的《清平調》，可見此劇在宮中必然得到極佳的待遇，因而使「聞者豔之」了。

（二）演於家伶

家樂演唱戲曲始於宋元，至有明一代，私人備置家樂唱曲演劇已蔚為風氣，其作用為招待賓客、怡情遣興、展示才學，至於互相觀摩競技，亦為常事。《西堂樂府》在自家演出，當是無庸置疑的，並且還有被別人家伶所演的紀錄，以下分別敘述。

1. 自家演出

尤侗自製的《悔菴年譜》於順治十三年下記載：

> 先君雅好聲伎，予為教梨園子弟十人，資以裝飾，代斑斕之舞，自製北曲《讀離騷》四折，用自況云。

順治十四年：

一至常山，會阻兵未得歸，逆旅無聊，填南詞日一齣，齣成歌呼，以
酒澆之，匝月而畢，題曰《鈞天樂》，大抵嘻笑怒罵之辭也。臘盡始歸，
授家伶演焉。

尤侗的父親雅好聲伎，這對尤侗影響很大，一方面處於當時的風氣下，一方面為了
孝順父親，定會盡力在家伶的調教與資助上，因此，自己的作品得到了很好的實驗，
家伶們也獲得了適當的磨練。《西堂全集》中有尤侗自繪自書的〈年譜圖詩〉，其中
有一幅「草堂戲彩圖」，是思親之作，小題為「先君雅好聲伎，予教小伶數人，資以
裝飾，登場供奉，自演新劇曰《鈞天樂》」，可知這是尤侗家伶演《鈞天樂》的情形，
其前半首是這樣描述的：

華燈四照陳高堂，氍毹席地湘簾張，畫鼓鼕鼕三疊畢，梨園子弟更衣
妝。清歌一發音繞梁，琵琶參差爭低昂，忽然起舞小垂手，當筵宛轉飄霓
裳。或如冠蓋臨朝廊，或如甲胄走疆場，或如金車遊翠陌，或如寶鏡開紗
窗。參軍不妨調狐狸，鮑老何當弄郭郎，賓客滿座皆稱善，每終一齣傾千
觴。……

紅氍毹上，戲正上演，燈光四射，賓客滿座，梨園子弟們歌聲宛轉、舞姿曼妙，好
一幅熱鬧景致。此種盛況，應是劇作家最樂意見到的。這首詩後半有「梓潼絕倒嫦
娥笑，此事不過同兒嬉，子虛烏有何足問，聊與老人娛斑衣，世間萬事總如戲，下
場愁化彩雲飛」數句，正可呼應本章第一節提及的中國戲劇翻案補恨緣由，尤侗為
了盡孝道，娛樂父親，教家伶登場演劇，年長者總有忌諱，若情節悲苦以終，只會
惹人傷感，無法討長輩歡心，這正是演出場合對劇情結局的影響。

2. 別家演出

除了自製自演外，《西堂樂府》曾付予好友家伶演出，做為觀摩。康熙四年年譜
記載：

阮亭評予北劇，最喜《黑白衛》，攜至如皋與冒辟疆、陳其年分授家
伶演之。

冒襄與陳維崧的家伶，在當時均非常有名，王阮亭喜愛《黑白衛》劇，又帶至冒、
陳兩家付予家伶演出，對尤侗而言是極大的榮耀。年譜載康熙七年：

……謁梁玉立，宗伯相約，為河朔飲，家有女伶，晉陽妙麗也，善南
音，每呼侑觴，側鬟垂袖，宛轉欲絕，宗伯命予填新詞，因走筆成《清平
調》一劇，遂授諸姬。

《清平調》一劇的完成，與家伶演劇關係密切。梁清標邀尤侗至河朔飲酒，女伶高
歌助興。其中有晉陽美女，會唱南曲，梁清標便請尤侗試度新曲，尤侗在一個大雨

漏水之夜，獨坐嘆息，隨手寫成了《清平調》一劇，梁清標非常滿意，授予諸姬，讓他們學習、演出。梁清標的家伶水準很高，《黑白衛》可謂因她們而寫，由她們而演，其效果必定是相得益彰的。順治十五年，年譜記載：

> ……適山陰姜眞源侍御還朝，過吳門，亟徵予新劇，同人宴之由氏堂中，樂既作，觀者如堵牆，靡不咋舌驚歎。……

尤侗作劇似頗出名，姜侍御還朝經過吳門，還不忘徵詢尤侗是否有新作，由此可見一斑。年譜於康熙三十一年載：

> 小重陽嚴公偉大戎園中賞菊，兼觀女樂，度曲贈之，織部曹荔軒亦令小優演予《李白登科記》，將演《讀離騷》《黑白衛》諸劇，會移鎮江寧而止。

前面所舉之例均作一本演出，此處卻計劃作一系列的演出，若非曹寅移鎮江寧，這個計劃便能實現，十分可惜。

　　由《西堂樂府》的演出紀錄，便可知在當時家伶演劇風氣之盛，以及尤侗作品的受歡迎程度了。

二、由科場弊案牽連事件看《鈞天樂》的演出盛況

　　清代，中國古典戲曲旳集大成作品《長生殿》，由於場上案頭兩擅其美，成爲劇壇最偉大的作品之一；但是，不可否認的，轟動一時的「長生殿之禍」，對《長生殿》的聲名大噪不無推波助瀾之功。無獨有偶，在它之前也有因案件牽連而名震當時的，即尤侗的《鈞天樂》傳奇。關於此一事件，尤侗在《鈞天樂》的自記中有詳細的說明。《鈞天樂》成於順治十四年，當年有一科場舞弊案被檢舉，檢舉的緣由是詳知內情的士子氣憤考試不公，於是在江南出現了一本據此而作的《萬金記》傳奇，引起極大的震撼，有人哭文廟，有人毆打官員，事情傳到皇帝耳中，便下詔命編《萬金記》的人進見，而此人藏匿不出，臬司盧愼言便大肆搜索江南諸伶。當時，正好姜眞源侍御還朝，經過吳地，向尤侗徵求新劇，尤侗便在申氏堂中設宴款待，並演出《鈞天樂》一劇。樂聲響起，觀者如堵，沒有人不咋舌駭歎！不幸盧愼言所佈的「眼線」亦在其中，看見這齣戲裏的試官貪污徇私，舉子失意落拓、牢騷滿腹，與《萬金記》異曲同工，於是趕緊回報臬司，臬司以爲「奇貨可居」，下令檄捕優人，把參與演出之人拷打審問、勒逼招供，要查出劇本作者和主使演劇之人，以定罪下獄，大有不分青紅皂白、只求邀功之嫌。最後，連他自己也受不了金錢的誘惑，收了從中調解之人的賄賂，而平息此事。適時尤侗也已去了北京，因而躲過這場浩劫。後來，臬司盧愼言以別的案件獲罪，全家均受到處分，眞是自食惡果、大快人心。

　　儘管依尤侗所言，這是一場無妄之災，但就時間而言，確實是十分巧合。這一案件是清代第二宗科舉弊案，為「江南鄉試舞弊案」，主考官方翰林國史院侍講方猷、弘文院檢討錢開宗於順治十四年七月四日受命，當時世祖還特別當面交待〔註6〕：

　　　　江南素稱才藪，今遣爾等典試，當敬慎秉公。倘所行不正，獨不見顧
　　仁之事乎？必照彼治罪，決不輕恕。汝等秉公與否，朕自聞知，豈能掩人
　　耳目，爾其慎之。

意外發生的是：考生方章鉞與方猷有親戚關係，方猷舞弊，方章鉞考中舉人，群情譁然，而有《萬金記》傳奇之作產生，於是同年十一月二十五日，工科給事中陰應節便上表參奏，因爆發此案。尤侗寫《鈞天樂》傳奇是在順治十四年的秋天（丁酉之秋），歷時一個月完成，正好在江南鄉試與案發之間，也正是物議沸騰之時，尤侗是否因聽到這樁事件而作劇影射呢？筆者以為不太可能。因為順治十四年，尤侗是在四處邀遊，四月之前，於梅萬峰與剖石禪師在一起，七月游衢州，與羅芸皋副使、袁丹叔太守會飲柯山，十分歡樂，後又至常山，因受阻無法歸家，客途無聊，才寫出這麼一本《鈞天樂》，因此，與案發地點江寧並無地緣關係。即便是尤侗得知此事，並據之繪聲繪影寫出《鈞天樂》，也不至於「臘盡始歸，授家伶演焉」，蓋十一月二十五日被舉發時，世祖隨即下令刑部速行澈查，臘月底正值風聲鶴唳，皋司四處拿人，《萬金記》的作者躲避都來不及，尤侗怎敢輕舉妄動？其之所以在此時「授家伶演焉」，必是「問心無愧」之故。何況，本案至順治十五年十一月二十八日才審理完畢，在這之前，尤侗還在申氏堂宴請姜眞源、大演《鈞天樂》，若眞有影射，那就太過份招搖了。此為就地點、時間來論。

　　再者，我們可以看看他的作劇動機。在自記中，尤侗言道：「……逆旅無聊，追尋往事，忽忽不樂，漫填詞為傳奇……」，遊山玩水，兼訪故人，原本是心情開朗的，一旦滯留，那些塵封已久的往事便又湧上心頭，於是藉一命途乖舛的落第考生，大大發洩一番，是可盡吐怨氣的，因為在現實生活中，尤侗雖懷才不遇，但也不像沈白境遇那麼慘！又第一齣〈立意〉，末開場的〔蝶戀花〕一詞，有「妄聽妄言君莫怒，長安舊例原如故」二句，這與「漫填詞為傳奇」的「漫」字可相呼應。尤侗寫《鈞天樂》是以「姑妄言之，姑妄聽之」的態度為之，取材於自己的好友、取意於自己的感受、尋苦人開心、在人名上耍花招，遊戲的意味很濃，所以三十二齣〈連珠〉的尾聲是這樣寫的：

　　〔尾聲〕莫須有，想當然，子虛子墨同列傳，遊戲成文聊寓言。

〔註6〕見《清世祖實錄》卷一一〇。

這與尤侗對文學作品的一貫寫作態度相仿。如此的寫作動機，竟會遭致誤解，難怪尤侗對戲曲心灰意冷，其自記有言：「……然當是時，予懼而後免，始悔戲無益也，階之為禍，欲焚草者數矣。」這次牽連事件，對尤侗打擊頗大，他憂愁、哀傷，在事情了結之後還欲焚稿，若是存心影射，「心虛」都還來不及呢！

不過平心而論，尤侗這次災禍也有點咎由自取。他在上半本把試官及三名賄賂、攀親帶故的權貴寫得過於傳神，加上其他人物均有影射，難免啟人疑竇，更不應該的是，在〈伏闕〉一齣把皇帝都罵上了，高級官員是無一倖免，如此焉能不得罪人，所以尤侗在字裏行間拼命以玩笑口吻掩飾，並表明態度，如下場詩最後兩句：「一曲高歌我已醉，隨君笑罵似蠅聲。」倒也費盡心思。其實，尤侗的牢騷雖多，還不至於到與朝廷對立的程度，他一心嚮往功名，常至北京結交達官貴人，對皇帝忠貞不二，這從他的詩文中可以明顯看出，因此，《鈞天樂》絕不是刻意指責某人某事。

此處要附帶一提順治十四年江南鄉試舞弊案的結果，因為從這個結果我們可以得知「舞弊」在當時所受的處分多麼重，從而印證本章第二節所言科場黑暗並非士人發牢騷的唯一原因。順治十五年十一月，本案終結，刑部判定方猶處斬、錢開宗絞刑，其餘一干人等妻孥家產充公或革去舉人頭銜，結果順治皇帝對此判決十分不滿，認為處分過輕，因而責罵了刑部一頓，並批示方、錢二人立即正法，相關人員一、二十位處絞刑，方章鉞等舉子責打四十大板，牽連之廣、處治之嚴，令人不敢想像。如此一定可收嚇阻之效，不至於到混亂、黑暗的境地。

事件結束後，尤侗感於戲曲影響力太大，對以往演戲盛況不甚留戀，誰知旁人卻趕此熱潮，聚金請演，尤侗在自記中亦曾述及：

> ……而吳中好事者傳為美談，相與釀金請觀焉，遂演如故，然登場一唱，座上貴人未有不色變者，蓋知我者希，而罪我者已多矣，於戲！

《鈞天樂》的繼續演出，雖令一些落第士子拍案叫好，「座上貴人」心中卻不是滋味，因此仍然怨聲四起，尤侗只有無可奈何。我想，既然有人不滿，尤侗此劇不能傳之廣遠，也是必然的結果。

三、由現存曲譜看《鈞天樂》演出的得失

曲譜，可以說是演員的「腳本」，完整的曲譜包括唱詞、說白、工尺譜及身段譜，不過至今除《審音鑑古錄》外，大部份的曲譜均無身段譜。當令人排演某劇時，未必全依原劇本一字不漏地演出，因作者寫劇時無法盡合場上的實際情況，最明顯的例子即是《長生殿》的〈彈詞〉上演時，扮演李龜年者過於疲累，便省略〈梁州第

七〉及〈八轉〉二曲不唱。有時在白口部份，也會添加一些較爲情緒化、戲劇化的字句，加強其生動活潑的效果，因此，曲譜與原劇作的不同點往往是伶人演劇的心得，實在不容忽視！

《西堂樂府》的曲譜，留傳下來的僅《集成曲譜》中的《鈞天樂》〈哭廟〉（俗稱〈訴廟〉）一齣，因此本節只能就此齣曲譜與劇本的比較，探討伶人演此劇的得失。《集成曲譜》中的〈訴廟〉，爲適應場上搬演，做了些許添加，使得全劇較原劇本靈動些，茲分項說明如下：

（一）力求完整

原劇一開始即由項羽、虞姬上場說白，並無引子，而曲譜則加了一段〔點絳唇〕引子，由二人分唱再合唱，使得二人在唱作的份量上稍有加重，顯得地位重要，而且一上場帶動氣勢，較能吸引觀眾。而結尾的下場詩，原劇爲沈白一人唸，曲譜將之打散，前兩句爲項羽虞姬下場唸，後兩句爲沈白唱〔尾聲〕之前唸，這樣有兩個好處，第一，項羽、虞姬下場不會太草率，前面既有引子，後面又有下場詩。第二，下場詩原本是南曲才有的，〈哭廟〉爲北套，故以〔煞尾〕作爲結束正合適，不必再唸下場詩。經過伶人如此調整後，整齣戲首尾俱全，也無累贅，變得非常完整，這大概也是「折子戲」所必須做到的。

（二）加強氣氛

臺上演出，氣氛很重要，而氣氛有時要靠演員精湛的作表帶動。在語言當中，感嘆詞是最能直接表達內心感受的詞彙，因此多用感嘆詞，可以讓觀眾輕易了解劇中人的心事。在曲譜中，可以看出伶人增加了許多感嘆詞，無形中豐富了演員的心理變化，如〔醉花陰〕一曲「戰西風木葉蕭條」與「又聽得趁斜陽烏鴉叫」之間多一「呀」字，「趁斜陽烏鴉叫」與「過野店渡溪橋」間加「嘎唷」二字，而原有的「渡溪橋」與「早只見」之間的「呀」字則改爲「咦」。沈白一見大王神像，原劇中便直言「大王千古英雄……」，絲毫無情感表現，曲譜則加入「吓叽呀大王吓」的哭頭，更能撩動觀眾的情緒。〔喜遷鶯〕一曲「虛畫描」與「圖醉飽」之間加「噯呀」二字，且安上工尺成爲唱詞的一部份。〔出隊子〕前的白口原劇爲「你也該憐念我了」，曲譜上增爲「你也該憐念我了嗬」，有加強起叫頭語氣的作用。另外，〔刮地風〕第一字「呀」增爲「噯呀」二字，亦將頓足捶胸的表情發揮無遺。以上都是加入感嘆詞以帶動氣氛。

（三）轉換口語

文人作劇，難免咬文嚼字，忽略了戲曲說白的通俗性，因此伶人會予以調整，

以合乎聽眾耳音。像原劇「孤家，西楚霸王項羽」，曲譜上改爲「孤家乃西楚霸王項羽是也」；「徑投我廟中而來」改爲「急急奔俺廟中而來」；「大王之言是也」改爲「大王言之有理」；「待我看來，額上寫西楚霸王廟，不免進去瞻拜一番」，曲譜增加爲「此間有所枯廟，上有匾額，待我看來，西楚霸王廟，嘎，原來項羽之廟，也罷，待我進去瞻拜一番，有何不可？」由這兩段我們可以看出，後者爲了使空曠舞臺呈現意象，加入了許多話，也使演員有更多作身段的機會，這完全是適應舞臺上的需要。又〔煞尾〕之前，原劇是沈白唸「不免拜辭而去」即接唱，曲譜中則加句「大王在上，弟子沈白拜辭去也。」也是爲了配合作表而添加的。

（四）生動靈活

原劇中往往忽略了對話的重要，使場上二人各說各話，若是演出，便不大協調了。因此曲譜中對這種現象也稍有改善。如原劇在「徑投我廟中而來，我與你坐以待之」二句中加入淨唸「吓美人」，且答「大王」，表示二人在台上是互相對話。再如〔水仙子〕一曲，原劇中是唱完後再言「嘎唷，哭了一回，神思困倦，也罷，不免就在神案前少睡片時，再作道理」，曲譜把這一段擺在〔水仙子〕最後一句之前，也就是在準備伏睡之時唱「笑笑笑，笑下場頭落魄似吾曹」，不僅節省身段，也使全劇變得緊湊，並多了一種變化方式。由這些更動看來，全劇的結構、組套就不會顯得太單調了。

以上是合宜的部分。當然，有得必有失，也有改得不甚理想之處，如〔喜遷鶯〕的一句「只怕你土木形骸虛畫描」把「你」改成「他」，然而此段是在對神靈說話，不應以第三人稱代替。又〔水仙子〕的「恨不酬勞苦功高」，曲譜中變成「恨不酢苦功高」，不僅少一字，語意也不明確，不知是否傳抄錯誤之故。

綜觀曲譜與原文的比較，伶人場上的搬演，頗花了一番工夫，使得〈哭廟〉去蕪存菁，較原文更能適應舞臺的展現。

第五章　結　論

　　明代以後的戲曲，無論從作家或作品方面來看，都不能說不興盛，但就整個戲曲的發展而言，作者的態度已趨向純粹文學的表現，忽略了戲曲舞臺藝術的特質，以致清代的戲曲，被稱爲「文人劇」，只能當文學作品欣賞，不利於臺上的演出。其實，戲曲文人化也是必然的趨勢，因爲明代中葉以後，戲曲的唱腔以崑腔爲主，崑腔婉轉細膩，適合細細咀嚼，以滌淨心靈，若詞意太淺白，恐不耐聽，因此文人們大都躍躍欲試，當然，明瞭戲曲藝術的人，便會在排場上下點兒功夫，如安排小曲及穿插丑角插科打諢等，使全劇不至於太沈悶，尤侗便是屬於這種劇作家。

　　其實，雜劇的體製，很適合抒情，因爲它是以曲套爲主、分場爲輔，和傳奇的以分場爲主、再加以配套是不同的。套曲中支曲的連接在聲情上固然密切相關，但四套曲排列的規則性（指根據元雜劇所統計出來的第幾折通常用什麼宮調的規律）似乎流於形式，所以利用一人主唱的方式，在曲詞上大肆發揮，頗合雜劇的體製。既然有這麼適宜的結構，文人焉有不加以運用的道理？這恐怕也是文人寫雜劇較多的原因。《西堂樂府》六種中，只有一種傳奇，因此就整體而言，其戲劇性不甚引人注目，褒貶者也往往偏重在文詞的表現上。例如《讀離騷》的〔混江龍〕，共四十六句，七百五十七字，向爲人所詬病，但即便如大作《長生殿》，其〈覓魂〉一齣也不免如此，可見有才氣的文人絕不會爲了格律而壓抑自己，只要一遇格律較自由的曲牌，便乘機逞才。而且，像《桃花扇》的作者孔尙任，處處爲顧及伶人的演唱，削腹去尾、缺少整套，結果卻因乏耐唱的曲調，至今歌場亦不見流傳，則與案頭文章並無二致。戲曲原本就是一個綜合體，文詞、結構、音樂、科介、主題……，若要責備求全，焉得完滿之作？但求瑕不掩瑜，或具有某方面承先啓後的價值，便足以傳之不朽了！第四章對《西堂樂府》特色的描述，可知其無論在思想、動機、情節方面，都具有某種程度的啓發性；而第二、三章

對劇本本身的研究，亦足以證明其爲戲曲藝術的大融合，因此，《西堂樂府》在清代享名，也是無庸置疑的了。

在討論尤侗的戲曲作品時，筆者發現尤侗有意與前代戲曲名家較勁！許多大小細節處，表面上看來，似爲尤侗刻意模仿，如《讀離騷》中的插曲仿徐渭《四聲猿》、《鈞天樂》十四齣〈伏闕〉中的大曲仿《琵琶記》、《弔琵琶》仿《漢宮秋》、《讀離騷》仿鄭瑜《汨羅江》等，事實上除了模仿以外，還有爭勝的意味，如《讀離騷》自序：「近見西神鄭瑜著《汨羅江》一劇殊佳，但檃括騷經入曲，未免聲牙之病，餘子寥寥，自鄶無譏矣。」，又言「東籬四折（按：指《漢宮秋》），全用駕唱，大覺無色，明妃千秋悲怨，未爲寫照，亦是闕事。」可見尤侗無論在曲子或情節上的襲用，都有想超越前人的企圖。就實際情況而言，尤侗也確實能利用前人的成績，創立自己的特色。

《西堂樂府》的演出紀錄，在清代來說，是難能可貴的，尤其又能演於內廷，上達天聽，更是極大的榮耀。但是，《西堂樂府》傳唱至今，只剩《集成曲譜》中《鈞天樂》的〈訴廟〉保存了下來，歌場上也未見流行，甚至在當時，流傳於外的宮譜便失去踪影了，我想，這大概是題材太局限、太狹隘，無法引起廣大群眾共鳴的緣故。一部成功的戲曲，通常會以下列幾種方式取悅觀眾：一、反映民怨，發洩大眾的怒氣。如元雜劇常反映元代社會的黑暗面；白樸《牆頭馬上》、湯顯祖《牡丹亭》反對禮教對自由戀愛的禁錮等。二、演述曲折的歷史故事，以博人嗟嘆。如《長生殿》、《桃花扇》等。三、滿足觀眾的娛樂心理及感官刺激。如朱有燉《誠齋樂府》的戲中串戲，熱鬧、耍噱頭，純屬娛樂性質。而文人寄寓牢騷感慨，也算反映民生疾苦，但只能引起小部分人——失意文人的共鳴，這就是它無法廣爲流傳的原因。不過，我們不能因此完全否定它的價值，如前言中所提對《鈞天樂》感到厭煩的李慈銘，在一陣批評之後，竟如此言道：「余幼時閱其詩，已不喜之，然頗喜觀其曲。頻年落第，鬱伊易感，亦喜其劉四罵人澆自己磊塊矣。乃今日復之，至不能終卷，殊足徵邇來心地中進境也。」對尤侗及其劇作成見頗深的人，尚且如是，其餘同病相憐者就更不用說了。

總之，《西堂樂府》是清代失志文人寄情聲樂的典型作品，雖然描述的層面不夠深廣，但在意境、技巧方面並不差，其結構、排場及音律亦是能自創新意的。

參考書目

1. 《明皇雜錄》，鄭處晦，新興書局。
2. 《清世祖實錄》，華文書局影印本。
3. 《太平御覽》，李昉等，鼎文書局。
4. 《舊唐書》，劉昫，鼎文書局。
5. 《新唐書》，歐陽修、宋祁，鼎文書局。
6. 《宋史》，脫脫等，鼎文書局。
7. 《清史》，國防研究院。
8. 《清史列傳》，中華書局。
9. 《清朝碑傳全集》，錢儀吉編，大化書局。
10. 《清代學者象傳》，葉恭綽編印，文海出版社。
11. 《歷代人物年里碑傳綜表》，姜亮夫，華世出版社。
12. 《國朝耆獻類徵初編》，李桓輯錄，文友書店。
13. 《清朝詩人徵略》，張維屏輯，鼎文書局歷代詩史長編。
14. 《國朝先正事略》，李元度，文海出版社。
15. 《和州志》，康誥修、齊柯纂，明萬曆三年刊本。
16. 《蘭谿縣志》，唐壬森纂，成文出版社。
17. 《吳縣志》，吳秀之等修、曹允源等纂，成文出版社。
18. 《沈尤氏族考》，尤正義，自印本。
19. 《南詞敘錄》，徐渭，鼎文書局歷代詩史長編二輯。
20. 《今樂考證》，姚燮，同前。
21. 《傳奇彙考》，古今書室印行。
22. 《曲海總目提要》，董康輯，大東書局。
23. 《古典戲曲存目彙考》，莊一拂，木鐸出版社。

24. 《啓楨野乘》，鄒漪，明崇禎十七年原刊本。

25. 《西堂雜俎》，尤侗，廣文書局。

26. 《越縵堂讀書記》，李慈銘，世界書局。

27. 《茶餘客話》，阮葵生，世界書局。

28. 《山堂肆考》，彭大翼撰、張幼學編，藝文印書館。

29. 《陶淵明》，梁啓超，商務印書館。

30. 《社事始末》，杜登春，藝文印書館。

31. 《昭明文選》，蕭統編，藝文印書館。

32. 《清詩匯》，徐世昌編，世界書局。

33. 《如皋冒氏叢書》，冒廣生編，光緒三十四年刊本。

34. 《遂初堂集》，潘耒，康熙間刊本。

35. 《曝書亭集》，朱彝尊，上海中華書局四部備要本。

36. 《西堂全集》，尤侗，清康熙三十三年刊本。

37. 《清詩別裁》，沈德潛，商務印書館。

38. 《清詞別集》，陳乃乾纂輯，鼎文書局。

39. 《陶潛詩箋註校證論評》，方祖燊，蘭亭書局。

40. 《校訂元刊雜劇三十種》，鄭騫校訂，世界書局。

41. 《元曲選》，臧晉叔編，中華書局四部備要。

42. 《孤本元明雜劇》，商務印書館涵芬樓藏版。

43. 《盛明雜劇初、二集》，沈泰輯編，廣文書局。

44. 《六十種曲》，毛晉編，開明書店排印本。

45. 《全明傳奇》，天一出版社。

46. 《雜劇新編》，鄒式金輯編，廣文書局。

47. 《清人雜劇初、二集》，鄭振鐸輯，長樂鄭氏影印本。

48. 《中國古典戲劇選註》，曾永義，國家書店。

49. 《四聲猿》，徐渭，華正書局。

50. 《鈞天樂》，尤侗，康熙二十三年刊本。

51. 《長生殿》，洪昇，華正書局。

52. 《桃花扇》，孔尚任，商務印書館。

53. 《玉燕堂四種》，張堅，乾隆刊本。

54. 《吟風閣雜劇》，楊潮觀，華正書局。

55. 《補天石傳奇》，周樂清，道光十年靜遠草堂刊本。

56. 《坦園六種曲》，楊恩壽，光緒刊本。

57. 《悟齋五種曲》，夏綸，乾隆世光堂刊本。

58. 《太平廣記》，李昉輯，文史哲出版社。

59. 《唐人小說校釋》，王夢鷗，正中書局。

60. 《曲律易知》，許之衡，飲流齋刊本。

61. 《崑曲格律》，王守泰，排印本。

62. 《中原音韻》，周德清，學海出版社。

63. 《南詞新譜》，沈自晉，學生書局善本戲曲叢刊。

64. 《南曲九宮正始》，徐子室輯、鈕少雅訂，文奎堂書莊據清初抄本影印。

65. 《九宮大成南北詞宮譜》，莊親王，古書流通處影印本。

66. 《南北詞簡譜》，吳梅，石印本。

67. 《集成曲譜》，王季烈、劉富樑同輯，上海商務印書館排印本。

68. 《粟廬曲譜》，排印本。

69. 《北曲新譜》，鄭騫，藝文印書館館。

70. 《審音鑑古錄》，道光刊本。

71. 《中樂尋源》，童斐，學藝出版社

72. 《中國古代音樂史稿》，楊蔭瀏，丹青圖書公司

73. 《古典戲曲聲樂論著叢編》，學海出版社。

74. 《北曲套式彙錄詳解》，鄭騫，藝文印書館。

75. 《明清傳奇聯套研究》，汪志勇，嘉新論文。

76. 《中國文學批評史》，郭紹虞，文史哲出版社。

77. 《中國文學發展史》，劉大杰，華正書局。

78. 《新編中國文學史》，復文書局。

79. 《明清戲曲史》，盧前，商務印書館。

80. 《中國近代戲曲史》，青木正兒著、王吉廬譯，商務印書館。

81. 《元人雜劇序說》，青木正兒著、隋樹森譯，長安出版社。

82. 《中國戲劇發展史》，周貽白，學藝出版社。

83. 《中國戲曲通史》，張庚、郭漢誠，丹青圖書公司。

84. 《中國戲曲概論》，吳梅，學海出版社。

85. 《中國戲劇概論》，盧前，莊嚴出版社。

86. 《戲文概論》，錢南揚，木鐸出版社。

87. 《明清傳奇導論》，張清徽，華正書局。

88. 《明雜劇概論》，曾永義，學海出版社。

89. 《詞謔》，李開先，鼎文書局歷代詩史長編二輯。

90. 《曲律》，王驥德，同前。

91. 《遠山堂劇品》，祁彪佳，同前。

92. 《九宮譜定總論》，東山釣史，中華書局新曲苑。

93. 《曲藻》，王世貞，同前。

94. 《閒情偶寄》，李漁，長安出版社。

95. 《樂府傳聲》，徐大椿，鼎文書局歷代詩史長編二輯。

96. 《劇話》，李調元，同前。

97. 《籐花亭曲話》，梁廷枏，同前。

98. 《書隱曲說》，袁棟，中華書局新曲苑。

99. 《兩般秋雨盦曲談》，梁紹壬，同前。

100. 《詞餘叢話》，楊恩壽，鼎文書局歷代詩史長編二輯。

101. 《北涇草堂曲論》，陳棟，中華書局新曲苑。

102. 《菉猗室曲話》，姚華，同前。

103. 《梨園原》，黃旛綽等，鼎文書局歷代詩史長編二輯。

104. 《曲目新編》，支豐宜，同前。

105. 《劇說》，焦循，商務印書館。

106. 《顧曲麈談》，吳梅，商務印書館。

107. 《霜崖曲跋》，吳梅，中華書局新曲苑。

108. 《曲學通論》，吳梅，文星書店。

109. 《曲海揚波》，任訥錄，中華書局新曲苑。

110. 《螾廬曲談》，王季烈，商務印書館。

111. 《戲曲叢譚》，華連圃，商務印書館。

112. 《詞話叢編》，唐圭璋編，廣文書局。

113. 《清詩紀事初編》，鄧之誠，鼎文書局歷代詩史長編。

114. 《戲曲美學論文集》，張庚、蓋叫天等，丹青圖書公司。

115. 《景午叢編》，鄭騫，中華書局。

116. 《長生殿研究》，曾永義，商務印書館。

117. 《中國古典戲劇論集》，曾永義，聯經出版事業公司。

118. 《中國古典文學論文精選叢刊（戲劇類）》，曾永義主編、陳芳英助編，幼獅文化事業公司。

119. 《詞曲四論》，洪惟助，華正書局。

120. 《小說考證》，蔣瑞藻，木鐸出版社。

121. 《文藝心理學》，朱光潛，台灣開明書店。

122. 《詩學箋註》，姚一葦，台灣開明書店。

123. 《主題學研究論文集》，陳鵬翔輯，東大圖書公司。

124. 《明傳奇之劇場及其藝術研究》，王安祈，學生書局。

125. 〈論淨丑角色在我國古典戲曲中的重要〉，張清徽，《幼獅月刊》四十五卷五期。

126. 〈蔣士銓「藏園九種曲」析論〉，張清徽，《書目季刊》九卷一期。

127. 〈曲詞中俳優體例證之探索〉，張清徽，《國立編譯館館刊》七卷一期。

128. 〈湯若士牡丹亭還魂記情節配套之分析〉，張清徽，《東吳文史學報》第一期。

129. 〈元明雜劇描寫技術的幾個特點〉，張清徽，《大陸雜誌》十卷十、十一期。

130. 〈論李笠翁十種曲〉，張清徽，《幼獅文藝》二百五十七期。

131. 〈白蓮社與白蓮教無關考〉，戴玄之，《幼獅學誌》九卷三期。

132. 〈清代科舉制度之研究〉，黃光亮，《嘉新論文》。